最受当代青年喜欢的
精致小品 | JINGZHI XIAOPIN

主编 张 放
编者 华 永 陈 洁 沈 培
张永彦 陈莉嘉 凌 浩

依恋自然

百花文艺出版社
BAIHUA LITERATURE AND ART PUBLISHING HOUSE

图书在版编目(CIP)数据

伊恋自然 / 张放编. — 天津：百花文艺出版社，2011.1（2011.8 重印）
（最受当代青年喜欢的精致小品）
ISBN 978-7-5306-5807-9

Ⅰ.①伊… Ⅱ.①张… Ⅲ.①散文—作品集—中国—当代 Ⅳ.①I267

中国版本图书馆 CIP 数据核字（2010）第 225674 号

百花文艺出版社出版发行
地址：天津市和平区西康路 35 号
邮编：300051
e-mail:bhpubl@public.tpt.tj.cn
http://www.bhpubl.com.cn
发行部电话：（022）23332651 邮购部电话：（022）23332478
全国新华书店经销
天津新华二印刷有限公司印刷
*
开本 880×1230 毫米 1/32 印张 8
2011 年 1 月第 1 版 2011 年 8 月第 2 次印刷
定价：16.80 元

阅读之美(代序)

汪惠仁

1

阅读是一生的事情。

和其他的消费活动一样，阅读发生的时候，也是“闲云潭影日悠悠，物换星移几度秋”——一切消费往根底里说，皆是对时间的消费。

但阅读是对时间的一种特别消费。阅读在时间之河中垂钓、打捞那些闪光的片段，它让我们时有“收获感”。这“收获感”增加了我们所占时间——即人生——的密度。

阅读是短暂人生的自我拯救——他让人生的每一个瞬间变得有情、变得睿智、变得丰盈。阅读，是平凡人生中对抗时间流逝的最简便易行的方法。

伴随着阅读的一生，便是无悔的一生，便是有质量的一生，便是了悟时间奥秘的一生。

2

阅读是一个人的事情。

阅读者在作品与浑茫的世事前，宛如客人。

孤寂感让阅读者寻找那些令人温暖和亲近的因素。夜深篱落一灯明——也许这盏灯早就亮在那里，在等着你去：白日的嘈杂与俗物掩埋了这盏灯的微弱亮光；而当夜幕降临，浮名淡远，你回到自己这里，你的眼睛也变得澄明，那盏召唤你的灯只为你闪烁。

阅读中到底发生了什么？是两颗心灵在互相证明。一开始可能是阅读者被吸引、被牵引、被导引；但后来，阅读者反客为主，他从作品中看到了自己，他要让作品成为自我人生的注脚。

阅读中，我们看到一个人，他得到滋养，他最终成为世界的解释者。也许，他原先会说，“无人信高洁，谁为表予心？”；但现在，因为阅读而成熟的他，不会这样说了。

3

阅读还可能是一个民族的事情。

具体的阅读当然是一个人的事情。阅读作为个人修为的一个门径，也当然是寂寞的事情。

但阅读的结局，不应该是“躲进小楼成一统”，也不应该是“还掩故园扉”。

宽阔的心灵利于阅读，阅读亦能塑造愈加宽阔的心灵。宽阔的心灵能放下关乎民族的事情。

城市的夜晚，溢彩流光。市政的照明工程和商业的霓虹工程成为夜晚最夺目的事物。统一的、庞大的规划及逐利的欲望在改变这一广袤大地上夜晚的自然属性，而越来越多的人们正愈发沉湎其中。

还有没有这样一盏灯，在这样繁华的夜晚，为阅读亮起？

——谁在这样的夜晚阅读，谁就在做着有益于民族的事情。

2010年10月10日

敬告作者

本书作品均曾在《散文》上发表，选入此书时，向各位作（译）者发函征询，多数作（译）者都有回复。因发刊时间久远，有些信函被退回。如相关作（译）者见到此书，请与百花文艺出版社联系，以奉上稿酬。不周之处敬请谅解。

目录 CONTENTS

萤　火

宗　璞

点点银白的、灵动的光，在草丛中飘浮。草丛中有各色的野花：黄的野菊，浅紫的二月兰，淡蓝的“毋忘我”；还有一种高茎的白花，每一朵都由许多极小的花朵组成，简直看不清花瓣。它的名字恰和“毋忘我”相反，据说是叫做“不要记得我”，或可译做“毋念我”吧。在迷茫的夜中，一切彩色都失去了，有的只是黑黝黝一片。亮光飘忽地穿来穿去，一个亮点儿熄灭了，又有一个飞了过来。

若在淡淡的月光下，草丛中就会闪出一道明净的溪水，潺潺地、不慌不忙地流着。溪上有两块石板搭成的极古拙的小桥，小桥流水不远处的人家，便是我儿时的居处了。记得萤火虫很少飞近我们的家，只在溪上草间，把亮点儿投向反射出微光的水，水中便也闪动着小小的亮点，牵动着两岸草莽的倒影。现在看到童话片中要开始幻景时闪动的光芒，总会想起那条溪水，那片草丛，那散发着夏夜的芳香，飞翔着萤火虫的一小块地方。

幼小的我，经常在那一带玩耍。小桥那边，有一个土坡，也算是山吧。小路上了山，不见了。晚间站在溪畔，总觉得山那边是极遥远的地方，隐约在树丛中的女生宿舍楼，也是虚无缥缈的。其实白天常和游伴跑过去玩，大学生们有时拉住我们的手，说："你这黑眼睛的女孩子！你的眼睛好黑啊。"

大概是两三岁时，一天母亲进城去了，天黑了许久，还不回来。我不耐烦，哭个不停。老嬷嬷抱我在桥头站着，指给我看桥那边的小道。"回来啦，回来啦——"她唱着。其实这全不是母亲回来的路。夜未深，天色却黑得浓重，好像蒙着布，让人透不过气。小桥下忽然飞出一盏小灯，把黑夜挑开一道缝。接着又飞出一盏，又飞出一盏。花草亮了，溪水闪了。黑夜活跃起来，多好玩啊！我大声叫了："灯！飞的灯！"回头看家里，已经到处亮着灯了，而且一片声在叫我。我挣下地来，向灯火通明的家跑去，却又屡次回头，看那使黑夜发光的飞灯。

照说幼儿时期的事，我不该记得。也许我记得的，其实是后来母亲的叙述，或自己更人事后的心境吧。但那一晚我在桥头的景象，总是反复地、清晰地出现在我眼前，那黑夜，那划破了黑夜的萤火，以及后来的灯光——。

长大了，又回到这所房屋时，我在自己的房间里便可以看到起伏明灭的萤火了。我的窗正对着那小溪。溪水比以前窄了，草丛比以前矮了，只有萤火，那银白的，有时是浅绿色的光，还是依旧。有时抛书独坐，在黑暗中看着那些飞舞的亮点，那么活泼，那么充满了灵气，不禁想到仲夏夜之梦里那些会吵闹的小仙子；又不禁奇怪这发光的虫怎么未能在《聊斋志异》里占一席重要的地位。它们引起多么远、多么奇的想象。那一片萤光后的小山那边，像是有什么仙境在等待着我。但是我最多只是走出房来，在溪边徘徊片刻，看看墨色涂染的天、树，看看闪烁的溪水和萤火。仙境么，最好是留在想象和期待中的。

日子一天天热闹起来。解放、毕业，几乎每个人都觉得自己在发光。我们是解放后第三届大学生。毕业前夕，一个星光灿烂的夜晚，和几个好友，曾久久地坐在这溪边山坡上，望着星光和萤光。我们看准一棵树，又看准一个萤，看它是否能飞到那棵树，来卜自己的未来。几乎每一个萤都能飞到目的地。因为没有飞到的就不算数。那时，我们的表格里无一不填着“坚决服从分配，到祖国最需要的地方去！”无论分到哪里，我们都会怀着对美好未来的向往扑过去的。星空中忽然闪了一下，是一颗流星划过了天空。据说流星闪亮时，心中闪过的希望是会如愿的。但我们谁也没有再想要什么。有了祖国，有了党，不就有了一切么？我觉得重任在肩，而且相信任何重任我都担得起。难道还有比这种信心更使人兴奋、欢喜，使人感到无可比拟的幸福么？显然我知道自己很小，小得像萤火虫那样。萤却是会发光的，使得就连黑夜也璀璨美丽，使得就连黑夜也充满了幻想——。

奇怪的是，自从离开清华园，再也不曾见到萤火虫。可能因为再也没有住在水边了。后来从书上知道，隋炀帝在江都一带经营过“萤苑”，征集“萤火数斛”，为夜晚游山之用。这皇帝连萤都不放过，都要征来服役，人民的苦难，更可想见了。但那“萤苑”风光，一定是好看的。因为那种活泼的光，每一点都呈现着生命的力量。以后无意中又得知萤能捕食害虫，于农作物有益，不觉十分高兴。便想，何不在公园中布置个“萤苑”，为夏夜增光，让曾被皇帝拘来当劳工的萤，有机会为人民服务呢。但在那十年浩劫中，连公园都几乎查封，那“萤苑”的构思，早也逃之夭夭了。

前几天，偶得机缘，和弟弟这个从小的同学同往清华走了一遭。图书馆看去一次比一次小，早不是小时心目中的巍峨了。那肃穆的、勤奋的读书气氛依然，书库中的玻璃地板也还在；底层的报刊阅览室也还是许多人站着看报。弟弟说他常做一个同样的梦——到这里来借报纸。底层增加了检索图书用的计算机，弟弟兴致勃勃地和机上人员攀谈，也许他以后的梦，要改变途径了。我的萤火虫却在梦中也从未出现。行向小河那边时，因为在白天，本不指望看见萤火，但以为草坡上的"毋忘我"和"毋念我"总会显出了颜色。不料看见的，是一条干涸的沟，两岸干黄的土坡，春雨轻轻地飘洒，还没有一点绿意。那明净的、潺潺地、不慌不忙流着的溪水，已不知何时流往何处了。我们旧日的家添盖了房屋，现在是幼儿园了。虽是假日，还有不少孩子，一个个转动着点漆般的眼睛看着我们。"你们这些黑眼睛的孩子！好黑的眼睛啊！"我不由得想。

事物总是在变迁，中心总要转移的。现在清华主楼的堂皇远非工字厅可比了。而那近代物理实验室中的元素光谱，使人感到科学的光辉，也是萤火虫们望尘莫及的。我们骑着车，淋着雨，高兴地到处留下校友的签名。从一十年代到七十年代排过来的长桌前，那如同戴着雪帽般的白发，那敦实可靠的中年的肩膀，那发亮的、润泽的皮肤和眼睛，俨然画出了人生的旅程。我以为，在这条漫长而又短促的道路上，那淡蓝和纯白的花朵，"毋忘我"和"毋念我"，是必不可少的。因为人世间，有许多事应该永远记得，又有许多事是早该忘却了。

但总要尽力地发光，尤其在困境中。草丛中漂浮的、灵动的、活泼的萤火，常在我心头闪亮。

选自《散文》1980年第6期

潮 魂

——钱塘潮抒情

乐维华

在地图上只是那么一丝，在眼前却是水烟浩淼。钱塘江吞波吐浪，缓慢地流贯东西，草原、山丘、乡村、城镇，吴山点点，飞鸟淡淡，它说：它时常想看看两岸的黄帝子孙。

江潮呵，忘不了人们，人们也忘不了江潮。金风送爽的秋天，就是江潮和人们相会的日子。于是，人们就沿江而望。美好的相会，自从数百年前的南宋起，每年的农历十八日……

秋天，带着满满的月亮来了，据说今年是六十年来罕见的大潮，沿江许多乡村和城镇住满了观潮人，山湖好友，异国宾客，都兴致勃勃地慕名而来，我呢，也怀着对大自然的虔诚来了。

那是一个清凉的秋夜，我踏碎满地的月光，拨开密密的芦苇丛来到江边。风波、水影、月色，淡淡的，是天边的远山，呆呆的，是泛光的月亮，轻轻的，是水波在拍岸，这秋夜的景色呵，真是画不尽的画中画，写不尽的诗中诗，我看得那么专一，满目的空旷清淡在胸中化为诗情画意的饱和。我真羡慕大江，在这充满幻想的秋夜里，它得到了永生。

农历十八日是“潮魂”的生日，春秋、战国，七雄，五霸，东流水轻轻的一个波汶，把我的思绪送得那么的遥远……

早就听说了，钱塘江的潮水常年咆哮翻卷，是伍子胥和文种这两人不散的冤魂在倾诉不平。一个屡谏吴王，却落个皮囊裹尸，埋骨大江的结局。一个立下了汗马功劳，却得了个伏剑而死，狗烹弓藏的下场。这两个敌国之将，由于共同的冤屈，死后携手归好了。《水经注》里说：伍子胥背着文种日夜在江河上遨游，还常常摆动清静的秋江，扬起连天的雪浪。所以潮水一到，前面的浪就是伍子胥，后面的浪就是文种了。人们称之谓“潮魂”。每当潮起的时候，浪潮两面就涌起了人潮，浪潮奔腾，人潮鼎沸，汇成惊天动地的呐喊，一直冲向天际，可见人们对忠魂受屈是愤愤不平的，这种愤慨借助伍子胥和文种的故事，溶化在吞天卷日的大江之中，一直奔流到今天。于是我就想了：无情的历史可以演出人们的种种遭遇，却无法把人们的感情垄断……

平静灰暗的江面披上了一层红红的光，我回头一看，不知什么时候，岸上已经聚满了观潮人，人们乘着潮水未到前的幽静，有的把酒临风，听涛谈笑，有的席地而坐，说古论今，也有人沿江点起了一堆堆的篝火，映红了一草一木。依着火光，隐隐约约地可以看到一座塔影。这座塔名曰“镇海塔”，明朝万历年间就矗立在江边了。飞起的檐沿，静卧的椽梁，飘荡的铜铃，坚劲的吊链，塔顶塔身斑斑驳驳，野草杂生，偶尔还有几只小雀喳喳的从里面飞出来，有人说它像风度翩翩的郎君，有人说它像亭亭玉立的少女，有人说它俊逸潇洒，有人说它风韵神秀，俯瞰百媚秋色，威镇千里大江。我却不以为然，溢美之群是毫无价值的，不过是随波逐流的野草罢了，“镇海塔”，顾名思义吧！忠魂受屈，既成事实，不过吹来一丝风，兴起一簇浪罢了。

其实，造塔也是徒劳的，不过几百年的风雕雨蚀，这塔已千疮百孔，奄奄一息，显得那样的苍老了，月光和火光相映生辉，我再看这塔，仄歪着，摇摇欲坠了，而钱塘江依然是汹涌澎湃，势不可挡，依然是潮魂和人们会心的相会。据说文物管理部门要修复这塔，也好，留着作个见证吧。

风平浪静，侧耳细听，千里大江没有一丝声息，举目眺望，一江秋水呆呆地泛着白光，我呼吸着秋夜清凉的空气，穿过嘈杂的人群，来到一座亭子前，这是观潮亭，早年孙中山先生曾经在此观潮，吞吐天下风云，所以又名“中山亭”。我不由得肃然起敬。这亭子虽然造型简朴，没有过分的修饰，却显得稳健踏实，落落大方，长年来为观潮人遮风蔽雨，做尽了好事。我斟满一杯酒，一饮而尽。天地一色，水月互相弄影，幽静的夜笼罩着幽静的江，也笼罩着幽静的亭子，这亭子没有半点夸耀和表功，默默地陪伴人们等待着潮魂的到来。

我又斟满一杯酒，送到嘴边又放下了，不知道该把这酒敬献给谁。

“来了！潮来了！……”人们惊叫起来。翘首东望，乱云飞渡，白光微微的泛起，有细小的声音从远处传来，嘤嘤的如同蚊蝇嗡叫，是真的！人们左呼右喊，携老扶幼，跳的，跑的，滚的，爬的，一起涌到江边，啊！黑蒙蒙的水天之间，一条雪白的素练乍合乍散的横江而来，月碎云散，寒气逼人，人们惊叹未已，潮头已经挟带着雷鸣般的声响铺天盖地的来到眼前，惊湍跳沫，大者如瓜，小者如豆，似满江的碎银在狂泻，后浪推着前浪，前浪引着后浪，浪拍着云，云吞着浪，云和浪绞成一团，水和天相撞在半空，沙鸥惊窜，鱼鳖哀号，好像千万头雪狮踏江怒吼，乱蹦乱跳，撕咬格斗，你撞我，我撞你，一起化为水烟细沫，付之流水，波涛连天，好像要和九天银河相汇，大浪淘沙，好像要淘尽人间的污秽，潮水腾跃，好像要居高临下，俯瞰风云变幻的世界，天地间三分是水，三分是云，还有三分是阔大的气派！我解开衣襟，让江风吹入胸膛，突然，我觉得我的身躯在散开，我的心胸在升华，大江冲进了我的胸膛……

两岸的观潮人齐声叫好，许多人追着潮头狂奔，欢叫，腾跃，有人点起了纸团，叉在芦杆上投入江中，火光随着流水飞也似的去了，一会儿被抛向空中，一会儿又被沉下深渊，黑漆漆的夜空中，点点火光跃跃沉沉，飘飘浮浮，好像江底翻起了许多闪光的夜明珠。

潮头哗哗的过去了，它又匆匆地回首看顾，飞云已经在遥远的烟波中了，无情的流水，多情的潮魂，秋风飘拂，被洗净了的月亮显得更白、飞云显得更轻，水影月色，清空疏淡。篝火旁，有人在诵诗："……城上吴山遮不尽，乱涛穿到岩滩歇，是英雄未死报仇心，秋时节……"

浩瀚的钱塘江沉浮起伏，一喷一吸，我知道：这是潮魂在呼吸。四望皆空，我把满满的一杯酒酹入大江，算是对大江的安慰；人间已擒得恶虎，得把满腔的冤气化为倾盆的泪雨了。秋风秋水，我的心在江上盘旋；潮魂呵，这故事虽然古老，却也新鲜……

江水易流，心潮难息，现实，往往是以历史来充实的，历史呢，又是靠现实来生辉的，现实和历史，生活的航船就是用这两支桨划动驶向彼岸。

"岁月消磨人自老，江山壮丽我重来"。我沿着铺满月光芦影的江岸踱步，念着古人的诗句，作为对潮魂的良好祝愿。

选自《散文》1980年第8期

绝壁上的小松

张　禹

黄山松奇，闻名遐迩。凡到这里的游客，谁不为玉屏楼前那株当路的迎客松发出一声欣喜的赞叹？这株高大的松树虽略显衰老，却热情地张开双臂，给人以亲切的慰藉，令人顿时忘却一路来的劳累。其实，对于从南大门上山的游客来说，这不过是观赏奇松的起点罢了。自古以来，人们爱称黄山为“黄海”；正如人们不知道海里有多少鱼，也没有谁说得清这八百里方圆中究竟有多少松树。

从玉屏楼向北海前进，一路上可以看到许多的奇松：或圆似蒲团可容数人趺坐畅谈，或如卧龙、伏虎，如展翅飞翔的凤凰，或交枝连理，或倒悬石上，或雄踞险峰，直刺苍穹，或曲折迂回，俯瞰深谷……最奇的是云和石的巧妙配合，倏忽间阴晴迭变，风云幻起，峰回路转，景随人易；于是，这些奇松就活了，更显得生气勃勃，妙趣横生，变幻莫测，百看不厌。晋末的五柳先生陶渊明做了篇《归去来辞》，说他弃官归来后常常“抚孤松而盘桓”。我想，他如能到得黄山，看到这么多的奇松，不知该盘桓多久，做出多少好诗！然而，真正的松海至今还是个人迹罕到的奥秘处所，我们只不过在海滨漫步，从远眺中领略她的深邃浩茫，隐约地听到阵阵波涛起伏的声息。

记不得哪一位哲人说过，在自然、人生和知识的汪洋大海中，每一个人都只能拿各自所有的器量舀取一份。站在“黄海”之滨，我深深感到自己真比一个瘦弱懦怯的孩子还要渺小无能；尽管大海是如此慷慨无私，又如此浩瀚无际，我所能做的无非用双手捧起一勺水罢了。或许正因为这个缘故，我一面欣赏着许多挺拔雄伟的著名奇松，一路上注意观看无数的无名小松，而最后竟被无名小松们吸引住了。

那天，我和老友彭君为伴，一路攀援而上，走过许多悬崖陡壁。忽然，老彭发现在我们左右前后以及远处的千仞峭壁上，竟生长着不少松树。他们大都长在石缝里，因此多半高不满尺，在这个宏大庄严的境界里，更显得孤零、弱小。粗心的游客或许根本不会注意到他们的存在，在画家和摄影师的作品中也难得找到他们的踪影。只有走到他们身边仔细去看，才会看到他们那瘦小却坚挺拗怒的身躯，隐现于云涛雾海之中，不知经历了几何风雨霜雪雷电，仍然保持着苍翠青葱的生气。那些石头缝里（有的小到容不下一抔土），哪能扎下深根？他们又从哪里吸取养分？但是他们竟无畏地顽强地生存于这个严峻的地方。“这是造物主创造的奇迹呢？还是他的疏忽？”可惜我们两个都是无神论者，也就没有一个上帝出来替我们解答这个谜。

我跟着老彭，一边继续观察和欣赏，一边在心里说：“呵，可怜的小松！倘若你们长在沃土之中，不也能成为著名的大树，让千万人们礼赞倾倒吗？大自然何其不公，使你们落到这么一种境地？”但千姿百态的小松们并不理会，只不断地向我们招手，仿佛正在同海拔一千八百余米的莲花、天都诸峰争奇斗妍而毫无愧馁。我仿佛听到了小松们的回答，因而看见了自己的庸俗和浅薄。是呵，黄山之所以为“海”，不就是因为她不择细流吗？而不论在自然界，在人类社会，还是在艺术领域中，美与丑，以及善与恶、真与伪，又岂是一根卷尺量得出来的吗？对于这些小松，大自然似乎过于吝啬，也过于严峻了；但大自然赋予他们顽强的生命力和坚韧的品质，却又是并不偏私的。也许在我们赞赏过后不久，一阵风雨或者别的突然打击，会把一株小松折断，甚至连根拔倒，但就在那里，明天一定还会长出新的小松来。君不见，迷人的散花坞中那枝“梦笔生花”？在那脱颖而出的圆润尖细的笔端——巨大的石头顶上，正开着千年不败的花朵。这花朵就是一株奇妙的松树，“黄海”的灿烂明珠。……

这天夜里，我久久不能入寐。恍惚间，我正从海滩上回来，手里捧的一点水从指缝中漏光了，却留下一只小小的贝壳……

选自《散文》1980年第10期

飞　絮

熊述隆

晨光里，柳絮一阵阵横窗而过。

伫立窗前，我望着，想着，思绪竟也像轻盈的柳絮，随风而飞飘。我很想捕捉住它们，但它们却是那样的若隐若现，浮游不定……

（呵，那么你就飞吧，柳絮！）

我将目光向窗外移去，道旁，有一株亭亭而立的白杨，叶片上闪烁着星星点点钻石般的露珠。我又记起：正是那次"赏花"后的两三个月吧，我又去游公园，独自一人。——"花事"，确乎已经过去，连碎金般的落英，也为秋风扫得杳无踪迹。然而，就在我独坐长椅上，怅然地目送着湖面上远逝的涟漪时，忽然听见左近传来一阵细微却清脆的外语诵读声。我正想着，又听见诗朗诵般的译读声："……如果我是一颗露珠，我愿闪烁在祖国的早晨！"声音是年轻的，充满活力的，绰约的树影后，只能依稀看见一个伫立的侧影，然而我却仿佛看见了诵读者充满希望的明眸，露珠般晶莹的目光。……

归途中，随着我孤独的脚步声，那清脆的声音仿佛滴滴露珠，叩击我的心弦。我沉思了，想了很多。我也终于忆起那位朋友的话。我觉得我很理解他，又觉得他的话未必全对。——应该说，花事是长存的。春桃，夏荷，秋菊，冬梅，没有不开花的季节；更何况，未满三十岁的祖国又开始了新的春天，新的早晨！而与祖国同时代的年轻人，能在这样的季节、这样的时光，任生命的花瓣凋落么？

打那以后，我似乎开始有些变了。怎么变？说不清……

（呵，飞吧，柳絮！）

微风拂过树梢，树叶的沙沙声，把我的思绪带得更远了。——那是三年前？五年前？或是更远的时光？实在说不真切。只记得，那时我正在一个依山临湖的小县里。像一个茫然的彷徨者，踯躅在生活的原野上。一次，在山涧的林木里迷了路，幸好遇上了一位林木工人。我和他在被伐过的树桩上坐了很久，抽着他给我的“经济牌”香烟。在送我出林的路上，他似乎随意地给我讲了一些林间的知识。印象最深的，是他指给我看树桩的年轮，一圈一圈的，说是阳光雨水充足的岁月，年轮便宽舒，气候恶劣时，年轮便密匝些，但无论如何，一年一圈是决不含糊的。最后他还说：“这是树木的特殊文字，你懂么？……”我觉得他似乎话中有话。然而待我细问，他却又不肯细说。直到他将我送出森林，也始终未将答案告诉我。

此后，我常会想起这位林工的话来，也曾试图揣摸那“特殊文字”的含义，然而总是不甚了然，久而久之，也就不去想它了。——谁知道，事过若干年，我居然在不经意间终于弄懂了它的含义。那才是一年前的事。——那时节，我已经终于认定目标，重新与书籍、笔墨结下了不解之缘，开始了我新的道路，自然，跋涉中甘苦备尝，而正是这种时候，忽然想起了那位林工的话，不禁恍然了！我深信：那年轮记载的“特殊文字”应该是：“不论风晴雨雪，我始终在走着我的路。”是的，历史有它的“年轮”，祖国有它的“年轮”，而我们每个人，又岂能让自己的“年轮”出现空白？！我觉得，当我悟出这一层道理时，我的“年轮”正在开始新的一圈……

（呵，飞吧，柳絮！）

“燕子去了，有再来的时候，杨柳枯了，有再青的时候。但，我的日子为什么一去不复返呢？是有人偷走了它们吧，那是谁？又藏在何处呢？……”这是朱自清在《匆匆》里的一段文字，我在中学时代就会背诵的，只不过，对那一串含蓄、隽永的发问，我一直是带着一种奇妙的朦胧感来吟哦的。而如今，它的答案竟如此清晰而严酷地摆在我面前！是的，我知道我的日子是如何失去的；我也知道，是谁“偷”走、“骗”走、以至“夺”走了它们。为此，我也曾痛苦和悲愤过。但我也终于明白，我不能让“新来的日子”，再在无休止的慷慨陈词与没完没了的叹息中消逝。我应该走下去，切实地走下去，用双倍的脚印，日夜兼程地追赶旋转的时针。我想，只有这脚印，才是对被“埋葬”的日子的真诚悼念，也是对“窃贼”的最好回答吧？！

是的，“我还年轻，我还要征服生活。因为过去并不是一个沉默的哑子，它会告诉我们一些事情的。”我又想起了巴金在《激流》序言里所说过的这段话。——自从我真正惊醒后，它们就时常在叩击着我的胸扉。因此，我也曾以虔诚的心情，在一张卡片上抄写了他的另一段文字，并压在案头的玻璃板下：

> 我有我的爱，有我的恨，有我的欢乐，也有我的痛苦。但我并没有失去我的信仰，对于生活的信仰！

——这段文字，能成为半个世纪后一个普通青年的座右铭，或许是这位老作家未曾料及的吧？但这并不足怪，因为正如他所说：“生活的激流”尽管在它的途中“发射出种种水花”，但“并不曾有一个时候停止过，而且也是不能停止的”。

这是真理。

（呵，飞吧，飞吧，柳絮！）

昨天，已近午夜时分，当我终于合上书本，套上笔管，站起身来时，我看见对面的大厦里，上下左右也依然亮着三五点顽强的灯光。这情景，在我已不陌生了。但不知怎的，一种难言的激动与欣慰，蓦地将我整个儿席卷了。我摁熄了我的台灯，在黑暗中伫立了很久，望了很久，也想了很久，心底里向那灯光下的他（她）们道着“晚安”……

然而这一晚，我却彻夜失眠了。

……此刻，我伫立在晨光镀亮的窗前，深深呼吸着窗外涌进来的清新空气，一丝儿也不感到疲倦。一切，正在黎明的大自然中，开始苏醒。呵，我真想张开双臂，拥抱这初晨的世界！

柳絮，依然在飘飞着，愈来愈密。

像是纷扬的美丽的雪花。

有一片，居然就飘落在我的胸襟上，我终于将它轻轻捕捉住了。我凝视着它，端详着它。它在晨曦里，微微泛着银白的光。听人说，一片柳絮，就是一粒种籽。哦，它会发芽么？它将飘向何方？——我摊开手心，它便在我的手掌中，随着微风飘荡而起，汇入窗外纷纷扬扬的柳絮里，渐渐远去，远去，再也分不出彼此了……

（呵，飞吧，飞吧，柳絮！）

愿你飞过我年轻朋友的窗前，带去我这霞光里的祝愿，带去我这初晨的问候……

选自《散文》1981年第1期

夜丁香开花的时候

韦　野

深夜，许多花安息了，谁还在盛开，谁还在散发着浓郁的馨香？

当花的使者报春，首先把花讯送到春天的时候，桃花便像一位登台的仙女，涂着粉红的笑容在丛林间婀娜起舞，窥视绿丛中的追随者；春兰和蕙兰不肯躲在深闺，沐浴着和煦的阳光来到庭院，抖一抖傲寒的身骨，散发出沁心的香气。那玉兰也端出了洁白的酒盅，仿佛给客人酌上满杯琼浆；而似鹤莲也在园艺中争相抽出淡紫和深红的大型花序，使人感到春色在妩媚中逐日加深，增添着盎然的神采。于是，赏花的人们便逐渐增多起来。

可是，在这群花争妍斗艳的春日，有谁知道还有一种默默无闻的花品，在庭院杂草的隙间，或园艺的垄背，正慢慢在秃枝上发芽。它没有炫目的光彩，很不引人注意，因为修长的绿叶宛若细柳，枝条平淡无奇，稍不注意就会把它当作杂乱的草叶除掉。它似乎并不以招引青睐为荣，不为蜂蝶所赏，也不想叫文人雅士为它吟诵。你看，当百花尽情炫耀自己的俊美，它仍然甘居寂寞，默默地抽枝吐叶，只是到了盛夏或仲秋，当许多花儿收敛了一天的欢情，它才暗暗把自己的芬芳送给人间，直至寝室，使你在宁静的休憩中，享受到非凡的清香。它没有娇姿媚态，一簇簇喇叭状的淡黄色小花显得有点单薄，但当你挨近它的花束，你就会觉得不可轻看它的朴实无华，不再相信“室有兰花不炷香”才是唯一的了。它的使命不单是供你欣赏，那害人的蚊蝇一遇到它布下的香阵，就逃之夭夭了。这花，就是许多家庭喜欢栽培的夜丁香，它还有一个典雅的名字，叫洋素馨，其实从它身上是看不到半点洋气的。

我历来对夜丁香怀有深深的感情，我爱它纯朴，厚道，坚毅，谦逊。它不娇生惯养，只要是插在素沙土里就生根发芽，没有什么特殊要求，只要得到普通花草所需的阳光、水分，即可为人们做出应有的贡献。而我对它的了解和喜爱，还有特殊的来由，有着无以名状的感受，以至使我每每见到它就忆起那些令人压抑的日夜。

那是在一个秋天的夜晚，我沿着海滨公路到一个偏僻的村舍，看望从北京被赶回老家的林教授。他住在郊区海湾的一所破旧小院里，一进门我突然闻到一股扑鼻的芳香，我顿感惊异了，这是什么时候，怎么还有如此浓烈的化妆品味道！环顾院子周围，冷冷落落，异常沉寂，我不便细问，只是低声和老林谈起他的不幸遭遇。忽然，我发现老林屋内的窗台上有一株夜丁香，枝繁叶茂，开着一簇簇小黄花，那根部异常粗壮，和枝叶很不谐调，却看得出是养育多年了，只是没有花盆，长在破旧的木匣里，木匣上明显的箍着两道铁丝。在那样的年代，对这种爱好我无兴细问．也无心谈论它的价值。我想，老林已经落到这个地步，哪有谈花的逸趣？

后来，每逢街上贴出新的传单和大字报，在不招人注意的傍晚，我就偷偷采向老林传递街头见闻。因为他是无权上街转游的。那种所谓红火的大辩论场面，只会给他的精神上带来新的刺激，所以他总愿躲得远远的，越远越好。可是每当我去的时候，就首先看到那株夜丁香吐着新花，不是摆在窗前，就是放在院子当中，有时竟放在那架跟随他几十年的老式双筒天文望远镜的三角架旁。绿叶长过他的膝盖，细碎的小花在月下的银辉里轻轻摇曳，使这个萧索冷寂的孤院，陡添了一丝生气。

我知道老林从青年时代起，就没有间断过他的天文研究，几十年如一日地记录每月的天象，绘制了他亲自观测的数千幅星图。他的《星海探胜》四十年代出版时，曾博得国际天文界的赞许，特约他到国外讲学。在抗战时期的颠沛流离中，也不曾放弃天象观测，有时深夜睡醒一觉，还挎上随身携带的望远镜和手电筒，走到宁静的村野仰天张望，凡有所见，立刻用手电照明记在本子上。现下，老林却被驱逐出他经管了多年的心爱的天文研究室，离开了自己亲手安装的威力强大的电子照相机，反而捡起了自己扔在老家的这架过了时的三腿望远镜。他独自站在料峭的凉夜，默默仰天直视，仿佛忘记身后的一切，整个心神都倾注在宇宙间暗弱的天体。那些难测的天象是变化多端的，它们怎能轻易地敞露胸襟让你随意诊断呢，望得双目发酸发直了，还不肯回屋稍息。这时，唯一的外援似乎就是那株夜丁香在他身边欣然放射着看不见的芳馨……

我瞧着那架支撑在这个冷落小院的望远镜，神情忽然述离了。远处传来的“文攻武卫”的高音喇叭声，还在夜空里荡漾，老林仍然在拨动他的镜头，仿佛是个聋人，毫无表情。对我的到来他也习惯了，还讲什么客套。那株夜丁香都成了他的无言的伴侣，又殷勤地把它的花香送到我面前，似乎在招待我坐下。

这就是我最初对夜丁香的结识，我和它开始建立情谊，懂得了它的花期，也懂得了它的招人喜爱的个性。

可是，在此以后的一个中午，夜丁香的花簇突然枯萎了，不到傍晚，绿油油的枝叶完全失去光泽，蜷缩着耷拉下来；新吐出的细嫩的枝丫也蔫了，花瓣散落在窗檐下边和冷清的地面上。本来就显得萧索的院子，此时更加沉寂，更加凄凉。因为，一伙带着红箍的手持棍棒和砍刀的人，突然闯进来找什么逃跑的走资派，怒目训斥老林别忘是黑五类之一，如果窝藏“黑后台”是罪上加罪。一目了然的冷清清的屋内屋外，岂能藏得下五尺之躯！他们自知扫兴了，临走，窗下的这株夜丁香却成了他们的眼中钉，一位持刀者竟然指着主人的鼻子说：“真是欠罚你掏大粪，还有小资产的闲情逸趣，本性不改！”说着，一刀把夜丁香砍倒了，花瓣纷纷散落。花枝七零八杈倒在地上。老林心疼地望着掉下的花枝，一言没发，呆呆地站在院里，望着扬长而去的凶手，愤怒从心底涌起。无可奈何，他缓步走进屋里，思绪纷纭，痛楚万分。他忽然发现那架望远镜还没抢走，幸免砸坏，心情慢慢平静下来。他走出屋子，来到窗前，把地上零乱的花枝收集在一起，放在柴草上面。

从此，冷落的小院里再也闻不到那种特有的花香，再也看不见这绿格英英的枝叶了，只有低矮的窗户望着稀疏的星星。远方的高音喇叭还在不厌其烦的噪叫。

蔚蓝的天色，时时像明丽而深邃的宝石吸引爱好它的学者。老林过着被监视的日子，还牢记着天体中那颗鲸鱼座怪星，曾给他带来的研究工作上的新进展。那里展现的每一种物象，都给他创造了神驰的自由。他想，那里是没有手持棍棒和砍刀的凶手的，苍天既然没有被打倒砸烂，就不肯放弃这种自由。夜幕降临之后，他习惯地支起了那架望远镜，随心所欲地神驰在天空。一会儿又拿出自己从大学研究室带来的关于变星的研究记录，按照变星总表上圈点的位置，又投入观测，驰骋在光怪陆离的星的世界。

在银河的一侧，从低垂的东方的天狼星往西，越过参宿七星，有一颗肉眼可见的红色怪星。它的亮度变化，非常怪异、奇特，多少年来一直是天文学家和天文爱好者的“宠儿”，因而获得了“鲸鱼座怪星“的外号。自从荷兰天文爱好者法布里修斯最早于十五世纪发现这颗星之后，经过人们无数次观测研究，才确认它是一颗具有周期性光变的最奇特的星体。它的周期性光变，间隔为十一个月左右，暗的时候人眼完全看不见，亮的时候竟能与北极星媲美。可它的躯体十分庞大，直径竟然为太阳的四百六十多倍，几个世纪以来人们一直在探索它的奇异多变的奥妙。这种奥妙一旦揭开，不独为认识怪星本身，尤其对研究长周期变星，以致一般星体的变化，都具有极为深刻的意义。老林对这颗变星的观测记录已近百周了，只是近年才有间断。现下的中秋月份，正是这个怪星光变的明显时日，无论如何，也不能错过这个难得的机会，尽管仪器很不得心应手，他仍然一丝不苟的观测，记录，记录、观测这个怪星的光变，和光谱的变化。他在六十年代初期，曾探测出怪星在红外区也有很强的辐射，这种辐射不单是光辉，而是怪星的本身物质在向外流失。这是一个重要的发现，曾引起世界天文学和天体物理学界的注意。今夜，他在这个新成就的起点上又继续行进，像茫茫沙漠中的一匹骆驼，艰难地跋涉着，任重而道远。

我听说老林的夜丁香被砍杀了，又偷偷地来看望他。无以名状的伤感，使我怎么也难以理解，他们为什么竟对一株夜丁香如此深恶痛绝？难道它招致了灾难，损害了国土吗？我希望老林再把这可爱的花培植起来，它的根部还没有损坏，它的身子还在挺立，它那肥沃而细腻的素沙土还有丰富的营养，完全可以发出新芽，长出更多的新枝、新叶，再为这个冷落的小院增添芳馨。主人似乎不想在近期为它花费心思了，只是说等到春天来临时再培育吧，因为那是花的季节。

是啊，春天的花是到处发芽、到处盛开的，不因人的爱憎而不生长，不开放。有的花为明丽的春景增色，有的花为炎热的盛夏带来清爽，有的花为金色的秋天增添硕果，有的花却能在寒冬助人傲霜斗雪，更有的花只在人们酣睡之时给你送去芳香。花有自己不变的信念，不竭的热情，任大千世界怎样变化，它的生命照样在自然的轨道上运行。

选自《散文》1981年第2期

松林一夜

［英国］R.L.史蒂文生 著　罗务恒 译

［译者小记］罗伯特·路易斯·史蒂文生（Robert Louis Stevenson,1850—1894）是我国读者熟悉的英国作家，他的《宝岛》已有几种中译本。史蒂文生是十九世纪末英国新浪漫主义文学的代表作家，在文学创作各个领域都颇有成就，短暂一生中写下了大量的小说、散文和诗歌。

晚饭过后，尽管天色已晚，我还是由布莱马[1]动身出发，从洛泽尔山的一隅登临而上。顺着坎坷多石的牲口道往上走，一路上，我遇到一些下山的牛车三三两两从山林里出来，每辆车上都满载着一株大松树，那是为过冬备的柴。在这料峭寒岭上不用往上走多远，就到了山林的顶头，从那儿往左拐，沿着松林间的曲径走去，我来到一处绿草如茵的幽谷。潺潺溪流从岩石里涌出，形成一股小喷泉，正好为我做个水龙头。“一个颇为神圣、幽静的林荫处，宁芙[2]不常往来，也无斐尼斯出入[3]。”环绕着林间空地的树木虽不是参天古松，却也枝叶扶疏，长得十分茂密。除了东北方隐约的山尖和头顶上的天穹之外，看不到什么别的景物。这里隐秘得像间屋子，野营是安全可靠的。等我安顿妥当，给牲口牡丝太恩④喂过饲料，夕阳已向西沉了。我坐下来把双腿塞进睡袋，敞开肚皮饱餐了一顿。等到太阳一落山，我就拿帽子遮住眼睛，很快地睡着了。

待在家里过夜是死气沉沉、单调乏味的。但在野外，有星辰、露水和花草芬芳的伴随，有大自然景象的变化，时光消磨得十分轻松。如果说把人们窒息在四壁幔帏之中简直是一种慢性杀戮，那么只有在野外露宿的人才可能有恬适的睡眠。整个夜晚，人们都能够听到大自然深沉而酣畅的鼻息，即使是大自然憩息的时候，她仍然在活动，在微笑。深居简出的人体会不到这样活跃的时刻：沉睡的大地苏醒时，整个露天世界就动起来了。那时节雄鸡首先鸣啼，要说它在宣告黎明来临，不如说它像个快活的更夫在催时辰。牛群在牧场上醒来，羊儿在洒满露珠的山腰上吃草，又把新窝迁到羊齿草丛之中。和鸟兽做伴、漂泊无家的人，睁开惺忪的睡眼，注视着这夜的美景。

我在松林里醒来，口渴得很。半满的水罐就在身边，我一口气把它喝干了。沁人心脾的"圣水"一下肚，顿时感觉到格外清醒。我坐起来，点燃一支烟。头上群星晶莹、璀璨，清晰而不朦胧。银河是淡淡的一片星云。我四周黑黝黝的枞树树梢笔直，亭亭而立。在白色的驮鞍旁，看得到牡丝太恩在拴桩周围挪来绕去，听得到它不停地咀嚼青草的声音。小溪从岩石上淌过，倾吐着不可名状的喁喁话语。除此之外，四下阒然无声。我懒洋洋地躺着，一边抽烟，一边端详人们称之为"穹隆"的天空的色彩，观赏在松林背后，繁星之间呈现出的淡淡红灰色和黯蓝的亮光。

习习微风，与其说是气流，不如说是一副飘然而至的清凉剂，时时吹进林间空地中来。整个夜晚，我这间"大卧室"里的空气因此而保持着清新。相对我们蜷缩其间的房屋而言，野外毕竟是一处更为舒适的温柔乡。造物每夜都在野外提供房屋、床褥，等候人们去享用。我自恃重新为生番蛮族揭示了一个真理，这是被政治经济学家们掩没的事实。至少，我为自己寻得了新的乐趣。

我躺在地上，正沉溺于满足，沉浸在遐想之中，忽听得透过松林传来一阵微弱的声响。开始我以为是远处农舍传来的鸡鸣狗吠声，渐渐地，这声音越来越清晰，我这才意识到是有人正在山谷道上赶路，而且是一边行走一边大声地唱着歌。他的演唱与其说优雅动听，毋宁说是精神感人。那憋足了气的嗓音在山间回荡，葳蕤溪谷中的空气都颤抖起来了。夜半时分仍在外面活动的人都多少有些神秘色彩，此刻的浪漫气氛就更浓了：一边，是这快活的过路人，乘着酒兴，扯着喉咙唱歌；一边，是我，双腿裹在睡袋里，在距离星空仅四五千尺之遥的松林中，独自一人抽着烟。

当我再度醒来时(九月二十九日，星期天)，星星大多消失了，只有那些较亮的夜的伴侣仍在头顶上闪烁发光。往东边，我看到地平线上淡淡的朝霞，宛如我昨夜醒来时所见银河的一片雾霭。天快要亮了，我点亮提灯，借着荧荧烛光，穿上靴子，扎好绑腿，弄些碎面包给牡丝太恩吃，又让它喝足了水。然后，点燃酒精灯，为我自己煮了点巧克力。先前我香甜地酣睡时，浓重的夜色长久地笼罩着这林间空地。现在，沿着维瓦雷山顶是一大片橘红、金黄交相辉映的色彩。当太阳喷薄欲出的时候，一阙庄严的乐曲在我心中奏响，我听到了小溪愉快的欢唱。我打量一番四周，是否更美，更加异常。但除了天色之外，黛色的松林，空旷的林地，嚼草的驴子，一切都依然如故。不过晨曦确实使一切焕发出生命的元气，带来一种安宁的气息，使我在心情上感受到一种未曾体验过的振奋。

将那虽不丰裕，但却滚烫的巧克力茶喝完，我在林地周围遛了遛。当我盘桓之际，一股持续的风，如同一声喟然长叹，从东方日边直吹过来。风是凉飕飕的，弄得我都打起喷嚏来了，身旁的树木在风中摇曳着枝叶。往金色的东方，我能看到远处山巅稀疏的松林树尖在微微地晃动。十分钟以后，阳光沿着山峦边缘飞速地伸延，给群山投下一些阴影，带来无限光明。天大亮了。

①地名，在法国境内。以下山名同。

②宁芙、斐尼斯，皆为神话传说中野外如水边、林地一带的神妖。

③这里引的是英国十七世纪诗人密尔顿《失乐园》中的诗句，见原诗第四章。

④作者旅行时所骑坐驴的名字。

选自《散文》1981年第7期

杨柳青青

黑　瑛

谁最早听到春天的脚步？谁最早传来春天的消息？在南国的园林里，报春的先知，当然要推那在冰雪中开放的梅花；但在北方的原野里，春色却最早出现在杨柳的枝头。

在北方，人们的节令谚语中有道是："五九、六九，抬头看柳"，当冬天的风沙还弥漫着大地的时候，忽然一抹淡黄的柳色出现在河边或路畔，立刻会有一种清新之感沁入人们的心里，人们会为冬天终将过去而轻轻舒一口气。如果，洒过几场春雨，那柳色愈来愈浓，不久便是一片新黄嫩绿了。这时，对着这一片黄绿的柳色，你会感到：一个勃发着生机和希望的季节开始了，一个万紫千红的世界就要接着出现了，这时，你也会同时想到，自己一身臃肿的冬装该要脱掉了吧！新的一年之计也要考虑了吧！就这样，柳色把春天带到了人间，也带进了人们的心里。

可能是这个原因吧，人们常常把柳色作为春天的象征。不是吗？诗人们要表现春阳和煦、春风温柔的诗情，只消一句"一树春风千万枝，嫩于金色软于丝"，读者马上便觉得春意盎然了；画家们要刻写春山牧童、春风燕子的画意，只消加上几条婀娜的柳丝，观众便立刻感到春光满卷了。正是由于柳色对于春天的象征意义，所以，人们在柳色中看到的，不只是一株树的新生，而是一个世界的苏醒，而这，才是春天对于人们的全部涵义。

柳色美，柳枝也美。诗人杜甫就从柔软的柳枝想到了十五女儿的腰肢，无疑这给柳枝更增添了美的色彩，但是后来人们沿用的俗滥了，倒使人觉得对柳枝成了一种亵渎。其实，柳枝曾给了人们更多的细腻、美好情感的感受。几千年前的民间诗人就写出过“昔我往矣，杨柳依依；今我来思，雨雪霏霏”的动人诗句。用柳枝的形态比兴离去归来的委宛心情；后人们，在彼此离别时，也常常折柳枝相赠，以表达对离人的依依难舍的感情。那时，“长安道上无穷树，唯有垂杨管别离”，袅袅的柳枝在人们生活中，曾经维系了多少真挚而细腻的情思啊！现在，人们虽然不再用柳枝来寄托对离人的眷念了，但是，春风中的柳枝，依然时时地牵惹着人们的情怀和思绪。你看，“春风杨柳万千条”，人们不是还在从飘扬的柳枝中，激荡着对春回祖国无限深情吗？

牵惹人们思绪的，除了柳枝，还有柳絮。“暮春二三月，杨柳齐作花”，杨花的籽实成熟后，便滋出纤毛，飞作柳絮。在暮春的天气里，经过几天春阳曝晒，柳絮便从枝头随风飞扬起来。它们一片一片，一团一团，飞过树梢，飘过水面，有时纷纷扬扬，竟如漫天飞雪。飞向天空的，在碧蓝的晴空之下，映着太阳，熠熠生光；落在地面的，如棉似绒，成堆成团，随风滚动。人们走在路上，飞絮又常常左右前后地围绕着你，或沾衣，或扑面，纠缠不已。这会使人记起古人“落絮飞丝也有情”的诗句。飞絮，在古代一些诗人的眼里确是多情的，不过，他们从飞絮中看到的却是飘渺的幻梦，难返的逝波，他们只是怅惘地问着飞絮：“春尽絮飞留不得，随风好去落谁家？”，而我们飞絮的性格，却似乎是与这些情感无缘的。你看，它们离开母枝飘扬而去，是那样快乐，是那样自信，它们坚信一个广阔的世界在等待着自己，一个新的生活在迎接着自己。如果说柳絮确是像梦一样自在轻扬，那么那也是一个充满了美好憧憬的梦。它们不管春风把自己带到哪里，坚信在那里不久就会有成片的新柳破土绽芽，迎着春风，向着阳光。

当然，我们也不要去责怪古代的那些诗人。在春天里，杨柳那清嫩的柳色，婀娜的柳枝，轻飘的柳絮，往往使人喜欢赋予它一种柔弱的性格和纤细的情感，这确实是一个误解。其实，在杨柳那柔弱的体态中，却有着一个坚定的性格和顽强的信念。它抗碱、耐湿，不畏酷暑严寒，枝条插在哪里就在哪里扎根成长。栽在荒原，它可以防沙；种在水滨，它能够护岸。如果植在宅旁、路畔，它既能固土，又可成荫。过去，人们把过多的颂辞唱给松柏，使松柏成了坚贞的化身和力量的象征，但是很少有人为杨柳的这种谋福人群、四海为家的品格唱一支赞歌，这也是不太公平的吧。

浩浩流波逝，年年柳色新。春天的杨柳虽然会老去，但杨柳的春天却永远在人们胸怀里鼓荡着新生的希望，唱着生命的赞歌！

选自《散文》1982年第4期

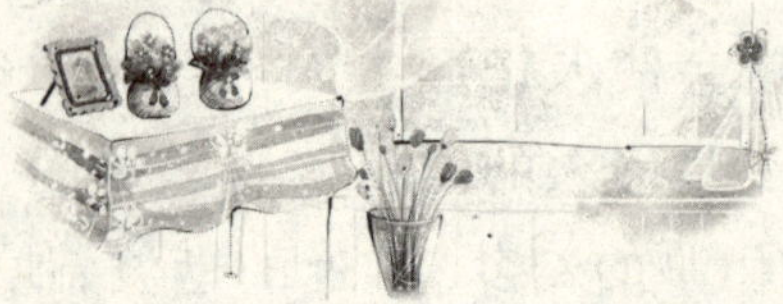

白 菜 赋

田 人

曾闻:“百水莫如白水,百菜莫如白菜”。那舒着心的大白菜、翠绿的叶子,包着洁白的菜心,一棵足有二十余斤;那早熟的包头白又叫七月鲜,一瓣瓣菜叶把菜心的头包的严严实实、裹的紧紧,早种早熟,以勤快的生长早飨于世而著称;那从皮到心,通身碧绿的是牛心白菜,又称鸡腿白菜,它婷婷玉立、青翠欲滴,虽然没有树那么高,但它给人一种乔木的感觉,虽然它没有人的性格,但它给我一种少女的印象,它的心是绿黄的,这使我想起了一首古老的民歌:“小白菜,心里黄……。”白菜古称为菘,从它的名字里我又悟到了它的品格。

白菜渐渐地长高,天也渐渐冷了。远望白菜园圃,白菜以自己硕大的绿叶傲对秋日凛烈的西风,它勇斗寒风,叶片高昂,翘首苍穹,那嫩白的面满带精神,那矫健的身姿张有几分英气。翠绿的叶子遮严了大地,好像这秋冬之交又出现了一个灿烂的春天。远远望去,像翠绿的波浪。

初冬了,这时的白菜已长成型,接着就要对白菜进行捆扎和束裹,用草蔓将白菜的头部扎裹起来、这时白菜已进入长心的阶段、白菜的下部是白色的菜皮,上部是青绿的菜叶,有的菜心长出了头,像一朵朵经霜耐寒的黄菊花。北方的大地已裸露在广袤的天宇里,独数这一方方的大白菜园圃却呈现着自强不息的精神,萌发着蓬勃坚韧的生命意志。

七月鲜包头白栽种的早,以捷足先登的脚步上市了。那鲜灵灵的嫩叶包裹着凸出来的菜心,大白菜和鸡腿白菜要等到立冬前后才能收获。这时，家家户户都在收获大白菜，大白菜有一搂来粗、二尺多高、菜心结的瓷瓷实实，一个人登上去也能载得住。收获的大白菜稍晒之后就要入窖。一棵棵的大白菜就像睡在母亲怀抱的胖乖乖。冬天，冀中平原的集上一眼就能看到大白菜，农民把大白菜成果的齐齐整整，用刀切去包头皮，就露出了洁白的菜心。一行行、一列列、一片片的像用白雪垒起来的墙，左一道、右一道、曲曲弯弯布列成市。它白的耀眼、白的纯洁、照的人的心都会亮起来，它绿的刺目、绿的透明、绿的人心像见了春天。那鸡腿白菜以细长的身段、碧绿的心、叶面赢得顾客的欢心，摆起来与大白菜各呈姿态，相映成趣。在严冬的季节里，嫩白与翠绿应是最宝贵的颜色了。这些白菜差不多家家必备，人们一买就是几百斤，不分城市与农村都是冬季的主菜。冀、鲁、豫的大白菜除本地食用外、还组织大量的外运，上关东，去上海，走广州，越天山，几乎全国各地都能吃到大白菜、“百菜莫如白菜”成了人们的口头禅。它是普通的菜又是普遍的菜，它物美价廉，平凡，决不以高慢傲人，却以纯洁的品格升堂入室。它清淡而长久、朴素而耐寒，不慕高价的芥姜，不屑顾于其他品种的浓艳，它是一个菜中的君子。如果要是选菜王的话，我一定要选它为菜中之王。

白菜，我爱你冰肌雪骨，翠衣玉容，迎寒风而无惧，含春温而有情，灵魂儿没有一点尘埃。白菜，我爱你既普遍又普通，寓清白于素淡，傲霜雪而矗立，斗严寒于冬前，起葱茏于秋后，不卑不亢，永不离开人民大众，一心一意给人类提供营养，从你身上喻示了人间多少哲理，人们从你身上得到的岂仅是物质营养？我想还有比物质营养更多更重要的东西，那就是——品格与精神。

选自《散文》1982年第4期

拣石子

刘　茵

北戴河的夏天美极了！黄昏时分，漫步海边，沙滩上小小的石子吸引了我。

天空湛蓝剔透，大海空阔无边。海水浸上来，又退下去，抹平了人们的脚印。我沿着海边拣石子，像天真的孩子那样。真有意思，连我自己也奇怪起来，哪来的这闲情逸趣？然而今天，我毕竟复归了童心，拣起石子来。

一个红玛瑙般的东西映入眼帘，我立即拣了起来。啊，又一颗！绿色带花纹的。红绿相衬，煞是好看。几步之外，一颗晶莹透亮的小白石在眼前一闪，我弯腰拣起一颗宝石。看看手中小有丰收的十几颗石子，我感到意外的满足。眼前，碧波万顷，洪波涌起，海涛和心潮齐鸣，烟水共长天一色，我心旷神怡。海浪拍岸的声音一起一伏，有节奏的跌宕，变成《多瑙河之波》的旋律荡漾心中。我沿着海边寻寻觅觅，疲劳顿失，烦恼烟消，我和大自然融为一体。

浪渐渐大起来，"哗——哗——"地低唱着，海浪退下后留下那么多石子，我欢呼起来了。我仍旧在海边觅拾，十分用心。大海潋滟，推过层层浪环，撞到岩石上，迸出粒粒珍珠。惊涛拍岸，伟哉壮哉。我赤脚站在海滩，任海水没过脚面，凉飕飕、绵柔柔，别有一番滋味。

我在海边痴痴地站了一个多小时，塑料袋已经鼓起来了。我把这些石子投入旁边清澈的小溪中。石子一入水中，五光十色，鲜艳晶亮。淘汰的石子被我一个个掷还给大海，溅起了朵朵浪花，我拍起手来！异常地开心。一小袋石子已经使我满足，可是，陌生人却告诉我说："黎明时分拣石子最惬意，奔腾一夜的大海退潮后会留下更多的东西。"我神往了，决定翌日清晨再来。

这一夜我想着石子，盼着天亮。入晨，天色微明，我就奔向海边。啊，真是琳琅满目！大海退潮后，慷慨地为人们留下了多少好东西！海螺、贝壳、石子、海菜，令人目不暇接。我还是拣石子吧。拣着拣着，我想入非非了。我发现一块扇坠一般的石头，晶莹灵秀，甚是可爱，无疑是个奇物了。我一连翻转它几个个儿，仿佛它上面镌刻着字迹。噢，莫非拣到的是一块"通灵宝玉"？

我想到哪儿去了！俯首，只见一颗鹅卵石似的石子光洁圆润，令人爱不释手，一位朋友告诉我：这是积年累月被海水冲打光滑的。忽然，我看见一块有黑白图案的石头，宛若水墨画一般美，同拣回的其它石头搁置一起，定会有相映生辉之妙。我又欢呼自己拣得一块大点的石头，形状不大规则，姿态相当自然，身上结着贝壳，长满青苔，简直就是一块天然的假山盆景。袋子又装满了，这回，我是大大地丰收了。

朝霞映红了海面，天空抹上赤、橙、黄、绿各种色彩，一轮血红的太阳露出海面。大海观日出，那种壮观，你简直无法形容。世界终于告别了黑夜，世界正在新生。

回到住处，我把石子泡在白色脸盆中，它们各自显露出秀姿，光怪陆离，像个小小的大自然。

这些石子仿佛变成有生命的东西，我越看越喜爱。它将点缀我的生活。那五颜六色的小石子置于碗中，堪与鲜血染过的雨花石媲美。那块大点的石头置于小盆中，可望成为美丽的盆景。还有几块各具姿态的小石块，冬天放在水仙花盆中，与嫩绿挺秀的水仙相映衬，该是多么妩媚！

石者，坚也，有磐石、柱石、药石；有试金石、补天石、垫脚石；有顽石、绊脚石；这里又有质坚而色柔的彩石。

望着这些辛苦换来的彩石，我的心头滋生出一种颇为特殊的感情。这些性格坚实的小小石子不甘在茫茫的大海中沉没，逐波顽强地飘忽于海岸沉沙。大海的客人，我赞美你！

选自《散文》1982年第9期

菜园情思

孙善康

我爱我的菜园。

在菜园里耕耘，虽然是你生活中的一个小浪花，一段小插曲；在你的历程中，弹奏起一阕乐章，但你切莫小睹这个小天地，那里面的知识却是浩瀚的海洋呢！一年间，七十二个季候，二十四番花信风，那个季节种什么菜蔬？都要你妥善安排：春天是播种蔬菜的好时光，马铃薯、洋葱、莴苣、玉米；夏日是瓜果的世界：香瓜、甜瓜、南瓜、茄子；秋是最好的收获季节：扁豆、山芋、卷心菜；冬天的耐寒作物：雪里蕻、辣椒、菠菜、胡萝卜……还有轮种，套作，间种。作物从播种，抽芽，开花，结果，你得给它施肥，壅土，浇水，除虫，整枝……粗看起来虽是些小道，却蕴含着无限丰富的知识。就说浇水吧！黄瓜和韭菜需要的水就不同，得按照植物不同的生长时期，天气的变化，季节的更替，土壤的区分，水位的高低，要求器官的差异来决定。否则水多了要"沤根"，水少了就要"烧根"。看作物的形态，懂得蔬菜无声的语言，摸索到植物的"脾气"，你看，这多么有意思？！

种瓜得瓜，种豆得豆。到那时节，你那小小的菜园嫣红姹紫该是多么绚丽啊！那玉米孕穗吐须，丝瓜爬藤现花；那黄豆浓绿的枝叶，给你家周围镶上了一圈花边；望着那南瓜的藤蔓，沿着草绳冉冉爬到屋顶棚架上，它那宽阔心脏形粗壮的叶子，给土墙砌上了一层青绿青绿的花帘，喇叭形的黄花，开得那么鲜艳丰采；笔直的向日葵，花冠朝阳多光耀；大白菜的阔叶瓣上，滚满着晶莹的珍珠……这是大自然的杰作。如果你是画家，可以用那最瑰丽的色彩来尽情描绘；童话作家可以浮想联翩，憧憬起那神话般梦幻美妙的世界；你可以吟诵陶渊明："开荒南野际，守拙归园田"那样淡泊恬美的诗句来；它有屠格涅夫《猎人笔记》那种闲适田园的风光，又有佐藤春夫《田园的夏郁》那种幽雅的情趣。

在小小的菜园里耕种，不仅有诗情画意随时涌上心头，而且从劳动中，你还会获得很多的启迪：栽培作物需要充足的阳光、水分、空气；人，何尝不是如此呢？党对你辛勤的培养，同志们善意的帮助和自己的奋发有为，那不等于阳光和雨露一样的重要吗？你开辟了那美丽的菜园，就有很多鸟虫来作客；燕子飞来你家梁上做窠，云雀也来叽叽喳喳喧闹，从这棵桃树枝丫上，蹦跳到那株新绿的柳条上。为什么这些小动物都爱来你家作客呢？因为在你的菜园里有那么多的花香，那么多烂熳的蔬菜瓜果，一切充满着青春和活力，环境是那么安谧，那么平和。蜜蜂嗡嗡飞来，采撷百花之英，酿成蜜汁。这使你懂得：我们学习也要取众家之长，融会贯通，变成自己的蜜液。当你用镰锄翻开泥土，看到内中那赭红色的蚯蚓，它是默默地劳动着，为你松散泥土，施上肥料。它不向人夸耀，不计名利，吃的是泥土，要求于人的是那么少……

在这小小的菜园里劳动，你万想不到，它会使你获得那么多的教益，那么多的雅趣，思想像春燕展开矫健的翅膀飞得很远很远……

选自《散文》1982 年第 12 期

草　花

毛　锜

在最美丽的绿草地，
我的家园就在那里。
——德国民歌

在喧嚣的城市待久了，也不免产生出种种遗憾。比如一到春天，想找个碧绿如茵的芳草地去漫步就不那么容易，至于要欣赏那千姿百态的各种草花，就更难了。虽说这种境界和韵味，偶然也可以在公园里领略，但游人嘈杂，熙来攘往，就远不如徜徉乡间原野观赏各种草花那么怡然自得了。

据说，法国的卢梭是一个对大自然有着深沉热爱的作家，他每到一处住下，首先关心的就是看窗外是否有“一片田野的绿色”。中国唐代的诗人韩愈，大概也对初春的小草格外有兴趣，才信口吟出“天街小雨润如酥，草色遥看近却无”那样的佳句来。其实对芳草春花的喜悦，何独是作家、诗人呢！就是一般人，谁又不乐意用绿色来打扮自己的窗棂呢？因为“爱美之心，人皆有之”啊！

这几年，随着人们心绪的好转，我发现生活在这座城市的人们，在一天的劳动之余，也着意地用花草来装点自己的生活了。你看那每一座阳台上都是绿叶青枝，姹紫嫣红，像一幅幅彩色的帷幔似的，挂满了楼台屋舍。叫你感到真的春来了。不是吗，你瞧，此刻春神张开了她绿色的翅膀，拖着她五颜六色的彩裙，正飞进千家万户。

就像在动乱的年月人们忧虑的心思相通一样，今天，人们欢愉的心情也是互相感染的。每年一到春暖花开，左邻右舍都在阳台上忙着抚弄自己花草的时节，连我这个一向无心于名花佳卉的人，也禁不住孩子们的催促，要“偷得浮生半日闲”来张罗一番了。也许是人们的喜好不同，也许是我压根儿就觉得那些名贵的花木难以服侍，因此除了一株常年生长的夹竹桃和一盆仙人掌外，剩下的就是种植一些草花，如凤仙、草茉莉、半支莲、牵牛花、太阳花等等。

“为什么不弄些牡丹、芍药呢？”孩子们叫嚷着。

“不，我就喜欢这些草花！”我固执地说。

“小小的草花有什么好看呢？”

“要说的话，我更喜爱乡间原野上各色各样的草花哩！”

“你说的是家乡原野上的蒲公英吧？”

当孩子们一提到家乡的原野，我的一颗心像展翅的吉祥鸟一样，登时飞回家乡的原野。并情不自禁地哼起那首著名的德国民歌来：

在最美丽的绿草地，
我的家园就在那里。

家乡五陵原上的芳草啊，早在一千多年前，它就诱发了少年诗人白居易的诗情：“离离原上草，一岁一枯荣。野火烧不尽，春风吹又生。”我爱家乡原野上的芳草，我更爱那些铺满原野的星星点点的草花。每年二三月间，当我们一伙男女小孩，提着小篮子，拿着小铁铲，奔向田垅挑荠菜的时候，看着那田间垄畔盛开的草花，真像扑进了一张花地毯，叫人感到无限的舒畅和惬意。

真是“花到无名分外娇”。那些小小的草花，不仅有美丽的色泽，而且有醉人的芳香。对我们一伙男女孩童来说，她们还似乎是有灵性哩！比如遇到那种最常见的狗儿花，我们就对着她唱起来：

狗儿狗儿把门开，
骡子大马吆进来。

当一个姑娘掐一朵荠菜花戴到自己头上的时候，大家便唱：

三月戴荠花，
桃李羞繁华。

其实真正草花丛生的地方，还不是在麦田里，而是在那些常年不耕作的苜蓿地里。记得我小时候到苜蓿地里替牲口割草，常常在一片草花丛中追逐那五彩缤纷的蝴蝶，花艳蝶美，还有各种色彩的昆虫在热闹的伴唱，那可真是一个令人陶醉的梦幻世界啊！我想，纵然是被人称为“绘画中的契诃夫”、著名的风景画家列维坦，也未见得能将那种甜蜜欢乐的意境描摹出来吧！

就这样，我对野生草花偏爱的情愫，一直深深地藏在心中。说来也许有趣，那一年，当我的小女儿诞生的时候，她妈妈要我很快替这个新来的小公民起个名儿的时候，我几乎不假思索地说：“就叫杜若吧？”

“什么？杜若。”也许她妈妈觉得这两个字拗口，在等待着我的解释。

“采芳洲兮杜若，将以遗兮下女。”我朗诵起了屈原的诗句。

“太文绉绉了吧？”

“不，苏东坡不是也有诗：‘无限芳洲生杜若’吗？”

“是一种很名贵的花吧？”

“是一种香草。”

“哎，我就知道你爱那乱七八糟的草花！”

人生的情趣，是那么不容易改变，甚至带着某种偏执性。幸亏我当时替孩子取名时向她妈妈打了马虎眼，没有说明杜若的俗名就叫山姜，如果她知道要把这么一个火辣的草名强加在她心爱的宝贝头上，兴许她马上就要推翻和否决了呢！

一九七九年，我有幸去西北植物研究所去采访，算是见识了一次草木花卉的世面，几乎每天傍晚，那位像“灌园叟”般的老所长，总要领我到他们的“百草园”和“百花圃”中去蹓跶一趟，不厌其烦地向我讲述各种花草的特性和妙趣，让我饱上了一次实物教学的植物课，那些花卉草木在他们精心的务育下，委实是“花随红意发，叶就绿情新。”生长得煞是可爱。临别的时候，老所长怀着深情说：“怎么样？送你几盆珍贵的花卉吧！”

我对老所长的厚意表示感谢，但对他送珍贵花卉的提议却不能不婉言谢绝，打趣说：“你看我这粗毛大骨头，可是务花的人吆？”

可老所长一言出口，怎么也不愿意再收回去，没办法，我最后只好直言相告：“那就送我两盆不值钱的草花吧！”

“草花？”

“我就喜欢草花！”

就这样，我带着一盆吊兰和一盆银边吊兰(均属草本)回到家里，却叫孩子们和她妈妈数落一顿：“亏你有雅致，这么远的路程，就带两盆草回来！”“你还不如随便在什么地方挖一束打碗花或麦花瓶，也许比它好看得多哩！”

“可不能那么说，有些国家还把草花作为自己的国花呢，如朝鲜的金达莱，德国的矢车菊，爱尔兰的白色酢浆草……”

“春到人间草木知”。当我窗外的几盆草花泛绿的时候，我知道春天已经悄悄地来到我的身边了。每当我伏案读书或写作感到困倦之际，便不由得抬头凝望一阵窗外的花草。多美啊，这春天的笑容，春天的灵魂，春天的倩影，似乎连春天最隐秘的情绪，也让我一下捕捉住了。每当这个时候，我的心里就充满诗意，充满温暖，充满激情，不禁逸遄兴飞，遐想翩翩了。我恍然觉得我们目前人材济济的知识界，不就是一个花的原野吗？当改革的春风、春雨掠过这生机勃勃的原野时，你瞧，百花吐锦，万卉争艳，是怎样一幅五彩绚烂的图画啊！在这一片百花丛中既有雍荣华贵的牡丹，也有“开殿春风”的蔷薇；既有艳若红云、香雪的桃李，也有婀娜的曼陀罗和雅致的勿忘我……，当然为数更多的还是崖畔田垄那千姿百态的草花了。“春雨，春雨，染出春花无数”。总之是所有的花儿都绽蕾吐蕊了。好啊，有什么颜色就涂抹什么颜色，有多少芬芳就贡献多少芬芳。马克思不也说过：不能要求玫瑰花具有紫罗兰的香味吗？也许正是因为有这么多不同色彩的杂陈和不同芬芳的融合，才叫人觉得今年这个春天分外的美啊！

我赞扬花圃中盛开的牡丹、芍药，也赞扬原野上那些曾给了我童年许多金色的梦的草花。我还想说，在“红紫万千披锦绣”的芳草地里，我也愿意做一株浴着晨曦，迎风摇曳的草花！

草花啊，我是多么喜欢你天然的风姿，朴素的韵味和淡淡的清香啊！

选自《散文》1983 年第 7 期

小溪流的歌

侯　光

叮咚！叮咚！我听见你的呼唤，却不见你的踪影。于是，我苦苦地在山石间寻觅。

呵，我看见了你，涓涓的细流，挤过山岩的缝隙，翻过层层的山脊，漫过山凹，钻进树丛……尽管跋涉得那样艰难，最后毕竟汇聚成了奔流的小溪，并且，唱着一支无字的歌。

小溪流呵，你是大地的儿子，活泼而聪明。从小，胸中就装着一个美好的憧憬：热恋着滚滚的涛声……

你和春天的雨丝挽手，和夏天的雷霆并肩，和秋天的金风结伴而行……从雪山上，从绿树中，从山谷里，飞奔而出，顶着世纪的风，疾走的云，奔向憧憬着的光明！

冬天来了！呼啸的寒风吹缩了你的身躯，脸膛上也蒙上了滚滚沙尘。在冰层的重压下，你仍然带着满身伤痕，怀着美好的希望，昂着头，向着数不清的坎坎坷坷，艰难地向前爬行……

如今，当春风又吹来的时候，你向着我，向着无数的游人，又欢快地歌唱，歌唱未来的爱情……

选自《散文》1983 年第 7 期

榕树，生命进行曲(节选)

刘再复

一

我时常思念着故乡的灵魂，榕树。

记得有人问我：你追求过怎样美丽的灵魂？我说，榕树。

情感的潺潺，思想的潺潺，再一次流过故乡崎岖的山野，再一次流过往昔峥嵘的岁月，回过头来思量，那昨天使我爱恋过的灵魂，今天依然使我向往着的灵魂，也只有它——

榕树，我的永恒的爱恋。

二

我爱恋的榕树，不知道使多少陌生人为它兴叹过，倾倒过。

真是太壮阔了。只要你接近它，就会感到它的全身，都充满着一种最动人的东西，这就是生命。

善于思辩的哲学家说，美就是充满生命的人和物。我相信，因为榕树，我才相信。

几乎是整个童年时代与少年时代，我都在观赏这种洋溢着生命的大树。

我喜欢这种绿色世界在无风中的平静、雍容、丰盛、满足，像沉默的大山一样岿然而立。

我更喜欢它在风中的时刻。榕树的每一片绿叶，都像风帆那样善于捕捉最弱的微风。因此，当轻风吹拂的时候，它的叶子就会颤动起来，刹那间，树上好像千百万绿色的蝴蝶，在一开一翕地扇着翅膀，共同编织着生命的织锦。

更使我陶醉的雄风吹动的时刻。此时的榕树，瞬息间从沉默的大山变成汹涌的大海，波浪在树梢上澎湃着，时时发出拍打蓝天的沙沙的响声。

有一位很重感情的北方朋友告诉我，他第一次见到南国土地上的高大榕树时，几乎吓呆了。榕树那企图笼罩大地的浓荫，那企图吞没白云的树冠，那企图饮尽地下全部水分的根群，那陡立而又弯曲多节的巨枝所构筑的殿廊、山脉、峡谷和道路，一起在放射着生命的光波与音波。这种柔和而强大的波浪，把他的心灵摇撼得很久很久。

在撼动中，他感到自己的生命被另一种强大的生命所照明，所溶解，所征服。他觉得自己完垒被这种强大的生命所俘虏，并且被剥夺了身上的渺小、卑琐、颓唐与消沉。在树下，澄清的空气中，他觉得自己的灵魂升腾起来了，仿佛也变成一只扇动着翅膀的绿蝶，也在这个充满生命的葱茏世界中快乐地翔舞。

三

我比这位北国的友人更了解榕树，生命里积淀着更多的榕树的碧叶。

我家乡的山野与原野上，处处都有榕树。肥沃的地上，贫瘠的地上;坚硬的地上,松软的地上;有泥土的地上,几乎没有泥土的地上。

我家乡的山野与原野上,时时都有榕树。潮湿的时节,干旱的时节;雨淋的时节,霜打的时节;有春天的时节,没有春天的时节。

小时候我迷恋过一棵倔强的小榕树。它就在几乎没有泥土的地方发展它的生命。它那生的征程,就在我家屋后的一块浑圆形的岩石上进行。大约三年时光,我一直追随着它的足迹,注视着它那平稳而坚实的脚步。

我不知道它是在岩缝的哪一处破芽而出,只看着它从缝穴里伸展出来的最初的嫩枝。这棵嫩枝在岩石的悬崖上,沉着地、缓慢地跋涉,攀登,开拓着本没有路的路,本没有前方的前方。

当它发现岩石身上的小坑洼处,有一点薄薄的尘土,就果断地在那里扎下了根,扎下一个营寨,然后又向前伸延,迈进,不倦地继续寻找着前方险峻的路,险峻的希望。

更使我惊讶的是,它在找不到任何营寨的时候,竟从生命深处撒出一束根须,像蚕儿抛出的银丝。柔韧的丝丝朝下生长,直至亲吻到地平面上的小草。后来,我才知道,这就是所谓的气根。在没有泥土的时候,气根凭借它奋发的天性,吸收空气中的水分,然后把自己养育成榕树另一翼的生命线。

突破,挣扎,发展,挺进,这是一支青绿色的生命进行曲,这是一支铁流似的生命凯旋曲。

正是这支无声、无畏的歌,把巍峨的韧性,第一次灌进了我的贫穷而干旱的童年,灌进了我的还在襁褓中的人生。

选自《散文》1984 年第 1 期

水乡小景

丁　芒

云霞的依恋

太阳老是落不下去，大河里灌满了辉煌灿烂的晚霞。兴化的河道都是那么宽阔，水势浩荡，像能抱住整个蓝天。这满贮着霞光的河上，只要有一支桨、一根篙，一划，一点，那波浪就久久回荡不已，于是，和天空一齐沉入水底的霞光，就一下跳到水面上来，先是一圈一圈地扩展，仿佛人脸上的笑纹漾动，后来就变成星星点点，闪闪烁烁的，倒像是一群躲藏的孩子，时而一露狡黠的眼眸。到冒烟的柴油机船开来，汽艇开来，霞光被大河簸荡倾泼，把岸边的芦苇照得红艳艳的，像着了火。最是那种装着抽水泵的船，把大铁管朝船尾一搁，哗哗哗喷出大注的水来，老乡们叫它喷水船。那船尾喷出的水柱银光闪闪，泻到河里散成五颜六色的琉璃片、碎锦、花瓣，浮沉着，流淌着，明灭着。

云霞只把色彩给了水，水却给了云霞以生命，以性格，以感情。水乡的大河，是云霞最好的摇篮。

河上晨雾

第一缕曙光悄悄地从窗前降临。我急忙披衣起床，推门一看，呀，水乡的浓密的夜色已经被烧熔了，水乡的雾是那么浩荡！团团滚滚，像浮云涌动，几步以外的树木，只能偶尔从雾的缝隙里露出它浓淡不一的轮廓，真像黄山的云中峰峦。而俯视河道，竟完全被雾塞满。这些稠密的雾，偶尔被风播弄着，抛抛滚滚，摇晃颠簸；多数时间是没有风的，雾就像帐幔一样浮悬在水面上，纹丝不动。从桥上高处看去，竟有点像云海，只是没有那么浓厚、沉重。但水面是看不到的，停泊在河里的船只，也是看不到的，除了一两根帆桅顶破了雾幕探出头来，像一根缆柱，系住了我的茫然的探索。

到了朝阳的金色光芒悄悄爬到河岸上，泻向水面，雾的丝丝缕缕也就变得细了些，轻了些，透明了些，逐渐浮动起来，有的渐渐上升、消失，于是出现了窟窿，可以看见下面迷蒙的光彩了，依然是飘游在水面上的雾气。

这时候，忽然听见水桶的声音。声音也被雾捂住了，仿佛很遥远。其实马上也就意识到这是夜泊河下的木船发出的声音。船还隐在雾中，只偶尔从游动的雾缝中露出一角淡淡的影子。却是有一朵红绡的亮色，被阳光从雾中出奇地挑剔了出来，看不清是孩子的红绒衣呢，还是姑娘的红头巾，像一朵火焰，一下子点燃了我的眼眸。忽然叮咚一声，铝桶隐约在向上提去，是船娘要晨炊了。我也不知道它汲去的是水还是雾。忽而一阵风来，像一把剪刀，倏地把雾幔犁开一条裂缝。于是，那宽阔的大河一下就奔到我的眼前来了。

小镇阳光

小镇到处漾动着粼粼的光影，这是丰沃的河流倾泼上来的欢颜、笑语。

那从张家墩流过的小溪，溶化了多少新楼的玻璃的彩色？从袁桥庄拐弯的小河，吸入了多少录音机播出的声音？还有果园里露水的芬馥，鸡场上、晒谷场上拥挤的欢悦，难道都渗进了溪水汇入了大河？

小镇充满了大河捎来的欢乐，人们扛着棉花包，轻快的步子像踏着琴键，号子声简直是在唱歌；人们从市场卖完东西回来，有的筐里就坠着一架缝纫机也许是一部电视机，沉甸甸地，稳重，含蓄，像那位眯细着眼吸烟袋的老人。新华书店柜台前，一本本农科技术书以及文学书、哲学书、年画，打开又合起，像拍着翅膀的鸟儿，飞进了人们温暖的胸怀。自行车的车轮在人群中欢快地闪动，把始娘们的眼眸都照亮了。但她们却只是闪避着，用羞涩的纱笼罩着不安而好奇的心。她们的绒线围巾、像一簇簇彩球，令人注目地在大街上滚动。理发店虽然只有一间门面，样子简陋，却传出了吹风机呜呜的声音。窗口敞开着，好让簇拥着的姑娘小伙子们尽情欣赏烫发的手艺。在戏院里，当地的剧团里那位木匠的女儿，字原识得不多，忽然成了剧团的主角。观众都认识她，品味她的戏文，也品味她这人，品味这时代照射在她身上的光彩。

这被水乡丰沃的河流倾泼着的小镇，也在欢乐中醉得晃动了。

选自《散文》1984年第4期

栽 柳 记

张慧萍

春天里，祖父伐树的时候，我砍下一截直溜溜的，嫩嫩的皮儿泛着墨绿的柳棍儿、准备选个地方栽下去。

栽在哪里呢？我决定将它栽到我家小院的墙根下。达样，夏日里，小墙可以为它遮荫避暑，冬日里又能为它挡风抵寒，我呢，又可随时为它浇水施肥，真是最合心意不过。

祖母说："这哪是个地方，难长成材。"

祖父说："这也是个地方，能长成材。"

第一个春天，柳棍儿抽出了嫩芽儿，可惜就是太黄，太细，太弱了。第二个春天，柳条儿抽得比我高，可还是细细的，尖尖的柳叶儿活像姑娘们的俏眉。风一吹动，东摇西摆，挺不住身子。我心疼得不行，便伸出手去扶它，扶久了，也累了，不耐烦了，便找来一根竹竿儿，一头插在地里，一头缚住小柳，支撑起它的腰身。

第三个春天，小柳竟一下跃过了墙头！身子也渐渐粗了，壮了，柳叶儿也宽了，厚了，泛着浓浓的墨绿了。

祖母说："想不到，越长越出奇呢！"

祖父说："被这小墙'逼'得呢！"

是小墙"逼"着小柳长么？为什么"逼"呢？如果没有小墙"逼"着，我的小柳难道长不大么？……细细想来，祖父的一个

"逼"字竟有着深深的道理呢！不是么？我的小柳一天长不大，小墙就一天压抑着它，剥夺着它。只有越过小墙，我的小柳才能吸收到充足的阳光，晃开身子，竭尽全能地繁衍枝杈，蓬蓬勃勃地展开树冠。大概我的小柳已经明白了这个道理，所以才憋足了气力，不断奋发，拼命地往上长！终于，它争得了一片自由的天地！

由此，我联想到那一望无际的大森林，众多的树族，不管大小强弱，密密地集为一体，繁繁茂茂，一片生机！正是因为它们不甘压抑，不甘落伍，争着冒尖儿，大森林又给了它们竞争的环境，竞争的条件，竞争的气氛，所以，它们终成栋梁！

我也时常看到大野的田地里，沟坎上偶尔立着一两株大树小树，都是疙疙瘩瘩，弯弯曲曲，不成材料。我想，是不是正因为它们有了优越的生长条件：阳光充足，土地肥沃，缺少压抑，又没有竞争，没有对比，对自己的成长便十分满意，因此，松懈了向上的意志，荒废了可贵的年华！

要深深地感谢你呢，我的小柳！

要深深地敬佩你呢，我的祖父！

祖父很爱我，但从来都对我非常严厉。小时候我不喜欢读书，竟像个野小子，偷偷藏了书包钻到野地里捉蝈蝈。祖父只要一发觉就罚我的"站"。直挺挺的一站就是半天，苍蝇叮着不许动，蚊子咬了不许动："哼，拿出你的课本来给我念念，恐怕识的字也装不满你的蝈蝈笼子！——你这孩子，非有人逼着不行！"

祖父想了办法：邻居家的小菊功课好，也很安分，祖父就让小菊"揲"着我，一块儿上学，一块儿回家，还亲自跑到学校告诉老师：要严格地管教我。想不到，年终考试我竟拿了一百分。祖父第一次笑了："幸亏有人逼着！"

又是一个"逼"字。是老师逼着我，我才喜欢读书了呢？还是有小菊"比"着，激发了我的自尊心呢？不管是"逼"还是"比"都包含着促我上进的力量呢。

仅几年的工夫，我的小柳长得比碗口粗了，大风一吹，树头儿"呼呼"作响呢！它在自豪地向人们，向大自然显示自己的力量了！

在一个春天里，祖父拆了小墙，准备建一栋楼房，楼房建成了，我的小柳却显得矮小了，它又要受到压抑了吗？小楼也要剥夺它吗？然而，这一次我的担心又是多余的。我的小柳仍是不卑不亢，不声不响地默默地长，使劲儿朝上钻，我知道，它又有了新的目标——越过楼房，与蓝天为伍。

终于，我的小柳成材了。祖父说，它可以当梁做柱了。我们便决定伐了，派给它新的用场。

外人惊讶地说："这树长得真快呀，不知不觉地便成材了。"

祖父说："被这楼房逼的呢！"

祖父的一个"逼"字，我牢牢地记了三十年！我也曾试着为自己设计奋斗目标呢。有了目标，这目标便"逼"着你，促使你去学习，去奋斗，去自强不息！"逼"有时候是一种压抑，有时候也是一种动力呢！一旦压抑化为动力，这动力产生的效果连自己都会感到吃惊！

愿我的面前耸立着一座无比辉煌灿烂的高楼大厦——我竟是她面前的一株弱柳呢。

选自《散文》1984年第10期

种一株荚竹桃吧

郑正强

我默默地凝视着窗前那蓬夹竹桃，确切地说，我是在默默疑视它那身浓绿的叶片，在这人们称之为金秋的时节。

你注意过么？这是一蓬强健的生命。瞧它那狭长而富于线条的叶片，无论是新生的浅浅的嫩绿，还是旧有的老练的灰绿，都能使人的眼睛感到舒适。这样的叶片长在劲实的杆上，三叶互生，显得错落有致，矫健多姿，你怎么看都是有趣的。而何况，从初夏起，它的花就没有断过，红如碧桃，白如雪团，一簇簇，一枝枝，开了谢，谢了开，热热闹闹，欢欢乐乐，一直开到秋末。带给人的是舒心的微笑，盈盈的乐趣……

可是此刻，我凝视着它，不禁默然了：它是不结果的。一簇旺盛的生命而不能结果，这是怎样的悲哀和不幸？

当数千万计的植物们在艳阳秋风中育好自己的果实，并因此感到充实和饱满，感到骄傲的时候，夹竹桃不免要空虚和索寞了。明天，它的花儿就要枯萎殆尽，枝头仅剩得一片浓荫。啊，那是一片绿色的怅惘么？那是一份强烈的痛苦么？

一对鸟儿欢叫着飞来，像是要在它的枝头商量些什么；可是还未站稳便又扑棱棱仓皇飞走，仿佛是被它那忽然生发出来的懊丧之气吓跑的。

天地造化实在也是太不公平了，既给了它强健的生命，又不让它结果，真叫人百思不解。

它其实是应该有自己丰硕的果的。它是扎扎实实生了根，扎扎实实开了花的呀！夏天，它把那烦躁浑浊的风过滤，使之变得幽雅，再徐徐吹入我的窗户；冬天，它挡住寒风，不让它们从窗缝里抢走我的温暖。春天，在潇潇暮雨之中，它会发出滴滴答答的清韵，排解我一天精神上的疲惫。秋天，夜深人静明月当空之时，它又会在我的窗上描下一幅雅洁的剪影。这样的品性，这样的情操，难道不应该有自己的果么？不结果的不幸为会么偏偏要落到它头上呢？我只得替它深深惋惜了。

……然而我终于明白我错了。我是在听了一位环境保护工作者的话之后才省悟到的。他说夹竹桃是一位抗污防尘的能手，它的叶片具有蜡质，能吸收有毒的汞、硫、氯等物质，还能吸附空气中大量的尘埃，炭粉及铅、锌等金属微粒，净化空气。谁说夹竹桃没有自己的果呢？抗污防尘不就是它的果么？

只不过那是一种不为世俗的眼光所认识的果罢了。

我为夹竹桃高兴哩！在果实累累的大自然中，它是不必自惭形秽的。它应当享有自己创造的欢乐。

这时再来看窗前的夹竹桃，它一身浓绿，伫立在秋风之中，静静地工作着，捕捉空气中的漠漠风尘，竟看不出有什么特别高兴和陶醉的地方。哦，它是那种有不足恃，失不足虑，只知工作的创造者的化身！

我的令人肃然起敬的夹竹桃哟！

种一株夹竹桃吧，在窗前檐下，庭院花坛，也在自己的心中！

选自《散文》1984年第12期

为有劲节自风光

曹世钦

那天，我为朋友画竹：两枝竹竿，一浓一淡，一粗一细，直上直下，拔节而起，错落的竹叶有三层，中层叶子密而浓，上层叶子淡而稀，下层叶子不过三五片，从左至右横出一小枝，微弯向上，顶梢两片叶子活泼泼地十分有朝气。

这画也有它的背景：是我想到我的朋友夫妻二人，十几岁参加革命，闯过了枪林弹雨，经历了十年内乱，走的路曲折则曲折，一直在向前。在四五十年之中，虽说没有赫赫惊人的功绩，却也有实实在在的成就，虽说没有卓越的著述，却也有高深的学识，虽说没有令人注目的荣耀，却也有令人尊敬的威望。追踪他们的足迹，可以觅到他们留在祖国大地上的财富，这也好比山里秋天的红果树．结实累累而又默默无闻。默默无闻不等于碌碌无为，他俩是旺火燃烧的一生，极其有价值的一生。我还想到，老两口膝前只有一女，如今三十多岁了。女儿在十年内乱中跟人家到处串连，虽然没有犯下错误，也白白抛掷了宝贵光阴。幸亏觉悟早，埋头用功，扎实工作，现在是一家工厂的优秀技术员……

我想表面上的诚实与实际里的忠贞，只有在各种风浪中才能显现清楚。我知道，我的朋友，这对久历沧桑的老夫妻，在已往的艰难岁月里，正正直直，光明磊落，纯净似金。就说现在吧，双双离休，这对于他俩并不是衰老，也不是淡漠，更不是无聊，还在把余下来的心血用到事业上。他俩称得上有锦绣心胸，有远大目光，有高尚气节的人。

我是从少年时期爱上竹子的，那时并不知竹子怎样生长。在小学里每天写仿，把一支竹笔管用手汗擦得亮亮的。竹子能帮我写字，这是最初的好感。我家居住北方，无竹子可看，在我心里竹子的形象只不过笔管那模样，人家说竹子像芦苇，我就想象也有一般的穗子。后来年岁大了，见识多了，知道竹子的应用范围很广：家庭用具，建筑材料，御敌武器，工艺制品，碾浆造纸；古时候有竹简，竹帛，竹刻；戏台上吹的箫笙，也是竹子做的。再后来，我还吃到了干竹笋。可是呢，在二十五岁之前我还是没见过生长在地上的竹子，说起来也挺遗憾的。二十五岁过了，第一次进北京，往动物园看见了生长在地上的竹子。它们谦逊地站在公园之一隅，从各种表征看，既无千花万蕊那种璀璨绚丽，也无芦苇那般虚荣，纤细脆弱，还要举出长长的穗子显示自己的威风，似乎总有一种难以满足的非分奢想。竹子就不，挺拔着腰板虚心向上，不傲慢，不骄矜，不贪婪，不挂一丝暮气，不让人家感到自己与众不同，从上到下朴实无华，也正是以其朴实无华涂染着人们的心灵。我用微笑向它们表示了亲密感，这时候我真的爱上了竹子，并与它们建立了一种相互尊敬的友谊。

又过了许多年，我有机会去四川，看到了大片竹林，和大量竹制品，许多农民扛着长长的竹竿到集市去卖。村庄在竹林的掩映之中，显得家家户户都有朝气。杜甫草堂周围修竹万竿，把个草堂点缀得幽雅、清丽。我也曾走进望江楼公园内的竹林，真有“竿纵万条枪，叶垂千口剑”的气魄！这里植种着名竹异篁百余种，色彩奇异，形态万千，更令我高兴的是看到了紫竹和湘妃竹。我画竹的素描，与竹合影，可说是我对竹子的情感有了新的升腾，在那段时间，竹子占据了我的心灵。

我也曾种过竹子，只种过一丛，大约十儿株，那是五十年代在塞上。

虽说在塞上，还是把竹子种进一处避风暖和的山脚下。春天种时，竹竿青，竹叶翠，挺拔蓬散，潇洒得很有一番江南美人来塞北的韵致。大概就为了这，村里男女老少，三五结伴而来，有的说：“快！快！瞧瞧从南方娶来的新媳妇。”有的说：“可俊俏的树呢！开啥花？结啥果？”孩子群中的淘气鬼，捏捏竿，牵牵叶，美滋滋嚷着：“嘿！你们瞧着，明儿长成大树我非爬到尖上去！”小学校里有位女教师，年轻，深沉，很有点学问，她站在这丛竹前低低吟道：

一林寒竹护山家，
秋夜来听雨似麻，
嘈杂欲疑蚕上叶，
萧疏更比蟹爬沙。

我奇怪，她从哪儿看到的唐寅题竹诗，这诗生活气息浓，把雨打竹叶的声音描绘得生动有趣。不过，我从中得到的启发是塞上干旱缺雨，要经常为竹浇水的。

夏天，这丛竹子变化不大，秋后，霜染黄了叶儿，初冬，风捋光了叶儿，竹竿也渐渐发黄，消失了竹子的青翠的特点。对于这变化我担心，不过，我还是对它寄下来年竿青叶翠的希望，还特意用玉米秸为它做了一件厚厚的“棉袍”。

转年，我们植种的杨柳幼秧吐出深春的新绿，那丛竹子依旧冬天模样，夏天过去，翠叶也一片未吐出。罢了！我只好总结“违背客观规律”的教训。

到现在我还怀念这丛竹子，我把它画进画里。它是我经历中的一支小插曲，一支含有五十年代色彩的而又难忘的小插曲。

古往今来，画竹的画家很多，他们境遇不同，格调和情趣不同，但有一点相同，即以画竹寄托思想感情，或表达凌云壮志，或比喻四时不改其本色，或象征纯洁坚贞，或抒发悲愤感伤。所以墨竹在画家们的心目中，尽管与梅、菊、兰合称为“四君子”，而竹更适合于含蓄地表现画家的心境，正所谓“数竿潇洒，得我真情”。自然就成为画家所喜爱的题材了。

我爱竹，我画竹，我写诗赞美竹子高尚。

那么，我是不是理解了竹情竹性了呢？

从我身边说起吧，我有大小二十多管毛笔，除去两管之外，全是竹管的，几乎每天都用它们写写画画。当它们静静待在笔筒里时，我也曾坐在写字台前，欣赏那些粗细、长短、色泽、品类不同的竹管，尤其配上一头蓬松的毛发，就更有欣赏价值了。

竹子做笔管，算是大材大用，它们的作用不次于用竹竿做建筑材料和武器。那么，要是大材小用呢？比方把竹竿截断做藤椅支架，藤皮把它缠得紧紧的，人们唤作藤椅，竹子并不出名，是不是被埋没了？比方把竹竿劈成细条做筷子，又短又细，是不是屈材？再比方竹板凳，孩子坐上去扭动得嘎嘎响，是不是不尊重它了？……许多家庭中都有竹子在服务。我想，要理解竹子的情与性，应该理解它服务于社会，服务于人类，并不计较什么大作用小作用，有作用便是有贡献，这也是它的风光所在。

我觉得，竹子的情与性在其：坚节，劲直，虚心，磊落，根固。说其美，美在这里；我爱它，爱在这里；我敬重它，也敬重在这里。

选自《散文》1986年第5期

冬日漫步

水　舟

朔　风

一匹无形的烈马在冬的旷野奔驰。

它打着响鼻，扬起漫天鬃毛，广泛地召集具有叛逆精神的队伍，向不人道的严寒发起总攻……

在冬日的荒原，我不再感到孤独……

泉　眼

雪以洁白统治了广袤原野，残酷的季节俨然有了美的外衣。

不知什么时候，我闯进白皑皑的世界，用穿木屐的脚，探究这是个什么所在。

纵深地带。有泉，睁着冬天的眼，流露了某些真实……

初　雪

我不该只顾了自己赏雪。

当梅花状的小花，让门前那棵小柳长出白苍苍的胡须，长成圣诞老人，儿子跑到院子里，采摘大自然可视而不可摸的花朵。

哪儿没被污染，他便跑向哪儿。

我应该及时提醒他：有时，天真能破坏纯洁。

选自《散文》1986年第10期

新　　芽

庞俭克

初春的早晨很冷。桂树林里空寂无人。疏疏密密高高下下的枝叶在北风的拂拭下簌簌作响，仿佛一位衰老的哮喘病人，耐不住彻骨的寒冷，时不时漏出畏怯的呻吟。我漫步桂树林中，彳亍的脚步踩出孤独寂寞的独语。经冬的桂树是极少落叶的，然而已失却了欢快的性情，凝成墨绿的一潭。那是怎样的凝重呵。纵然脚步沉重，也逗不起一叠涟漪。一个活生生的躯体已经冷却、僵直、失去知觉，我还能在这里采撷到什么呢？

幼时读“来自广寒宫，直偷得天香入骨”，极崇敬它天生不可移植，根深蒂固在南方的禀赋，极崇敬它很少取索的品格。眼前寒锁花香的树林，却叫我格外怀想那个笑着嚷着吵着闹着的金秋了。那个迸发着浓香摇曳着欢声笑语的季节啊，曾给天籁少年多少甜蜜温馨的诗意！那粉白如霜雪的银桂，淡黄似米兰的金桂，橙红若火星的丹桂，一枝枝，一串串，衬托在绿叶之间，格外觉得妖娆了。素洁的花葶嫩蕊在小风中流连顾盼，叶缝间筛下的缕缕浓香荏苒过脸庞，那馥郁，那韵致，叫人沉醉呢！

两只麻雀啁啾着不安地在林中追逐。一个背着画夹的少女从我身旁款款而过。凛冽的风在她鬈曲的鬓角上缠绕着。

轻快的脚步声清晰成涟漪的唼喋。她没有在意树林中氤氲着的肃杀的气氛和冷冰冰最难调和的色彩。她没有留步，一直走出了树林。偌大树林，只我一人踽踽而行，不由得紧靠树身，谛听起树语来。晨风是它深沉的呼吸，冰凉而沉郁；彻人的寒气便趁着这黎明的寂静，把晨光朦胧在每一片树叶上。

一株躯干弯折的小桂树凝然眼前，细而横斜向上的枝杈挡住了小路。我停下脚步，深情地抚摸着印满了褶皱和深纹的树干。我觉得它粗糙的表皮有冻土的质量，像头顶上沉重的铅色云块和脚下褐色土地般凝重。这年轻的生命，或许尚未向世间一展娉婷娇美，尚未向人们掬一抹馥郁的芬芳，该不会在走向痛苦和绝望吧？年轻的小树暗示着另外一种时空，它应该完全不同于那些历尽四时叠代走过艰辛，背着沉重的阴影静默地等待死亡的枯枝败叶。属于它的，应该是如少女般鲜艳的青春——密密的青枝绿叶闪烁着晨露的明眸，凉爽的秋风飘拂着淡黄花串的缕缕温馨。而眼前的它却仿佛耗尽了全部智力和体力，瑟缩在寒风的肆虐里。我潸然泪下了……突然，一簇亮燃着鹅黄色光泽的嫩芽，颤悠着跃入眼帘。这簇在晨霭和清馨中闪亮闪亮的新芽，高踞在一枝富有弹性的枝条的顶端。匀匀密布的叶脉，透着丝丝缕缕的清凉。那形状宛若身披鹅黄纱巾，剔透玲珑，端庄而娇羞的少女。潇洒中寓几分风流。有谦谦君子之风；娇媚中透几丝羞涩，溢窈窕淑女之德。那美自天成的神韵，仿佛只要你一声呼唤，就会朝你温柔地嫣然一笑了。这在不经意间蓦然呈示灿烂光华的生命，美而挚情，绚丽而庄严。如灵犀一点，心香一缕，触动我思春的心弦。实在的，桂树林是一部博大而冷峻的历史，一颗集痛苦和伟大于一身的心灵。

然而这一切都是悄悄然在坚韧的努力中进行的，也许是距离太阳太远吧，它似乎急于要挣脱湿润的地衣和苔藓的羁绊，竟然毫不在意身心尚在春寒料峭的时令。北风卷着雪花飞舞时，它默默地冥入深沉的思索中了；溪水在坚硬的冰层下潺缓流淌时，它把根深深地扎入沃土里，汲取生命的浆液了。它以清醒的思维剥蚀着那曾凝固着时间和空间的氛围，一个真实而无愧的自我向蓝天默默相许：凝冰的季节已过，前面就是那个雀跃而斑斓的春。于是，当春风忸怩着解开纷披在它身上的白纱衣扣时，它便如从深宅大院中走出的少女，掠发扭腰，柔软的手臂一扬举，悠扬着恬美的笑意向春天表露坚贞而纯洁的情感，颤栗着接受春风温存细腻的爱抚。根部的老干和新枝拧成一束，像它袅娜的腰肢。新芽老叶相依相偎，是它秀美的发髻吧？蓦然，我觉着触摸到如少女肌肤上那个敏感的禁区，心不由得狂跳起来。初春的风一接触到这颗最早怦跳的心脏便颤抖起来，而情不自禁地将它掬到嘴边吻着了。

风停了。树林的细语悠悠远去，沙沙沙沙……一颗晶莹的露珠，落在新芽微卷的顶叶上，滴溜溜一闪，又滴落在地面，那新芽似乎不胜依依，晃悠悠乱闪。这株小桂树能否在骤然袭来的寒潮中舒展稚嫩的新芽呢？能否在金秋时节奉呈成熟的芬芳呢？我不禁又凄凄然了。它是那么瘦小羸弱，与身边的同伴相比，它当然是显得低矮寒碜了，甚至脚下的小草也会嘲笑它的细瘦和稚嫩。而它的周围，那似乎很有些伟岸挺拔肌肤丰盈的，也许是它的兄长们？一棵棵虎气生生的。健康、壮实，裸露出地面的根，粗如胳臂，密如蛛网。叶片肥厚墨绿，冠大若盖。它们密密匝匝，挤挤挨挨，参差错落地竞相争长，枝丫旁斜逸出，盘虬交错，竟把小桂树遮盖得严严实实。这真如那些好心的长辈了。温情的臂弯搂着它，手拍着它，抚摩着它，偌大的胸膛阻滞着它的视线，扶持的手儿牵扯着它跃跃欲试的学步，全然没有想到那个因营养不良而举步维艰的生命，需要的正是雨露和阳光呵！与其用叶缝间筛下的雨露阳光润泽那个斑驳的梦，不如跻身兄长之列，尽情地呼吸。小桂树似乎也明白这个道理，于是它不因大树蔽日而沮丧，也不因身体单薄而自暴自弃，而是憋足了气力，拼命往上长。终于，新芽爬上了树冠，在沉凝如深潭的桂树林中漾开了第一声微笑。这是多么灿烂的微笑！只有在这时候，我才感受到新芽那特有的魅力，感受到如原始意识苏醒时的强烈的悸动。它做的不是一项庄严的事业么？生命，因为有了美的追求才显得光辉，而美，不正因为有了无畏的追求才显得更珍贵么？有了这弥足珍贵的第一朵新芽，便会有第二朵，第三朵……那像是捧了个极珍贵的、怕打碎了器物般的寂静，被肃杀阴沉的氛围和彻骨的风窒息的树林，因了小桂树的召唤，晃漾了——闪闪跳荡着绿色的浪花，盈盈漾溢着欢腾的喧哗。那新芽，仿佛丹青妙手随手一抹嫩色的鹅黄，春水似的溅泼开去，桂树林也宛若披上嫩黄色的纱巾，迤逦在晨光的灿烂中了。

“人呵，你当自助！”沉思中，一位哲人的声音在耳旁响起。是啊！生活着，追求着，拼搏着，那是美好的呵！甘于依附仰仗他人扶持的生命，是匍匐着的，终日受着无形无止的役使，而摈弃任何鄙己媚人的自卑心理，深根自养，忘我奉献，以不息的进取摆脱那笼罩自己感情世界的背影，引兄长为同志，或物竞天择，纷呈异彩，或携手并肩，为生养哺育自己的大地添上色彩绚丽的一笔，才无愧站立着的充实的生命。不必徘徊，也无须回头，虽步履蹒跚而不怯步，虽捷足先登而不狂傲，一步一个脚印无畏拓展生活的视野，永葆青春蓬勃，如那株曾被浓重的背影笼罩，而今终于被热切的希望唤醒，高高地和群山并排站在这块古老的黄土地上的新芽。

太阳终于冲破沉重的阴霾，仿佛风尘仆仆归家的孩子，向大地洒下深情的叩问。

我终于找到那寻觅已久的形象了。猜度阳光就是这形象的金灿灿的希望。

于是，我神往地朝东方走去……

选自《散文》1986 年第 10 期

杨 梅 雨

沈世豪

武夷山的杨梅雨来得神奇，来得急骤，但是，且不要耽心它会酿成山洪、水患，像一出戏的高潮，杨梅雨并不长久，待鲜红的太阳从云中探出头来，雨脚兀地变细了，不紧不慢地下着下着，雨丝似银线，通明、透亮，几分妩媚，几分缠绵，最后，化成一团团雪白如絮的云雾，悄无声息地总在山重水复的密林深处。“东边日出西边雨，道是无晴却有晴。”只有在武夷山，才能真正领略这千古名句的无穷韵味。

武夷山的香茗，饮誉中外。三分靠人，七分便靠杨梅雨的造化。一阵雨、一层绿。雨后，盘山茶园，层层叠叠，满目绿色的世界，仿佛是浓得融不开的云彩。剪成杯形的茶树，万千茶叶，恰似剔透的翡翠，玉润润的，晶莹、鲜嫩，明明净净的杨梅雨，宛如全化入了这绿森森的茶园中了。逢到清明时节，掐下一片刚绽的茶叶，含在嘴里，扑鼻一股清香，悄然弥漫开去，令人气爽神清，细细咂去，一丝淡淡的苦涩，又仿佛含着丝丝缕缕的甜味，舌底生津，余味袅袅，品着品着，漫山茶树，犹如碧沉沉的梅子酒，潺潺地在胸中流淌，不觉竟有三分醉意了。武夷山名茶多，驰名的茶树是山中的名士，颇爱清高、独居，并有几分怪癖。壁立万仞的悬崖，云遮雾蔚，半山石壁上，不见半点泥土，突然，斜斜地抖出一棵茶树，遒劲古朴，碧绿生青，浓荫摇摇曳曳。恰是独得山川灵气，阅尽风风雨雨，焕发出一派仙风道骨的丰采。采这种茶是件难事，有人曾训练精灵的猴子代劳，那畜牲性野，一边采茶，一边嬉戏，糟塌太多，难得采回星星点点的头茬茶，便算是幸事。也有胆大的山民，冒着风险，系着一根绳子，攀援下去，采撷这茶中的珍品。名茶难得，但山民却是极好客的，有客来访，都是捧出最好的茶叶进行招待。滚烫的水刷地冲下去，凝神细看，那如针的叶儿，一根也不会浮起来，澄澈的水中，茶叶似含苞的春花，徐徐绽开，鲜灵灵的。它不像杭州龙井，醇香而略带半丝甘甜，也不像云南的普洱，味儿那么浓烈，它的特点是清，细细寻味，像化入绿韵无尽的武夷山，又宛如消融在漫无涯际的芳草地，心灵深处，一种似有似无的萌动，一缕飘飘渺渺的超脱，像浅浅的雨痕，濡染着，浸润着，淡雅，一星半点的芬芳，幽幽地弥漫开去，不似醉意，却胜似醉意。古人所津津乐道的以茶代酒的妙境，大约就是如此吧。

武夷竹子多。笋是竹的童年。竹是美的，没有出土的笋却是沉默的。它深深扎根在浑厚的大地怀抱里，吮吸着泥土的乳汁，悄无声息地生长着、生长着。地了场光，百草凋零的深秋，正是它孕育的时节。冬日漫漫，雪压霜欺，深山老林，人影杳杳，连最爱嬉闹的猴群，也躲进了山洞。寒风凛冽呼啸，惊飞的小鸟，不敢大声地歌唱。清泉瘦粼粼，低吟着。人们似乎没有发现，苍茫的大山下面，数不清的笋，甘于冷清寂寞而又自强不息，它们不择地势，不分日夜，伴着质朴而坚韧的竹鞭，一点一点地，一点一点地，以惊人的毅力和钻劲，穿过粗砺的石隙，坚硬的冻土，盘根错节的树根，执著地积蓄着破土的力量。

春日一声雷，唤来了铺天盖地的杨梅雨。天气乍暖还寒，千千万万支竹笋，像伏下的奇兵，突兀而起。清幽幽的竹林中，风光雾影，扑朔迷离。崖壁的石缝中，软绵绵的腐叶里，沟沟壑壑，漫山遍野，都有冒尖的笋。有的调皮地躲藏在暗处，侧卧着身子，像是在洗耳聆听初春山泉朗朗的歌唱。有的性子急，仿佛是焦躁地期待了一个漫长的冬天，一听号令，猛地挺起身子，潇洒地沐浴在融融的阳光里。有的喜静，悄悄地守着野花如星的潺潺山涧，或者，默默地在一片浓浓淡淡的绿荫中侧目而立。有的爱闹，戏谑地挤成一团. 仿佛是比试着个头的高低。杨梅雨有多大的魄力，说不清。山乡的人们，不止一次遇到这样的趣事：几场杨梅雨过后，春笋竟从床底下偷偷地窜了上来，顶起了床板，弄得主人忍俊不禁。春日暖融融，春笋踏着杨梅雨的足迹，拔着节儿长。倘若你有兴致，到竹林中久无人迹的山寮中一看，那才是一幅奇景：当年砌好的灶上，处处都长着青苍苍的笋。五六寸厚的长条灶板，被几根胖呼呼的竹笋，轻而易举地撑了起来，像儿童公园中悬空的浪桥。炉膛被笋撑破了，火塘里的笋闹哄哄地挤成一团。数人合抱的大木槽，那是进山人当贮水的水缸用的，被底下冒出来的笋推倒了，无可奈何地斜倒在一旁。喜雨催春，武夷山春深似海。杨梅雨催来了迷人的春天，催来了万物争荣的新世界。

竹林听雨，历来被文人雅士认为是一种超凡脱俗的野趣。武夷山竹林绵延不绝，而且，竹林里有数不清的杨梅树。春夏之交，正是梅子成熟的时节，一阵杨梅雨，一阵鲜灵灵的太阳，便把杨梅催红了。满树硕果累累，酸酸甜甜，诱来了嘴馋的孩子们，也诱来了深山大林中的猴群，几十只，上百只，拖儿带女，一点也不怕人，它们顽皮成性，极好嬉戏，一旦发现有孩子来采杨梅，便仿佛得到了天赐的良机，爬上高高的树梢，摘下红得发紫的杨梅，劈头盖脸地向树下的孩子们打来。这时，深谙猴性的孩子们便撒野地呼喊着，捡起地上的泥块，松籽球往猴群抛去，于是，经过一场混战，熟透的杨梅全被猴子丢到地上了。猴子见杨梅丢光了，得到了极大的满足，只听猴头一声尖叫，一阵窸窸窣窣的响动，猴头便从树梢上撤出了阵地。孩子们可以先吃个痛快，然后从从容容的捡回家去。人们钟爱峨眉山的猴子，上了洗象池，便有成群的猴子向游客们乞讨，或许，是峨眉山的猴了过于精灵，在耳濡目染中，竟也沾上了人类的俗气，据说，它们现在也摆阔了，游客们的东西给少了，便不高兴，轻则龇牙咧嘴，吓唬胆小的人们，有时，竟要过客把口袋翻出来给它们看过，才悻悻地放行，更有甚者，把游客的照相机、小型收录机扣留下来，挂在树梢上，借以敲诈勒索，而武夷山的猴子，绝无这类劣迹，它们从不侵犯善良人家。这是一块净土。一个神秘的世界，仿佛也被杨梅雨净化了。

大旱之后的喜雨，虽是金贵，但“千呼万唤始出来”，让人等得心如火焚，不免给人一种傲慢之感；瓢泼而下的连天暴雨，引起山洪暴发，冷酷地毁灭庄稼、村庄、连同人们的希望，更是下得人心如汤煮；“细雨鱼儿出，微风燕子斜”，江南春雨为人称颂，但往往下得过于缠绵，迷迷蒙蒙，淅淅沥沥，天日不开，久了，也让人感到单调和腻味。唯有武夷山的杨梅雨，快快活活，爽爽朗朗，洋溢着无限的生机，明净、清新、洒脱，一阵雨，一重天，下得最多情，最有韵味，最解人意。那晶亮亮的雨丝，温润、亲切、绵长，牵来了不老的青山，长流的碧水，牵来了一片童话般的美好的天地。

选自《散文》1987 年第 5 期

土　豆　花

于　广

也许你这样认为:大多数男孩子都不爱美,也不喜欢美的东西。而我却例外,我即是极少数男孩子中的一员。我爱美,我喜欢美好的东西。你不信吗?我七岁的时候就开始学画画,而且这项嗜好一直保持到现在;我特别喜爱一种劳动——一种女孩子常喜爱的劳动。它给我带来了无限的乐趣。这种劳动便是养花。

每年我都培植许多花。我最喜欢的是一种红红的、大花朵的花,植物学家如何称呼其名称,我是不知道的。只晓得家乡的人们都叫它“土豆花”。我喜欢它并不仅因为它美丽,更主要的是:我种植的第一株土豆花有着一段故事。

两年前的秋天,一位同学给了我一个土豆花根(其实是块茎)。见它小得像我的小拇指,因此,我寄托在它身上的希望很蒙眬。

几个月过去,毛毛雨下起来了,轻柔的、沙沙的;各种被寒冷冻得匿失的声音又自由了。其间有燕子的呢喃声。这声音给人一种轻松感,也仿佛告诉我应该种土豆花了。于是,它便在“花园”里藏了起来。我心里真有点犯嘀咕:它是那样弱小,而且落脚处是干硬的黄土。

从此以后,我几乎天天到“花园”里去,而每次都是惆怅而归。大约是二十天之后的一个下午，我又到"花园"里，寻觅着。突然，一簇亮燃着黄绿色光泽的嫩芽，跃入眼帘。它玲珑剔透，娇媚、端庄中透几丝羞涩、胆怯……盯着它，我似乎有所思忖：它是靠什么长出来的呢？是自己顽强的生命力、还是千丝万缕的哺育？答案只能是二者兼而有之。而前者是它变化的内部原因，虽然更重要。它像一株小草，是那样的天真、自信、朝气蓬勃，虽然春寒料峭。

你一定比我清楚：生活是那样的扑朔迷离，复杂多变，让人难以琢磨。它可以让你喜悦，忧愁；也可以让你欢笑，洒泪，又可以让你徬徨；进取……不妨总结出来这样一个结论：喜后有悲，悲后有喜。而土豆花的经历很合乎它。于是，我有些相信"乐极生悲"了。可我的"乐"还没有"极"，"悲"便来了：土豆花被大公鸡啄坏了，剩下一个纤细的梗，短得只有半寸高。看着它可怜的模样，我突然操起木棒寻找大公鸡，欲置其于死地，但又一想：公鸡啄食为其本能，土豆花的遭殃在于其弱小和保护的不够。我应该很好地照管它，像好朋友似的关切它。于是我手中的木棒脱落了。家里人都说土豆花活不成了，我硬是找了些木棒插在它的周围，把它保护起来。我相信它自己会奋斗，但同时也为它的命运担忧。

这以后，我一直没去看它。因为学习很紧张，快要中考了。可倒霉的事情偏偏找到我：在这非常时候，我生病了，整天头晕目眩、疲惫不堪、昏昏沉沉。记得一次考试成绩公布后，自己竟有三科不及格。回到家里的情景，现在还记得特别清楚：我没有勇气，向家里人"汇报"考试成绩，也不说话，十指抠着颧骨，两掌托着腮帮，望着窗外。真可恨——天气也捉弄我。深深的颜色笼罩着空荡的田野。门前的老柳树一动不动，河对岸的落叶松，远处的山都蒙蒙眬眬的，仿佛透过很浓很浓的墨镜看上去的。越往天际，色调越冷；不知什么时候，老柳树的枝叶开始摇动了。风吞吃着雨滴，而后又把它轻轻地唾出，这时的雨滴变成了千条丝、万条缕。于是，屋檐、墙头上流下了亿万条瀑布。院子里，绿色苔藓镶边的青石板上，炸开了无数的水花，发出“啪、啪、啪”的响声。水积多了，便顺着石板边缘的浅水沟流向菜园子。我的目光盯着水流走，猛然想起“花园”，土豆花。它在菜园子里占有一席之地。我找了块塑料布，披上，出去了。

这时的土豆花，已长高到我的膝盖。粗大、墨绿的茎干，从底部分杈成两枝，乍一看上去，好像是种植在一起的两株。它轻轻地晃动着身子，浓绿小巧的叶子显得那样的端庄、清秀、典雅。我清楚地看见了它那闪动着的绿色的光，尽管雨水干扰了视线。大雨一次次地向它冲击，仿佛要把它击倒，每次它都是顽强地挺直了腰，迎着风雨。射向它的束束凶狠的雨箭，眼看奈何它不得，只好乖乖地滑过它的叶子，汇集成涓涓细流，沿着枝干流向根部。盯着它望一会儿，我怀着敬佩的心情，慢慢地抬起脚，蹒跚地走出了“花园”。

高中入学通知书接到的那一天，时值秋高气爽。当家人听到这一激动人心的消息，都洋溢着从来没有过的笑脸。我欢跳着，轻快地飞到外面，兴奋地看着：郁郁葱葱的杨柳、庄稼。远处美丽的山峰，淡淡的，蓝蓝的，和蔚蓝的天色相接。天空自然飘浮着几片隐隐约约的云。清澈的空气，越发使大地广漠无垠，一望无际的绿色。

我下意识地走到“花园”，这时的土豆花已长高到我的前胸，在浓密，墨绿的叶群间镶嵌着十几朵硕大绯红的花朵呈现在面前。沁人心脾的清香引来成群的蜜蜂、蝴蝶，在花间飞舞。那花在暖洋洋的太阳光下，越发现出它的瑰丽，红得似火，整个像簇拥在一起的火炬。我从金黄的花蕊、别致的花瓣上，看出了它的天真、调皮和成熟。它为达到它的生之意志，顽强地拼搏着，傲然对那些暖室之中的盆花嗤笑。看着它纯洁、端庄和恬静的模样，我又望了一眼深邃的天空……

你也许是赏花爱好者，知道许多花的知识：天下第一香——兰花；人间第一香——茉莉；花中两绝——牡丹、芍药；花中四雅——兰、菊、水仙、菖蒲；花中四君子——梅、兰、竹、菊。而我的土豆花，无论如何也不能同名花相比，它是那样的平凡，那样的不登大雅之堂，因此它不可能像名花那样受到人们的宠爱。可我却喜爱它。

这段令我难忘的故事是朴素的，和土豆花一样。

选自《散文》1987年第11期

蓬雀赋

陈叙新

孩提时曾读过几句之乎者也，至今几乎全忘却了，唯有关于蓬雀的文句，依稀可记；“燕雀焉知鸿鹄之志哉”。“不见篱间雀，见鹞自投罗”，又如，“斥鴳笑之曰：‘彼且奚适也？我腾跃而上，不过数仞而下，翱翔蓬蒿之间，此亦飞之至也！’”诸如此类，百吟不厌，令我反思。

燕雀、篱间雀、斥鴳，盖蓬雀之属。历代文人学士蔑视它们，连庄周笔下的斥鴳也自惭形秽。因此，蓬雀便成了人们口头笔端胸无大志.怯弱懦夫的象征了。

人道是“书读百遍，其义自见”，可我却百思不得其解。貌似弱者的蓬雀，凌晨起舞，跃于荒原，清歌脆语，率先敲响晨钟，不为人觉。食虫豸于灌木丛中，精诚为幼苗嫩草剪灭敌害，然而却不为人们青睐。处蓬蒿之间，露原野之中，自食其力，清贫悠然，辛劳不舍，洁身自好。未雨绸缪，呼朋引伴，视同类为挚爱，这是何等可敬。所谓“人各有志”，我以为“物亦各有志”，若非如此，何有“万类霜天竞自由”呢？岂欲皆鲲鹏展翅九万里方为“志”哉？！

深秋时节，晨雾轻纱；严霜薄冰，莽莽山林，蓬蒿之间，蓬雀啁啾，令人沉思。漫步于山间小路，透过迷漫的雾帐，我看到了依山傍水的工棚陋室，一群群身着短褐，面露黧颜的民工，负镐荷锄，奔向工地。一霎时，铿锵的凿石声，搅拌机的隆隆声，劳动的号子声，雄浑交响。骄阳洒下的金线从雾中放射开来，彩虹辉映在民工健壮的身上，在金辉照耀中，我清晰地看到他们凿开岩石，奠定基础，砌上秦砖，筑成刍型；架起云梯，唤来朝日。他们把汗水搅拌在混凝土中，将筋骨化为钢钎，以意志的凝聚浇铸着桥墩、路基、高楼大厦的骨架；他们用自己的智慧饱蘸七色彩霞描摹现代比建设的宏图。他们枰风沐雨，用以火热的希冀迎来山花烂漫的春天。高大建筑群上烙下了他们光彩照人的身影，工地上录下了他们豪迈的歌声，更在人们心中塑下了他们辛劳的形象。以睿智的巨毫描绘四化蓝图的工程师固然值得敬慕，难道餐风宿露、装点大地的民工不该赞美么？

有人说：“民工像蓬雀，胸无大志。”我不以为然，蓬雀处山野入林莽，既来则安，顺乎自然，恪守其职，辛劳竭力，不慕高位，可钦可佩！民工居荒原之地，秉承人意，铁肩担基石，双手绣山河，不羡名利，可歌可泣。

有人蔑视蓬雀，我却要振声高歌蓬雀……

选自《散文》1988年第6期

大自然的赐予独厚京山

碧　野

京山今昔

人家说："人杰地灵"。我看，湖北京山应有这美称。你看，京山在春秋战国出过楚国爱国名臣申包胥，西汉出过绿林军起义的农民领袖王匡和王凤，现代出过著名作家吴奚如和聂绀弩。

如果把历史倒退五十年，京山却是满目荒凉。在民族危亡的抗战年代，京山被侵华大批日本飞机轰炸，人口几千和方圆几里的城区，留下的只是几十个活人和一堆堆瓦砾。而今天，这座位于江汉平原北部和大洪山南麓的小小山城，却得到了新生。

今天，爬上尖峰山，云天万里，大地苍茫。在脚底下的深谷中，浮现一大片金光闪烁的建筑，那是京山像烟霞的红色高楼群。京源大道横贯新城，如玉带缠绕在如云的绿树中。

从尖峰山顶往另一侧俯视，那和京山城左右对称的是惠泉水库。水库边有座惠亭山，山上有亭，是因北宋宰相王安石曾谪任京山县丞，有惠政，山民建亭山上纪念他而得名。山下，惠泉水库引来的漶河水，碧水清波，青山倒影。漶河是由万山泉水汇流而成。惠泉水库清澈见底，水中的礁石、游动的鱼群，在天光的映照下和清冽的水色中，历历可数。尤其是银鸥和白帆竞逐，给大自然凭添生机和妩媚。

惠泉水库如一面明镜，上照日月星辰，下映历史风云。日月星辰有圆缺明晦，历史风云有变幻舒卷。京山的过去、现在、未来，都在这惠泉水库的奔涛激浪中涌现。

就在惠泉水库西岸，千山万壑中，有一座空山洞。昔日，洞口藤蔓纠缠，遮蔽得严严实实，千军过境，也难发现。

空山洞，洞深千米，峭壁巉崖，钟乳悬挂，泉流淙淙。在抗日战争时期，它是新四军红五师隐蔽的军火库。那时，红五师活动在桐柏山和大洪山一带，靠近大洪山南麓的京山，成了革命的据点，军火库深藏在空山洞中。游击队员驻守洞里，藤梯、石床，饥食野果，渴饮泉水，日日夜夜守护在阴暗的崖壁间。

现在，空山洞已辟为风景点，游人如织。

在导游者的手电筒照射中，洞中出现了一块天然生成的奇石，这石亿万年滴成钟乳，酷似古猿。人们给它起名为“古猿守洞”。

在空山洞口，生长着一株株“对节树”，这是世界罕见的一种稀有树种。树干硬挺，叶叶鲜绿。枝条双双对生，节节有序。“对节树”生长期长，木质坚硬如铁。人们说，这“对节树”坚贞，有如当年守洞游击队战士的风骨。

虎爪山与“桥米”

在京山中部，有一座虎爪山，以高山崖头出现老虎的爪印而得名。

虎爪山是一座方圆几十里的林区，种植着漫天盖地的松、杉，风过处，松林涛声阵阵，杉树舞姿翩跹。虎爪山几条险峻的山冲，如猛虎张牙舞爪，腾拏扑击，像要撕破青天。

进入虎爪山，林木遮天蔽日，像走在碧碧沉沉的海底。松杉针叶多年积落，厚如绒毯，踩上去像弹簧。岩石生青苔，上面有野兽的脚印。林中鸟雀穿飞，在筛落林地如碎金的阳光中，闪动着它们绚丽的翅膀。这山那山，鸟声彼此呼应。群鸟的啼鸣，合奏成大自然的乐章；各种鸟雀飞动的翅膀，展现出大自然的彩图。

站在山巅俯视深谷，那整齐的一排排条田，培植着松杉幼林，嫩翠鲜绿，就像维吾尔族小姑娘梳理的条条辫子，那么新奇，那么动人。

居住在这虎爪山一带的山民，过去是刀耕火种。今年烧这一片野树林，明年烧那一片野树林，春季点种一些苞谷，秋季稀稀拉拉收成糊口。苞谷秆矮小，苞谷棒子短而粒少，野鸡站着也能啄食。现在，人工营造森林，松杉如海，山民成了林业工人，正在为国家奉献良材。松树张伞，杉树玉立，显示着山区的富饶。

提起虎爪山的名字，给人一种凶险的感觉，但是它却十分妩媚多姿，山脚、林边、小径、池畔，以及木屋周围，丛丛簇簇生长着百合。百合花红的、黄的、白的，迎着山风，婀娜起舞。如果挖一丛百合，在池水里洗净，一片片剥开吃，脆嫩清甜。这是山行的人们解渴充饥的珍馐。

谁到过虎爪山，谁都会迷恋。如果在山中木屋度夏，喝喝清冽的山泉，吃吃鲜甜的野果，那是再惬意不过的了。

在虎爪山下，有一座孙桥小镇，山泉流到这里，灌溉一百多亩石田。这里出产大米，粒长，晶莹如玉，名叫“桥米”。在封建王朝，是进贡的珍品。

石田在轻轻流淌的泉水中映着太阳、月亮和星星，给禾苗以充足的光照和充分的滋润，“桥米”扬花、灌浆，吸收泉水里的腐殖质和矿物质，欣欣成长。每一颗“桥米”，都含有日月的精华和山林的清香。白天，它迎着太阳吐放鲜绿；夜里，它在月光和星光下嗞嗞地拔节生长。

“桥米”收成后，只需去掉谷壳，就洁白晶莹，不要淘洗，就可以入锅煮饭。如果淘洗，就会失浆，煮成的饭，反而不香。

吃“桥米”饭，入口柔软似糯，满口香甜。不要菜，也能高高兴兴地吃两大碗。

能吃上“桥米”，是口福。难怪旅游者来到这里吃上一碗“桥米”饭，都声称愿作京山人。

天然宝库大洪山

大洪山，与长江三峡、江陵城、武汉东湖同为湖北省境内的国家四大名胜风景点。

大洪山，高峰林立，巍峨峻拔的许家寨，层峦叠嶂的摩天岭，莽莽苍苍的罗汉山，构成大洪山区的磅礴气势。

大洪山，有它粗犷的雄姿，那陡崖峭壁的山峰，那云遮雾罩的峰林，那凌霄险峻的崇山大岭，给人一种壮丽非凡的感觉；但大洪山也有它秀美姣好的气韵，那像珠帘悬挂的一条条瀑布，那清流潺潺的千百溪涧，那吐珠抛玉似的千万泉眼，却又给人一种无限柔媚的感觉。

啊，大洪山，你是大地的精英，你是山之骄子！苏家垄文化遗址，代表着西周灿烂的古文明；汉末新市农民的绿林起义，显示着人民的伟大力量。

天上有灿烂的太阳，地上也有灿烂的太阳。大洪山的“太阳玉石”，闪灼耀眼，满山辉煌。

大洪山是一座天然大宝库，盛产花菇、板栗，白果、百合。这都是大洪山珍贵的特产。

大洪山生产的花菇，国际闻名。花菇形状如伞。别的地方出产的花菇，白色花纹是人工雕成的，唯独大洪山的花菇，它的白色花纹天然生成。大洪山花菇花纹美丽，精巧悦目。

大洪山春秋两季生产花菇，伐木、点种、管理、采摘、烘烤、分级，春季比秋季生产的花菇更为珍贵。大洪山的花菇肉厚形美、香嫩味鲜，蛋白质含量极高，营养丰富。大朵成熟的花菇，大如酒盅。

板栗也是大洪山南麓京山境内的特产。毛栗嫁接长成大板栗，色泽赤红，肉厚，粉而香甜，含糖量高。板栗树是落叶大乔木，高达二十米，树冠大，寿长数百年。品种分早、中、晚三熟，春末开花，从夏八月至秋十月，分批成熟，嫁接苗三四年就能结果，不论鲜食、炒食或煮食，美味可口，极富营养。

在国内，大洪山的大板栗老少喜食，当剥开赤壳取食金黄果肉的时候，人们的眼睛都亮了，舌下生津。而在国际市场上，负有“中国甘栗”的盛名，它的香甜传播海外，增添了旅外游子的几多乡思！

大洪山南麓还生产银杏。银杏俗称白果，生长慢，结果迟，公公栽树，孙子吃果，又名为“公孙树”。

银杏树寿命可达千年，树高四十米。栽种三十年，才能结实，雌雄异株，千里传粉，孕育成果。

银杏生命力强，能耐零下三十度低温和四十度高温。果实成熟时呈黄色或橙红色，味甘，性温补。颗粒如珠，惹人喜爱。

京山北境大洪山还出产“京百合”。百合是多年生草本植物，夏天开花红、黄、白，状如喇叭。生长在地下的根呈扁圆形、鳞状多瓣，洁白如玉。一般的百合鳞瓣大，色黄无光泽，味苦，而“京百合”色如白玉，有光泽，味甜。

当百合花开的季节，花鲜汁甜，忙坏了蜂蝶。尤其是蜜蜂采蜜，深深地钻进百合花心，出来时满足地嗡嗡飞回蜂房。

中华大地厚实而丰满，祖国处处有奇观。

大自然的赐予独厚京山。

选自《散文》1989 年第 5 期

雅　藏

叶文玲

我爱南方的秋季。明丽的秋日是那样令人神清气爽，她像一位可人意而又笃诚朴厚的朋友，年年一度如期而至，既不故作矜持姗姗来迟，也不负人对她的钟爱而匆匆离开，在尽力濡染秋色的灿烂时，更没忘多多羁留原野间的深绿来匹配大地的辉煌。

偏爱往往形成积习。于是，每当第一阵秋风拂来醉人的秋香时，我的眼前便会展开一片绚丽无比的山野，耳畔也立刻清泉叮咚般地响起几句小诗：山间煮酒烧红叶，石上题诗扫绿苔。

忘了这是谁的诗作。诗中颇有香色的情景，当然只能够引发想象的畅神快意，而今尘嚣中人，谁会有古人的这种煮酒烧红叶，题诗扫绿苔的兴会雅趣呢？我之所以常常铭记着它，是因为这两句小诗不仅把我对秋天的怀恋牵扯在一起，还因这颇有古趣的雅句集中了我最为醉心的物象：山、石、红叶、绿苔……

是的，我曾那样钟爱奇崛的大山和形色可爱的石子，前些年趁外出之便，曾很有兴致地拣拾了一阵，拣拾中还得闻确有几位作家对此的爱癖比我更甚，他们真称得上当今米芾，是爱石赏石玩石藏石的专家。但我天生是个散漫人，拣拾时兴致勃勃，却没有专注于此精心收藏的意念。石头又是沉手之物，南归时因嫌累赘，便大多散赠了友邻。于今，除了案头一盂长岛月牙湾的石子儿和拣自柴达木的几块嶙峋岩石外，再无他剩了。

我更醉心的是树木和草叶。生命的颜色——绿色，曾是我不倦的话题。平日间，无论枯坐斗室还是远足郊外，每每一触到叶青青草青青的碧色，就像注入了生命的原汁似的，我就心欢意悦，精神大振。这两年，常去西湖畔的植物园流连，桂子飘香时节，植物园真是个教人乐不思归的仙苑，徐徐袭来的芳香，教人薰然欲醉，依依的目光掠过千棵万棵苍苍郁郁嫩嫩生生的树，我觉得是在阅读千首万首的诗行；在葱绿如毡的草地上闲坐小憩，更会产生愿与碧草共为泥的欲望。面对着看不够看不腻的碧树芳草，我的爱恋又常常会膨胀成异想天开的痴贪：哦，世间万物，我什么都不要，只要周遭这铺天盖地的绿！是的，我真愿被这绿色所溶化，或者，永不凋蔽的绿色能化为可触摸的形物，被我一股脑儿永远永远地拥在怀里……

呵，我对绿与叶曾发过那么多那么多可笑的奇想！端起一杯绿沁沁的龙井，我曾设想：如果茶叶无须烘烤而直接投之于鲜叶泡茶，既保持醇香又使色泽越发鲜碧岂不更好？面对一幢幢千篇一律灰扑扑的宿舍楼，我又奢望：假如毗连的公寓住房，能设计成一片大森林模样，或者房子内部整个装修成绿地绿帐的大自然形态，那又该多么美妙！

呵，碧树，绿叶！过于迷恋的我，真想生出一个什么法儿来将这使我酩酊不已的绿叶碧色好好收藏，好好收藏……

世上偏偏就有这样的有心人。

是日，接到一封寄自东北的约稿信，抽出薄薄的信笺，忽然露出两柄叶子，还未顾得看信，这两柄随信夹来的叶子就像一蓬火，霎时把我的心点着了。

这是两柄枫树的叶子，一为单枚，绛红色；一为三小枚，豆黄与橙红相间，两枚叶子俱分九瓣，叶缘齿状，叶面却有星星点点的花纹。我的植物知识极有限，无论如何归纳不出这种枫叶和内地常见枫叶的不同类属，更想象不出这叶子新新鲜鲜长在树上时又是什么模样，但有一点是明白无疑的：这两枚由鲜绿变娇红的叶子，能够千里迢迢到我眼前，是经了怎样的灵心和巧手！

随后不久，又有第二封信来，信还是娓娓的一页半，叶子也还有赠予，这次除了又一枚小小的枫叶外，更有一枚稀罕的山参叶，五片小叶聚成一枚绿泱泱的大叶，长长的细柄似玉立亭亭，自是珍雅非常。

寄信赠叶者是《春风》的编辑，长白山区人，只因从小与大森林相亲，便有了这收集树叶的爱好，每逢秋天回乡，就翻山越岭去采集，收藏则以秋天的枫叶为主，而这枚颇稀奇的野生人参叶，则是专意从一位采参人那里要来的。

我真感谢这位尚不知性别的编辑，而他（她）大概也没料到此举远比口气殷切的催稿信更为有效，只这几枚小小的叶子，我便勾起了对寄与者的无限感怀，未曾谋面，便已款通了心曲。不是吗，这位年轻的收藏家，将我沉溺已久的梦付诸了现实。

哦，收藏叶子，端的是奇美无比诗意无限的雅趣。

珍藏叶子，无异于珍惜生命和青春。

我真想再走一趟长白山，看看久违的大森林，会会这位没有见过面的酷爱树叶的雅藏者。

选自《散文》1990年第1期

垂钓乐

郑清源

垂钓有一种意想不到的乐趣。你如果有兴趣也要想品味一下这种乐趣，那么，我可以以一个垂钓爱好者的身份，领着你到春光明媚的郊外，找一泛着涟漪的僻静处，先安安静静地坐下来，然后再不慌不忙地将鱼竿垂进那碧绿碧绿的水面，双眼紧紧地盯着那涂着红颜色的鱼漂任意地在水中晃动。初次垂钓的人，他的全部注意力和乐趣这时候都集中在那红色的鱼漂上。无论郊外的景致如何引人入胜，你可能也无暇去顾及，你唯一的希望是有鱼儿将你紧紧盯着的那红色鱼漂拖下水去，然后突然使力气将鱼拉出水面，装进你早已准备好的鱼篓里。

其实，你这就根本的错了。首先，你必须了解垂钓是一种很好的体育活动，你可以试想一下，一位长期生活和工作在紧张环境里的人，突然投身到大自然美丽的环境里，尽情地享受着大自然对人类的各种恩赐，不也是一种极大的乐趣吗？

人们多选择在春暖花开的季节去垂钓。鱼也和人一样，爱着春天。春天一到，它们就活跃起来了，多情起来了。当一汪春水泛起，沉睡了整个冬日的鱼儿又开始了新的生活，它们成双成对在水里嬉戏游玩，你不就感觉到它们是那样的鲜活和可爱？如果再细心地观察下去，你就会进一步发觉，这时候的鱼儿在发情了，在急切地寻找情侣了。我年轻的时候在乡下的老家也曾经垂钓过，不过遇到发情的鱼，我是不忍心随意就将它们拿来食用的。我至今仍然清楚地记得我母亲说过的那一句话：春天弄死一条鱼，就等于毁了成千上万的鱼！因此，我们那时宁愿忍着，也要让鱼儿尽情享受春天的欢乐。

如果这时候你能钓上几条活鲜鲜的鱼，当然也是一种欣慰，一种欢乐。不过，这要看你的运气。我们现代人忌讳使用“运气”这个词儿，便绞尽脑汁改换“机会”一词，以表示与旧时所谓“命里注定”的疏远，增强说话或写文章的光彩。如果说得得体一点，在这里还是用“技术”一词较为准确。垂钓是需要一定的知识和技术的，也就是说，你要掌握鱼在不同季节里的生活规律和习性，要能够熟练地将你的钓竿准确地垂放在鱼儿活动的场所，这样，鱼儿才会上你的当，你才有所收获。鱼儿对季节的变化是很敏感的。尤其是在春天，它就会非常地活跃起来，忙碌起来。在明媚的阳光照耀下，池塘的水面波光潋滟，水天一色，处在这样令人都羡慕的环境里，它们是绝不会像寒冷的冬季那样，一动不动地躲在深水区里，白白地浪费掉春季赋予它们无限欢乐和享受的机会的。这时候，它们会不顾一切地奔向光明，奔向浅水区，在那里享受它们的天伦之乐。如果再细心地观察一下鱼儿这时候自身的变化，你还可以发现鱼的鳞片的颜色会有深有浅，而且这种变化像树的年轮那样分明和整齐。在冬天长出的鳞片颜色较深，年轮也较狭小；而在春天温暖气候里，正是鱼儿的生长期，它的颜色也就较浅，且年轮的界限也较为宽阔。这些深浅颜色的变化不仅记录着气候变化的历史，而且还记录了鱼儿的实际寿命。这时，你要选一个敞阳的地方，再把钓钩垂进水里，那红色的鱼漂就会在洒满阳光的水面翩翩起舞，你也就不由得随之欢欣起来，把日积月累起来的不悦统统忘却掉，进入一个充满幻想和希望的世界。

夏日垂钓又与春季垂钓的方法不同。春日垂钓是在浅水区，而夏日若仍守在浅水区，那就不成了。浅水区太炎热，深水区是凉爽的，它就像你躲在树荫里一样躲在那里。

入冬之后，气候逐渐寒冷起来。垂钓爱好者是不惧怕寒冷的，在风雪交加的冬日的早晨，三五人聚集到一起，向更为寒冷的野外走去，真有一路谈笑风生的一种别有雅兴，别有风情。

鱼儿需要冬眠。不过，遇上下雪天，它们也会在冰雪覆盖着的淡水里四处游玩，有时也不免干出些危险的事情来。据说在我国北方的冬天，垂钓不用钓，只需在厚实的冰层上凿出一个小洞，鱼儿就会不断地从洞口跳出来。垂钓者只需将它们装进鱼篓就行了，既不劳神，也不费事，这种坐享其成的勾当，是所有贪婪的人早已求之不得的。

在不同的季节里垂钓，其乐趣不尽相同，任凭你去体验，去享受。当然，对于垂钓者来说，他的乐趣也不仅仅只为了观赏一下自然景观，他同时还需要有所收获，钓得几尾鲜鲜活活的鱼。因此，垂钓者的最大乐趣还在那寸长的红色鱼漂上，如果鱼漂不停地上下跳动，马上就会把你引入一个绝妙的境地，使你心旷神怡。不过，也有例外。鲤鱼咬上钩的时候，鱼漂不会上下跳动，它会直接把鱼漂拖进水里，来势也很凶猛。如果遇到这种情况，可千万不要慌忙，不要和它比力量，要顺着它游动，要消耗它的力量，你才可以取得最后的胜利。许多不够老成的垂钓者，往往因为过于紧张而失败。所以说，人在与大自然的斗争中，一定要用科学的方法，千万不要一味地蛮干。

选自《散文》1990 年第 6 期

冬日平原

刘宏伟

冬天来到我们平原上了。

大海一般宽阔的平原啊，透明的、宁静的冬日的平原。树是稀疏的，一排排地站着，近处的有合抱那么粗细，可银灰的天边那一排虽也一样清晰可辨，但已是小如牛毛了，而那边似乎还有，或许是天外之天，世外之世吧，连童话里小人国的人的手指，都比它大好多好多倍呢！

从铺着落叶的树下，从田头走过，我感觉每棵直立的树，都充当着一个千斤顶，是它们支撑着，天空才不至于塌下来……

我们在田间小道上行走，风也在走，云也在走。天空愈来愈低了，树尖似乎都刺到天空里去了，却都没有弯曲，四周也依旧透明，依旧可以看到天边去。不一会儿，树枝间飞起了雪花，仿佛众多急行的天鹅扇落下来的羽毛。

于是，平原成了雪原。

蓦地，我生出一种愿望，就是要用比王羲之更流利的毫笔，在一张硕大的宣纸上随心所欲地涂抹，如在这雪原上印下自己的脚印，然后为风雪弥补，再印上，再弥补……

雪原上留不下永久的痕迹，但在历史的长河中却驰骋过我不羁的欢情！

冬天到我们平原来了，雪在漫舞……

选自《散文》1990年第10期

只有香如故

章洁思

又到杨花飞扬的时节了。

毛茸茸的杨花，弥漫在空中，插入你的衣褶，跳上你的发际，贴住你的面颊。闭上你的眼睛，体验它的存在，任它随意驻足吧！这是春天的气息，带来田野的清新和芳香；这是自由的象征，它带着你的心，一同飞上高高的蓝天。

第一次注意到这小小的杨花是在二十年前。不会忘了从东北郊的学校用残废的双脚蹬两个小时车回家时一路上的感受。悲苦的"文革"年代，沉闷的空气，压抑的感情。校园里的春意早已被大字报、"红海洋"淹没了，街道上也听不见一丝欢笑，只有有轨电车的铃声依旧，车头车尾车身吊满了全国各地的串联者。喧嚣、尘土，满目皆灰。忽然，一朵杨花扑上我的面颊，又一朵。我向四周环视，那纷纷扬扬的杨花正前呼后拥把我包围其中，它们任意飞舞，任意穿插，仿佛要拉我远离这悲苦的人生，让我置身到这片片杨花的世界中去。我张开手掌，让杨花停伫手中。柔和的花绒温柔地贴紧我的掌，摩挲着我那伤痛的心灵。从此，杨花闯入我的生活，一年一度，就开始不忘留意这可人的春之讯息。

称它"杨花"，它其实并不是花。我没有查过植物字典，只是按照习俗这样称它。它没有花瓣，没有花托，没有鲜艳的色彩，倒更像一朵黄黄的小绒毛。我见过许多奇花异草。我的童年曾在一所美丽的高等学府中度过。不知名的草，不知名的果，曾带给我无穷的欢乐。曾记得，每天上学放学，我都要在邻居家门前流连，那一架银光灿烂的金银花藤，是我当年梦想的王国。摘一朵小花吮在口中，那甜香满口的滋味，至今在脑海中构成一幅美丽的图画。我的母亲，虽然不是能干的园丁，可也拥有好几盆名贵的花草，君子兰、龟背、蟹爪……等等。瞧那君子兰开花时分，宛如窈窕淑女娉婷而立，又端庄又高贵。而蟹爪那团团悬挂的小小红花，使人感受着宁静和安谧……。可是，世间没有一种花，如那纷纷扬扬的杨花，掀起我的情感，闯入我的心中，带给我融融的春意。无尽的憧憬和向往！

今年春天雨水多，杨花好似只飞了一两日。我刚刚要伸手去接住它，刚刚要闭上眼去感受它，它却倏忽不见了。我找寻，我呼唤，终于在路旁，在砍倒的树枝中，我寻见了它们。那是黄黄的一层，已经遭人践踏，揉进泥中，已经失去了往日的轻柔。

我独自徘徊在春日潮湿的街头，心中几许失落，几许忧伤。寒冷的春风送来冬日的料峭，冷雨丝丝扑打着我的面颊，幼时诵读的两句小诗不知怎的此刻闯进脑际，久拂不去：

零落成泥碾作尘，只有香如故。

虽是咏梅的诗句，却与今日情景何其相通！

天豁然放晴了。和煦的阳光催开了树上的花苞，那层层新绿经过雨水的滋润色彩愈显明亮。我夹在熙熙攘攘的人群中匆匆走着。忽然，一朵杨花扑上我的面颊，又一朵……。我几乎不敢相信自己的眼睛，我伸出手去，把小小的花茸紧攥手中，生怕它又一次从我身边溜走。低头看那地上路旁，那“零落成泥碾作尘”的杨花还未清扫干净，而新的、充满活力的杨花又轻盈地飞起来了！那一瞬间，我似乎觉得自己的心也生出了翅膀，随同杨花一齐飞上高高的蓝天……。杨花啊，你仿佛向我揭示了生命的某个真理。

期待吧，今年过去，还有来年。年复一年，到了杨花飞扬的时节，它将永远恪守自身的职责，给人们送来可人的春之讯息。一旦当它完成了使命，只能匍匐在地之时，它亦会在人们心头留下永远的“香如故”，让人们期待来年的春天。

希望吧，我不敢相信，生命如失却了希望会变得怎样；但是我相信，只要希望存在，终会有新的美好来临。

选自《散文》1990年第10期

山的明悟

那家伦

有了这大山，人间就有了一个创世纪的宏丽传说。如母亲难产般痛苦，挣奋着，呐喊着，才脱出大地的子宫。儿子，却使大地母亲显出成熟。

高原，是熟透的岁月的皱纹。

多好呵，正是成熟的秋天，我攀上了熟透了的季节的峰巅。

遍山的红枫，宣泄出浓浓的血般凝重的感悟。酒样浓烈的情愫燃烧了……

山动情，人也动情。

带着创世纪的痕迹，随着心愫的涌突的潮汐，响着心灵的轰鸣，波峰浪谷，奋涌着奔突而来，从那没有尽头的天边。云浮，天朗。墨色峰柱撑起世界，托起成熟。

于是，有了丰富的色彩，有了许多的热烈，有了那么硕满、那么厚重、那么坚实的生命。

呵，整个世界都是燃烧的，燃烧得显出了生命的鲜血的奔突。有一双力的翅翼，在自由飞翔，扇起不尽秋光。有一颗刚毅的心，装容下一个追求的灵魂。追求创造。创造一个成熟，可以无畏地流血。

这是一个喧闹的天地。

这是一个竞奋的海洋。

天穹有云。人间有风。乘云沐风人生向渺远的旅程起步。一个年华，仅是一个年轮。

用一个完整的灵魂，去萌发一颗勇敢的种子，就能辟出一条真正的路。寂寞但不感伤。穆重却不浮放。哪怕仅仅塑造大海退潮后的一滴眼泪，一滴很快逝失的眼泪，也要用一个永不干涸的追寻……

如果说此刻我比旁的人看得稍为远些，是因为我站在大地母亲的儿子——山的肩上。在真理的大海里，任何美丽的贝壳都仅是一个光点。

一种纯净的火，炽热了山的感悟。

我伫立于天和地的分水岭，我伫立一座陡峻的高峰。山外有山。天外是天。一片红叶落在我的手上，我想到我是一片轻轻的树叶。走进成熟，连接秋光，为追求流血般地烧燃的生命。

像一阵远天滚来的春雷，山林深处的山民，响起歌声。山歌，生发崖岳腹体，像山一般厚沉。重重的思绪，随歌，一下嵌入古老的岩层。

我知道：丰盛的秋收已近尾声，创造了秋色秋光的山民，是去耕耘和播种。秋向春天发出请柬，默默地，却又是虔诚地，没有一点虚浮夸躁地。

山歌更响。山民们走出山林，贴近天边，身形显出雄伟。

望着他们，我想到小草，默默滋营大地的小草。我想到崖石，默默挺立大地的崖石。

天地间，一切伟大都属渺小。

一粒点化的种子落入我心里。我感到一种神力泛散的明悟。

盛秋高远的天空蓝极了。它很干净很干净……

选自《散文》1990年第11期

岭色重重雨

滕　云

这是青城山后山。山之一隅，丛树中隐着一处寺观式招待所，今晚由他们这个会议团体用作旅舍。

天已入暝。寂静的山间，这仿宋建筑院落亮起了电灯，响起了舞曲。舞会热热闹闹地进行。到底是一群城里人哪，终年埋首市尘，不觉又把都市周末的氛围带到这片山野。

他一个人走出来，走下长长的石阶，走到山门外，灯光照不到、乐声传不到的味江岸边。

四野已经昏昧。西边天际仍有余光衬出青城天仓山诸峰。群峰如列屏、如城堞矗立天表，苍苍茫茫。哦，这大概就是“青城”显示本相之时吧。最后一抹暮云缓缓悬移，像是赶在天光消逝之际，把青城山从历史的深处推出来，又像是赶在夜色回合之际，把青城山向时间的深处推过去。

青城白昼完成了和青城黑夜的交接。这自然界的仪式在青城旅人眼前几乎是不可觉察地进行着，可喧闹了一天的青城蝉们突然就息唱噤声。万籁俱寂中，近处的味江水声汩汩，远山传来夜鸟孤啼一声两声。只不过转瞬之间，蝉们、虫们仿佛也完成了生命节奏的昼夜转换，又恢复了尽情的欢唱。这山野的生命音乐宛若无指挥、全方位的自由合奏，无序中又这样有序，使他感到生命的神奇。

萤火虫出来了，在草丛间一闪一闪，像是群舞，像是嬉游，又像是在它们自己的生活里忙碌奔波。他脚边就有一只萤火虫在闪。他蹲下来，萤火虫没有飞走。他辨认出来了，这只萤火虫飞不走，它在爬行。它大概是受了伤吧。它并不向草丛深处爬去。那是它的同类的世界，不也是它的世界吗？他替它难受了，为它的同类的弃绝，为它的孤独。孤独的萤火虫爬着，爬着，从他的脚边爬了过去。他却蹲得有点脚麻了，站起来跨一步，又蹲下来等那萤火虫。好久，它又爬到他脚边，旁若无人继续前行，尾灯一闪一闪地。他再站起来跨一步，好久，它又爬过来，爬过去，尾灯一闪一闪。他忽然悟出，那顽强地爬行的萤火虫，其实并不孤独，它也并没有被同类弃绝，它的尾灯闪动的频率与亮度，与周围的同类是完全一样的呵，是完全应和着的呵，只不过它不能飞，它就选择了自己的路，它坚韧地爬行，一路留下时明时灭的生命光迹。他视角拉开距离就看到了，这一点生命之光，在周围山野，是完全汇入萤火虫世界那无数生命之光的环舞的。他默想，它所应当获得的不是同情，而是敬礼。

他抬头望夜天。蓦然感到有雨点落在脸颊。那是缓缓洒落的疏疏的雨点。雨点也洒落在树丛上，草叶上，洒落在蝉唱中，萤火虫的忽闪里，那么自在，那么自如，就像融入山间这阙生命音乐自由合奏的一组音符，和谐无迹。他完全没有想到躲雨。身后，旅舍的灯映亮了一角夜空，舞会的音乐阵阵传来。他们玩得很快乐啊，他想。他觉得自己也很快乐，这份快乐是在城市、在尘嚣中得不到的。他不忙着回去。他站在那里，听着、感受着无声的、微凉的雨点浸润身边生命世界的声息。

时紧时慢的雨，把登山的团体拆散了，人们随心所欲，或群聚于寺阁亭楼避雨，或二三雨中共行。团体之外，青春做伴而来的，更不愿放弃雨游之韵，峨眉山道于是变作二人世界。

不是杜鹃当令，不是山茶时节，远远望去，山头树角绽开的雨伞，胜似杜鹃，胜似山茶。蜿蜒曲折时隐时现的山间小路，成了花的长廊。

雨丝如帘，雨丝如帐。一把雨伞，天地自成单元。年轻人必定更感激这知情着意的及时雨的吧。晴日峨眉山径，游人摩肩接踵，他们去哪里寻觅自己的角落呢。峨眉山雨成就了年轻心灵的贴近。伞下人面，比花鲜妍。

雨丝如佛，雨丝如禅。已不年轻的人们在伞下似沐菩提之荫。平日间世事丛杂，劳碌终岁，疲惫的心裹着厚茧，他们没有自己的憩园。此刻，尘虑却，俗务摒，山雨还他们一份清明，天风许他们一份天真。流连风景，物我两忘，品藻文章，人天俱得。伞下人面，华发映着童颜。

迢递云山，纤绵雨意，山路上载沉载浮、载行载止的，是那迷离的伞，是那绝尘的心。

大雨把他们阻在了万年寺。斜风催着雨箭，逼得坐在廊间品茗避雨的他们，也不得不披上雨衣。人声嘈嘈，雨声切切，完全不能令人想象，这万年寺曾经有过一位大诗人在此听琴的雅韵。然而他想着的正是那段动人的史迹，那位大诗人就是李白，弹琴者是万年寺僧浚上人。李白为此留下名诗《听蜀僧浚弹琴》："蜀僧抱绿绮，西下峨眉峰。为我一挥手，如听万壑松。客心洗流水，余响入霜钟。不觉碧山暮，秋云暗几重。"

他想僧浚必定琴艺不凡，人品亦不凡。"绿绮"本是汉代辞赋大家司马相如所用的琴名，司马相如就是弹奏绿绮琴而打动卓文君的心的。李白诗中说“蜀僧抱绿绮”，当然不必是相如那把琴，但以相如琴代称僧琴，足见此僧不俗了。“为我一挥手”，“客心洗流水”，寓涵春秋高士俞伯牙抚琴钟子期知音故事：伯牙操琴时志在泰山志在流水，子期即能从琴声听出高山流水之志；子期死，伯牙破琴绝弦，终身不复鼓琴，以为世上再无知音之赏。李白用这个典故，说明他对僧浚的推重，对僧浚与自己友情的推重。“余响入霜钟”既是对僧浚琴声的赞叹，也是对峨眉山的赞叹。这里也有个典故：《山海经》中记载有一处叫丰山的灵山，上面有九口神异的钟，每到霜降，钟声就感应而鸣。李白以此赞美峨眉山以及僧浚的琴声，有着丰山以及霜钟那自然灵异之韵。李白沉浸其中，不知不觉，暮色笼罩了碧山。本来李白游子之心已经融于友情与琴韵，现在却因了日暮，因了与友人终需一别，心情就逐秋云又暗了几重。一位僧人，一位诗人，一个弹琴，一个听琴，自日至暮，人琴两忘，主客两忘，物我两忘，这是怎样一种情景？

僧浚的人琴高致，不仅使他获得了大诗人李白的情谊，他的琴声还引来牧夫樵子驻足聆听。每天黄昏，还常有一位总是身穿绿色衣裙的姑娘来此听琴，日子多了，也就和僧浚熟识了，有时她也带着琴来请僧浚指点。老和尚去世之后，绿衣姑娘就不再来了，但碧山入暝时分，寺后听琴台就有琴声传来。寺中的和尚们奇怪，悄悄走到寺后探看，只见听琴台上，那绿衣姑娘正教一群绿衣姑娘弹琴。她们见和尚们走来，一个个含羞掩面，抱琴向林中跑去，一闪就都不见了。和尚们赶到跟前，但见池塘里一群青蛙在鸣叫，鸣声如琴。从此，远近就都知道，万年寺旁的池塘住着一族别处所无的弹琴蛙。这当然是传说了，并非史迹。

而僧濬李白史迹也已是千年前的故事。此刻游人杂沓的万年寺，再也不是幽人相处情景。坐在廊下避雨的人们，"侃大山"侃得热闹。有人提议到听琴台探访弹琴蛙，但多数人不愿离廊。只有四个人踊跃而起；冲风冒雨，走到古昔的听琴台，如今水泥砌就的水池边。亭亭绿荷接雨，漾漾绿萍迎风，天近黄昏，但一只青蛙也看不见。据说见到弹琴蛙，是要有运气的，听到蛙弹琴，更是福气。运气福气也需要引导，站在池边用心用力唱几声，也许能引来蛙鸣。他们就面池站好了，四人齐声唱出四个音符："1—2—3—4—"。果然池中隐隐有蛙声如琴响应！有人听清了，有人听不清。于是再唱一遍，真的余音未尽逗起了两声蛙鸣！又唱一遍，细细谛听，风声雨声中琴音已经微微袅袅。他们不敢再唱了，这就够满足了，再唱怕就要把运气、福气用尽了呢！

廊间的同伴们都围了来，称奇的，叹羡的，不以为意的都有。雨还在下，时间不早，还要赶一段路才能到洪椿坪宿处。大家起程了。只有四个人还回味着万年寺如琴蛙声。四人中正有笔者。他想那万年寺僧濬上人，也是极有运气、福气的。僧濬的前辈俞伯牙只有钟子期一个知音，僧濬在世时则不但有李白这位知音，还有那么多普普通通却纯朴挚诚的知音。而且，借李白诗篇，千年之下，人民还在记忆着这位曾给过李白那么深的感动的僧人，并以传说的形式，让万年寺蛙赓续着他那琴心琴韵，赓续着那永不消逝的绝唱。这也是造化钟灵秀，人间重至情吧。他这样想着，与友同行，在这峨眉山间的雨色黄昏。

选自《散文》1991 年第 1 期

话说君子兰

冰　心

女作家李玲修在好多年前，送给我的一盆君子兰，我把它供在书桌前的窗台上。那浓绿色的、剑形的、肥厚的叶子，武士般地相对列。每年两次当剑叶中间忽然露出一点橘黄色时，家里的大人和小孩都高兴地奔走相告：君子兰又要开花了！

这实在是个喜讯。几十朵橘黄色的、五瓣聚成的筒形的花，向上开放。它们像高雅的君子般相拱而立。当花的大茎，愈长愈长，这几十朵君子兰便愈站愈高，静雅地立在那里，经月不谢！

我为此重新翻看了《论语》，因为至圣先师孔子，对于”君子”的定义，有几十条。但是我读来读去，觉得“君子讷于言而敏于行”，这句话就说的是君子兰！

我以为“言”就是花的香气，“行”就是花的形象和花期的久暂。君子兰花香很淡，而花色极浓，几十朵相拱而立，能够“立”到几十天！它们群立在你的面前给你力量，给你鼓舞。因此我虽然也喜爱玫瑰的浓香和桂花的幽香，但在数日之内，便瓣落香消，使人惆怅，而使我敬佩的还是君子兰！

1990年7月12多云之晨

选自《散文》1990年第11期

踱近四月

崔合美

拨开冷酷无情的冬天，我踱近我常眷恋的四月。

隔着季节的篱笆，我望见四月如一个天真烂漫的孩子，在充满生机的大地间活蹦乱跳——

四月，摇动我的摇篮，摇醒了八百里洞庭的碧绿涛声；

四月，泼洒着彩色，溅翠了堤岸的行行柳林，浥红了村前村后的团团桃树；

四月，端着满垅金黄的油菜花，紫红的燕子花，戏弄着贪玩的蜂蝶；

四月，牵着红蜻蜓，在嫩绿的圆荷上，蘸着圆润的露珠，抒写着晶莹清丽的诗句；

四月，骑在牧童的牛背上，在苍茫起伏的苇荡深处，放出一簇簇被阳光温煦的柳笛；

四月，驾驶着拖拉机，在古老的土地间，播种着崭新的民谣小调；

……

我眷恋四月，不只是眷恋这恬美的春光风物，我更眷恋那泼面不寒、沾衣不湿的桃花雨。

我素来喜爱在雨中徜徉。

我爱在细雨空蒙的时候，飘进那似烟似霭的雨里。天穹有如一副巨大的碾盘，将云霾碾成细细碎碎的粉末，宛如月的清辉，从高天筛洒而下，把世界涂抹得一片迷漫幽绝。村舍，树影，都溶进朦胧雨雾中，汇成一幅壮阔的米芾章法。细雨，拂在脸上凉润润的，变成一粒粒水珠，沾在发梢上，渗到睫毛尖，溅向衣服的千丝万缕上，宛如珠光宝气，将我装扮得浑身晶莹，引我信步踏入一片湿漉漉的诗行。

当大雨滂沱之时，举一把小伞，扑入横飞竖洒的雨里，又是一番情趣。激荡不已的雨珠，滴在树叶上，跃下屋檐边，敲在雨伞上，淅淅沥沥，好像在向人津津有味地讲述着一串串弯弯曲曲的传说故事，使你不由得静静的谛听，不愿从雨中抽出身来，生怕抽断雨丝的连绵遐想。

但最使人迷恋的，要数桃花雨。

桃花雨，不似夏雨的暴烈，秋雨的萧瑟，冬雨的冷漠，显得温和，温顺，温存，温柔，好似多情的窈窕女子。

桃花雨，不似滂沱大雨那般疾密，又不似空蒙烟雨那么缥缈。它疏密有致，轻缓错落，宛若从天空抖出的万千银丝，为人间编织出一幅透明的珠帘，轻笼漫掩着山川人物，使风物平添几分妩媚。

桃花雨，仿佛是一把天女挥洒的一掬彩色，能叫世界万紫千红，灿烂多姿。它洒在树上，能叫光秃秃的枝头绽出浅翠深绿，能叫杜鹃树爆出姹紫嫣红，能叫桐树、油茶树流出浑身洁白……雨点飘洒处，仿佛滴滴都变成了花！

桃花雨，似乎饱含着生命力，能给万物输送鼓舞上进的力量。它催唤春笋，顶破泥土的压抑，带着刚直不阿的气节，凛然来到人间；它激励藕芽，绞动多窍的心思，冲开污泥浊水的埋没，举着一盘清新，捧着一个圆满的祝福，站进我们这个世界。

种子听到它的歌声，会欣然弹出嫩芽，开始崭新的生活；鸟儿听到它的呼唤，那被风雪冻得僵涩的口舌，顿时变得甜润滑软，吐出一串串婉转的鸣唱。它使万物峥嵘，推动一切都茁壮成长。

没有桃花雨，一定不会有生趣盎然的世界。

每当桃花雨烂漫之时，我总喜欢不带任何雨具，自由自在地扑进雨丛中，任由桃花雨泼洒，如同享受泼水节时傣家姑娘倾泼来的一掬掬水珠。

潇潇雨点，悠闲地从渺远的高天云中，洒落地飘然而至，溅我满身满脸，凉沁沁的，清洌洌的。它同时也捧来了一把树影，一兜虫鸣，一撮花瓣，洒我满身满脸，觉得雨是香幽幽的，甜滋滋的，便情不自禁要咂嘴咂舌，吸吮品尝。

潇洒的雨点，浇在身上，也润浸到心上。顿时，一种纯洁透剔的清凉，淋洗着饱经世故的心，雨丝仿佛是柔软的毛刷，拂抹着沾结在心上的一层层烦躁，恼闷，清冷，洗刷走人世的尘埃，人间的污垢，人际的粗俗。于是，心会变得轻松了许多，温暖了许多，洁净了许多。

自然，我揣着喜悦，乐趣，久久地伫立在雨里。

我好像站进清丽的诗行里。

我仿佛走进静谧的梦境里。

雨，宛如从毛孔里，渗进我的血管，溶进我的血里，给我的血灌注了热量，为我的心输入了力量，也润饰了我的思想。

我好像变成了一支新笋，正精神奋发地，掀开一层层冻土的重压，长成坚韧不拔的生命；

我真希望，一年四季，都下的是桃花雨。

正如此，我才常常撞破冬天的门扉，一次次踱近四月……

选自《散文》1991年第8期

今夜竹林

王维洲

孤独的诗人来采风，对月悄吟："今夜沉沉如水！"

凤尾竹不摇不动，如一圈又一圈的睡帐，密密地把竹楼寨子围起来，围得神神秘秘没有一丝儿风可透。枝枝叶叶之间筛下点点纯白的月光，萤火虫般落在木瓜树上，香柚树上，穿过草丛的小道上，宁静的竹楼上……分明是一种灵魂的点缀。

如水的柔光，抒写着一点一点的爱恋。然而被爱河沉溺过深的人，却并不倾爱它，草香薰人的小道上，葫芦笙呜呜哇哇地陶醉着，把那一腔含着酒香味的音符撒进看不见的心里去。

诗人驻足轻叹：孤单的葫芦笙，就这么在孤单里倾诉么？

一条黑影，从竹楼下窜过来了。过来了发出窸窸窣窣的令人心跳的悄然声音。那是一条花狗。寨子里的狗从来不叫，从来不咬，也许因为它们的夜被惊扰得太多，也许因为它们在月下从不感到受扰，习以为常地和南方的温馨融为一体了。

遥听一个遥远的寨子，正响起入夜的芒锣，响起象角鼓。象角鼓响得很急。

诗人凝神，笑着想：花筒裙和健壮的脚，一定随着鼓点频频晃动，热热的血在夜的撩拨下尽兴一狂了。

而眼前这里，只有孤独的葫芦笙呜呜哇哇。花狗摇着尾巴听不懂，惆怅而单调。无论这声音在寻找什么，摇曳的凤尾竹依然密密地围住了竹楼。

许久许久，竹楼上才响了一下，一缕月光恰恰落在窗口上。窗口上的女人甜甜地叫一句："师罕。"葫芦笙便停了。

采风的诗人一喜，不觉吟出："楼台影动鸳鸯起"。

竹楼的木梯长长地伸到师罕脚下来迎客，他脱了肥大的男子拖鞋，悄然地上楼去了。他进楼的时候，那扇竹窗一响，把采风的诗人和亮亮的月色推出。

芭蕉摇曳，美人蕉摇曳，缅桂花吐着持久的馨香。

远方之夜，象角鼓停了，芒锣停了，月亮圆溜溜亮晶晶很满足地升到中天。自行车的铃铛和男女的笑声陡然响起。从自行车上射出一道手电光，射到竹丛暗影处，问：

"谁呀？"

"我。"采风者答道，慢慢走出来。

小伙子猛罕用自行车带着姑娘罕银。一对恋人笑着拉住诗人，要诗人和他俩同去看师罕，看师罕追的姑娘能不给大家喝一盅糯米香酒。他们刚从邻寨的舞会上回来。他们俩也刚刚好起来，正在热劲上。前个月，他们还都分别和别人夜游呢。

诗人的脸忽地烧起来，幸喜夜色把它涂黑，谁也看不见。干吗要想到"楼台影动鸳鸯起"？干吗要鬼似的站在无月的竹影里？人家刚相识就是公开的，人家刚断交也不妒忌。方才为什么不勇敢些，跟着吹葫芦笙的师罕上楼去，去当面讨一盅香糯酒？

听说，这儿的爱情没有烦恼，没有争吵和情杀、法官从无机会在爱情上染指。只有易于理解的断交，顺遂的心愿和如意的结合。倒是坦荡潇洒的月光不自由，倒是飘逸游荡的乐声不自由——因为，太高太密的凤尾竹拦着它们，竹楼太小的窗门关着它们……

想想自己“采风”的样子，自幼饱读诗书的诗人，却在这个诗书甚少的竹林之夜里脸红了。

选自《散文》1991年第9期

秋　之　女

宁　子

金风，摇开了野菊，吹黄了树叶。

庄稼成熟了。原野成熟了……

天自高远，云自清淡。

而我，随着冉冉旭日，从淡淡晨雾中走来，静立崖畔，看旁边落木萧萧下；悄卧松间，听石上泉水淙淙流。

我的笑容，是农户窗前挂着的一排排金灿灿的玉米，是果树上累累的金桔；秋日里，密层层一天星斗，亮闪闪一江碎月。

目送着南归的雁阵，我又灿然一笑，山岭便绽开了漫岭的野菊。

我是秋之女，拥有这万里霜的寥廓江天，拥有这金菊般的灿烂华年。

今天，我且从这里，伴这涓涓泉水，悠然漫步吧！

泉水这么清，这么纯，一直把我带入一条无名的幽谷。我感到疲惫了，甚至有点后悔，尽管仍有这么明澈的小溪与我为伴。

猛然，我怔住了。一泓碧水，正在这里休憩。

这水深沉，清冽，仿佛一汪醇酒——不，不是。因为它这么远远的，便吸摄了我的心魄。

涧壁幽幽的，长满了绿苔，或许是倒映的缘故吧，我总觉得，潭水比我所见的，要碧绿得多，深沉得多，又明亮得多。我不能形容，因为我不敢细看。但我还是发现，在潭心，还映着一簇灿烂的野菊——我的金钗，尽管我只是这样怯怯地一瞥。

它多么像那双眼睛，那双我曾经“众里寻他千百度”的眼睛。可他是谁呢？我终究说不上来。总觉得他应该是山林少年，纵使不怎么风度翩翩，也有着峻岭一样的雄风。当然，更重要的，是要有这样的眼睛，一样的清澄，一样的深邃，能够明察秋毫，还能够淹没一颗心灵……

山林少年，此时，或许你正在聆听松风送给你的一阵阵笑声；或许在凝望秋风从旷野上飞掠……但是，我们有一点是相通的，因为秋的原野，是你的心怀，也是我的心怀。

哦，我是秋之女，我的情感，是雏鹰新长的绒毛，柔和细腻；我的心灵，像旷野里机敏的脱兔，敏感而又带点神经质；我的气质，是山野的金菊灿烂甘芳，而又孤傲不羁……

可是今天，我们在这里相逢了，哟，山林少年，难道你不曾看到我把一簇绚丽的野菊奉献给你吗？在对面的崖头上，尽管是怯怯的……

我知道你也有你的寂寞，尽管你正在寂寞中积蓄力量，可相逢的欣喜，不是也叩击起你心中的高山流水了吗？

这是一条无名河，只有在这里，我们才能相逢，也只有此时……

选自《散文》1991年第9期

樱 花 梦

唐 梦

都说是樱花
淡淡的紫红
摇落满天的惆怅
沿着花骨朵铺满的路
春天悄悄地走来……

我们的脚步，轻轻地叩开小城的心扉，春天美丽的忧伤，笼罩在她的心头。我们匆匆地穿行于洁净的街道上，感受着一份陌生，一份亲切。毛毛雨打湿我们的肩膀，我们望着迷蒙的山岭，望着山岭下美丽的檐瓦亭台……

来之时是一份淡泊的心境，一如面对这陌生的小城，心绪惶惶。三月的雨，飘飘洒洒，连日来，已感受不到一缕阳光的温暖。骤然见到的你，却笑容灿然，似春阳自云层里喷薄而出，无法用文字形容，只感到那微笑，时时溢在唇边。

你领我们登上阳台，观这小城风景。群山环抱下的小城，有如童孩儿堆在雨中的积木群，晶莹剔透，美轮美奂……，街道边，树荫里，行人三三两两，撑着一把黑的伞，绿的伞，红的伞，缓缓的流动，宛如流动在春天的五线谱上，点缀着美丽的小城……。对面阳台上，一个老妪，一个小男孩，身边燃了几炷香，轻烟袅袅，老小在这春雨迷蒙之中，向着早春的三月频频作揖，是虔诚地叩谢这春天的到来，抑或是在春天这个美丽的季节祈求上苍赐福？

细雨继续迷蒙，轻盈地撑一把黑伞，走出虎山宾馆，远处，几行淡淡的紫红摇曳在轻风中，给这宁静的小城，灰灰淡淡的天空，平添了几分美丽，几分神秘，我问："是什么花？"你答："是樱花。"

哦！樱花？！……这就是樱花！多少回梦里隐约相逢，如今骤然出现在眼前的，竟是这般动人的倩影！那淡淡的一点紫，那淡淡的一点红，全然不像三角梅，红得异常抢眼，每时每刻，都想登上春之舞台成为主角——表现自己；也不似那紫茉莉，微风一起，已柔柔弱弱地掉了满地花瓣，流落了满地泪水——这春天的弱者！而你，却只不停地轻轻地摇，摇落满天的梦幻，摇落一地的诗情……啊，樱花！

"要是早些时候，花开得正盛，简直看不到叶子呢！"你说。我们走在树下，确确实实有许多碎小的花骨朵儿。或许，最不爱哭的女孩子，有时也会莫名的流些伤感的泪水吧，我心里这样想到。

你的房子是最普通的房子。茶具是高陂的名瓷。床头的吉他已经断了三根弦，音乐里却依然流出贝多芬，莫扎特……，那份午餐是难忘的！我的沉默已成一首伤感的诗篇，你的微笑却永远如那窗外的，远远的那行……樱花，淡淡的颜色，轻轻的摇。

说了许多徐志摩。戴望舒。新月派。约好于次日上午将途中出版的《大埔行》诗报送给你，你却病了。天气依然霉冷，雨丝飘飘洒洒的坠下，同伴嘟哝一句："见鬼呢，这春天都哪里去了？！”我脱口答道：“春天病了。”同伴说：“你这小子酸酸溜溜的！”大家便一齐笑起来，笑声惊飞了树上的鸟儿……

辞行前，仍然要拿飘飘洒洒的雨幕，迷蒙的山岭，山岭下的亭台楼阁，以及那淡淡紫紫的樱花做背景，留了张合照，不知是一点彷徨？一点依恋？

朋友送我们上车。同伴老是嘟嘟哝哝的生怕遗漏了代为告别的语言，我说：

一种伤感
徘徊了好几年
一句话
重复了许多遍……

正在此时，你出现了，在雨中擎着一把紫红色的伞，唇边依然挂着那淡淡的微笑，我望望远处的樱花，已不知你是樱花？樱花是你？只有那一抹淡淡的紫红……

汽车开走了。我在另外一个城市，才知道那不是樱花，是紫荆花，你和小城的人错把紫荆花为樱花，竟然也错得美丽！

……

不知我把你喻为樱花，有没有错？

选自《散文》1991年第12期

生命苔花

杜　若

幸福这东西就像星星一样，黑暗是遮不住它们的，总会有空隙可寻。

——泰戈尔

都知道，桃树是要开花的；李呢，同样地不甘寂寞，白白，浅浅，如雪，挂在初春的眉睫之上，那是怎样一种让人陶醉的景致啊！

可是，我却看见苔也开花了！信么，算薄薄的苔藓寻到了知音——世人实在难得有知道苔会开花的，就更不要说亲睹它的姿影了；不信呢？那小小的苔也无怨艾——它只是独自绽在有水的石上，寂寂地，兀自开。

一个暮色四起的夏日的傍晚，我却分明地目睹了一场低贱生命之花所作出的庄严一现，虽则隔了三年五载，至今仍激动着我平素这颗不易波动的心。

那年的暑天特别地热。又是一个难得的星期天。晨雾欲醒还睡的当儿，我一个人带了点干粮、相机就往深山里走——山里有苍翠的松林，涛声起时，便是有风于林边拂过来了；山里有突起的岩石，泉声响时，定是有水自崖底漫上来了；更不用说山中透明爽朗的空气也存在着一种诱惑——这样想着的时候，太阳已从背后升起来。走进山的内里，树的枝叶间还亮着几颗露滴，偶尔的一颗掉进颈中，给你一种如笼轻寒的感觉，兼上八九点钟的阳光为树影所筛，疏疏，密密，犹如洒下遍地金。几只不晓疲倦的鸟儿，还在枝间啁啁啾啾鸣个不停。为它们的欢悦所染，我的心不禁有些微微地摇荡了。

忽然间，闻得一声声水流，先是叮咚——叮咚，特别地悦耳，好比块块很大的玉连续地坠进幽深的古井之中。循着声音走，却见一沟清清亮亮的水自更深的林间流出。此时，正是上半日的十时许，阳光从枝间泻漏下来，溅在那哗哗而歌唱的泉流之上。越往里走，光线也就愈加地幽暗，空气也明显地湿润起来。小沟两侧沿上浅草，满眼尽是些青春的颜色，赏心之余，活力顿时弥漫胸间，浑身便抖擞起精神来。再往前略行二十来步，已见一缓坡，坡脚有一仅容一人卧睡的苍苍岩石，那汩汩之声便从石下来——这方活水便是藏在这平整、苍劲的岩下了。方才明白越近泉眼，那流动之声便是愈加柔和、文静的。宋人杨万里不是有诗说“泉眼无声惜细流”吗？唯其因为默不声张，而更见其可怜可惜了。

我却瞬间发生了母性的爱恋。把手就在源头掬起两抔，极吝惜地喝下去，闭了眼，衣襟下的骨子里似乎生出一阵凉风。浑身的毛孔倏地收紧，止不住打了个寒颤，更觉周身的畅快，更加地神清气爽。取下相机，欲留一小照，权当作纪念。正当选景的当儿，脚下一滑，一个趔趄，差点儿跌了一跤。低头一看，嫩嫩的，绿绿的，极薄极柔，仿佛给岩石披了一层地衣。我知道，这嫩得可人的一片绿，便是苔藓了。

对于苔，我这个刚从学校出来不久的笨人，却并不觉得陌生。植物书上明明白白地写着：苔，藓类植物一纲，属于这一纲的植物，根、茎、叶的区别不明显，绿色，生长在阴湿地方。大概因其不起眼，又大多藏于深山湿润之地，如隐士或被放逐的人一般，就不易被发现，所以书上也写得极简略。大千世界，花草虫鱼，凡是入诗入画的，不胜枚数，就连八条腿的螃蟹，去枝落叶的老树桩，也常常是人们的喜爱之物，唯有这苔，往往被人遗忘。偶有雅士记之，也无非是一种点缀，被当作赏景之余的附属。你看刘禹锡笔下的苔："百亩庭中半是苔，桃花开尽菜花开。"百亩之庭，一半是苔，却只是作为花光叶影的陪衬罢了……。

我想起儿时一件旧事来。我家屋后有一古井，大概是在我曾祖父的前辈率家迁居至彼时就凿出来的吧，算到如今，也有二百多年的历史了。可到了我祖父时，村上汲水人家越来越多，那已不能满足饮用了。不日便干涸见底，只好另起一井。就在新井出水之日，老井却忽然泉涌，井水涌出苔外，天长日久，周围几块石上竟长出一层薄薄的苔来。我那时八九岁的光景，只知井苔光滑可爱，踏上脚去耍玩，不期脚底抹油一般，骨碌碌地跌将下去，极快趟着绿苔滚到井边。要不是井台所拦，我早已跌进这古井无疑，以至至今额上还留有疤痕。就此，儿时极恨苔，大了，才知苔不甘心被践踏，但见其清高孤傲的样子，每每不愿再多瞧它一眼……于是，我弃了这框风景，憾憾地离开了这阳光也不愿光顾的地方，独自沿着山道，继续往上爬。

久了，也乏了，就坐在山顶上一块大青石上歇息一番。却见林外山下我出事的那座小城市，似乎还听得到那片繁华喧嚣车水马龙讨价还价的市井之声。城边几根高高矗立天地间的烟囱，发泄一般，甩出一溜浓灰的烟。升上去，升上去，沉下来，化作缕缕的云，黑黑的，压住一方原本还算明净的天空……这样的情景，忽然搅乱了我今日游山的兴致，顿觉淡味，索性就着那块石块，躺了下去……

待醒来时，已是薄暮冥冥飞鸟入林的时辰了。这忙里偷闲的一天，原想趁机寻到好风景好去处的，不想又这样给酣睡过去。叹息一阵，顺原路往山下回走，远远又听见那泉声了。居高临下，那长约二米，宽约一米的绿苔便抢先入眼，待靠得近时，已有橘红的夕阳暖暖地斜射过来，横移在那苔上，像一个绿衣处子驼红的脸，还有几颗米样大小的白色小粒稀稀拉拉的散布其间。停步细看时，这回却轮到我瞪大眼睛大大地吃惊了——我不知道自己脸上变幻着怎样的颜色，却分明知晓自己心跳的加速。

不错，是苔开起花来了。而书上说，苔藓植物是隐花的一种！欲摘下几朵细瞧，以证实这不是一场梦中幻觉，又怕重蹈儿时井台边的覆辙，更多的是有些不忍。也许我熟睡的当儿，它便星星点点地开起花来，同样白白浅浅的，但比杨花小，就更不能与李花比了。但在这绿得纯洁，绿得让人六根清净的苔中，已经是格外的惹眼了。我尖着鼻翼细心地嗅，也不能得其香，虽有旁的泉流汩汩地泻出，脉脉的，远去。面对这生在僻静之地与世无争而毫无怨言活得自在活得实在活得优雅的苔花，我是止不住地感动而沉吟了：山泉边的苔啊，一年四季，远离闹市，无车马之喧，无尘土之累，无荣辱之忧，无得失之虑，唯有报泉水哺乳之恩，唯有报岩石养育之德，默默存活，默默向上，在寂寞冷落的过程中孕育着生存的意志；而当夏日百花零落之际，你却拼着积蓄一个季节的精力，倔强地挺举出幸福的蕾；你这柔弱纤细的身躯，蕴藏着多少世俗的、脆弱的、逃避的眼光永远也无法诠释的有关生命之花不凋的美丽啊！就在这个曾以辉煌金光照耀世界而今也精疲力尽走向垂暮的太阳眼里，卑微的苔不也是一首与它同样值得赞美的诗么？！

我蓦地寻到了一个大主题，按捺住剧烈跳动的心，摄下了这难得一寻的辉煌的风景——这就是在夏日里躲进山间的春天啊！感谢深山，感谢岩石，感谢流水，感谢阳光，感谢苔花，是你们紧紧拥抱在一起，共同赠予了我一个独到的艺术镜头，给予了我一个全新的精神境界……

天色益发地昏暗了，已有一轮圆月从树枝的罅隙间升起来。我惬意地往回走，心中一片朗朗的月。

选自《散文》1992年第2期

云深不知处

晓　荷

常在夜深人静的时候，对窗独坐，任心儿云里云外，去追随那一曲情感的乐音……

枕着长江水，染一身斑斓的辉煌，看九月的季节，高远缥缈。两岸，鳞次栉比的景物渐退渐去，绿水青山捧云而来。“神女”披霞踩雾，含情于奇峰之上；白云似雨若烟，缥缈在山水之间。满船欢呼雀跃，我竟神思飘摇，心中生出几许忧戚——那亭亭而立，终日俯瞰尘世的“神女”，年年月月，风霜来去，没有可以支撑的肩头，可累？

任江风习习，错乱一头青丝。想长江的那一端，街市里迷离的脚步，树影下遗落的情感，还有，被灯光拉长的思绪……

躲开蜂拥与嘈杂，寻一条江边小路，在一片天然的静谧中，听宁河低吟。水清清，草青青，云也轻轻。这里，没有矫饰的姿态，没有挑剔的眼光，没有沸沸扬扬磕磕绊绊。不必说不想说的话，不必做不愿做的事，也不必小心翼翼包裹自己诚惶诚恐防范别人……眼前，只有清凌凌的宁河水，只有朗润润的巫山云，只有这条被小花小蔓轻轻柔柔怀抱着的羊肠道，天地之间，一片清纯。

想唱就唱，想跳就跳，得有这片天地，怎不还我天然样儿！

不远处，青青草地间，一只白绒绒的小羊独自徘徊，那时而抬眼张望无助无援的神态，叫人怦然心动。三步两步跑过去，抱起小羊，轻轻抚着，绒绒的温顺在指间流动，竟牵出一份暖暖的柔情……

这时，你来了，你是淌着江水携着波涛来的，高高挽起的裤管上沾着水痕。你看我，宽阔的肩膀上流淌着五彩光环。山峦从江水中沐浴而出，苍翠欲滴间勾勒出飘然欲仙的奇观。你的脚步踩碎浪花，顿时，山影在碧波中婆娑，白云在嶙峋中斑驳，一弯波涛此起彼伏地摇荡着半江似红似绿如诗如画的晶莹。泥色的沙滩，苍黄的草地，白云样的羊羔，少男少女的天然情愫，一时间成了如梦如醉的风景。

一支乐曲，在山水苍茫间飘袅，悠然而深邃。

你悄然离去。你的足印，引我到一片被江水轻吻过的浅滩。江水涟涟，起伏摇曳间推出一个晶莹的世界：一个个玲珑剔透的卵石，喷红吐绿，依偎着簇拥着推揉着，在江水的翻卷涤荡中，叙述着一个又一个动人心肠的故事。我一脚踩进水中，想闯进那童话般的世界，谁知，水柱儿四溅，圈圈点点，惊碎了水底那如梦如幻的水晶宫殿。

原来，世间许多天然，只可远观，不可近玩。

不觉有些怅然。

黄昏迫近。九月的太阳贪恋山峦的脊梁，用最后的辉煌将远远近近的峡峰描摹成各具姿态的倩影。水中的世界渐渐模糊，留下清婉哀叹，如泣如诉。云边，那高高屹立的“神女”，被渐浓渐沉的夜色包裹，模糊成似有若无的剪影。

半壁刚才还奔突着的“脊梁”转眼便耸成一堆毛茸茸的怪影，像是藏了太多诡秘的胸膛。

朝晖夕阴，大自然也逃脱不了时空流逝的凄怆。

只是坐着，不忍离去。我怕那不肯离去的“神女”难耐长夜凄凉。江的深处，有乐音颤动，时断、时续。难道，宁河水也有斩不断的离情别绪，欲说人间？抑或是，高山流水，正倾洒一腔痴憨，陪伴着“神女”无梦的夜晚。

难道，朦胧夜色，竟也有千种情思缠绵？

一种酸涩的涌动，堵塞心头。

这样的时候，你又来了，像是来自天外。你披戴着星光，托举着灯火，让人觉得眼前热热的发亮。扭头向你的时候，心中忽地生出一种异样的感动。仿佛这样久久坐着，原本是在期待什么，仿佛久久期待的正是你，你的声音，你的气息……

有时候，只要一瞬，便注定一生。有时候，一瞬的拥有和实现，需要寻觅和等待，整整一生。

你说，闭上眼睛，屏住呼吸——那山的深处，竟走出许多故事。村姑、樵夫、小桥流水、古树青藤……你说，正是这些浸泡着世态炎凉人间沧桑的故事，流成浩浩荡荡长江水，扬起溟溟霭霭巫山云。

云水相接处，一个又一个怀想，闪亮如星。

星光灿烂。月华从峡峰之巅泼洒而下，将那山、那水、那草地沙滩融入一片银色的清亮。悠然间，有仙乐飘起，伴“神女”舒袖而来，携一缕银辉，轻轻漫漫。

江中，汽笛鸣处，灯水阑珊。

原来，“神女”日日夜夜不疲不累翘首而望，是有这不弃不离的晚景，一往情深，相随相伴；原来，巫山云忽云忽烟、浓浓淡淡、生生死死缠绕峡间，是因了这一片销魂的灿然。

只要你相信，只要你等待，无处不美，无处不圆满。

从此，常在夜深人静时，任心儿云里云外，缱绻……

选自《散文》1993年第3期

非花的咏叹

朱谷忠

故乡的油菜花

在我的故乡，一年春物，唯油菜意味最深了。

春之始，当带着微寒的细雨给岸草新添了一道涨痕，在润泽的低谷里，或柔软的原野上，你会赫然发现：油菜开花了！

看，那是怎样鲜溜而又绚丽的花啊——

一把一把、一簇一簇的芽蕾，在嫩绿欲滴的油菜纤茎上，迎着早晨逐渐显露的霞光，开放了一丛一丛、一片一片鹅黄的、金灿灿的花朵。她们开放得那么热情，那么倾心，那么繁盛，在绿刷刷的麦苗、蚕豆、萝卜的映衬下，闪射着一层一层金子般迷人的光彩。一阵风过，在水一般澄清的空气里，立刻弥漫着股股香甜；而那从花瓣上随风滚落的露珠，竟也清晰可辨……

油菜花，多么美丽的故乡的油菜花。尽管她们至今未能跻身于百花的行列，但在春物当中，每年她们都领先开放，其绰约飘逸的丰采、神韵，总是把春渲染得温馨明丽，因此，乡亲们也总是亲切地称她们为庄稼的“百花魁”。这倒使我又一次想起关于花的定义是否太过人为？你看油菜花，既有小蛱蝶一般的形态，又有玫瑰一般的清香，当春天来临，她们就在绿转黄回的低谷、原野上，用缀满霜华的枝茎，托出了一片一片金黄的花瓣，粲若金盏，光焰烛灭，引得蜜蜂连翩而至，给大地增添了一份喜气洋洋的诗情画意。我甚至痴心地想过，油菜花给人的美感程度，和值得一观的春兰、夏荷、秋菊、冬梅又有多少差异呢？

况且，当你透过大片的油菜花，向远处朦胧的村影张目凝视，在隐现出的一群农家少女的窈窕身影中，那青春的气息，田园的韵味，便会一下将人重重裹住，使你胸际所涌起的一腔心绪，是怎样的生意盎然、温馨甘美！在那样的时候，你将会情不自禁地挨近那一片浓彩，采撷一束油菜花，或转身上路，偷偷越过栅栏，把圣纯的爱，献给那倩影日夜环绕着你的心头的恋人；或取道回家，插入瓶中，在夜来的潇潇雨意中一边静静观赏着，一边追忆起如旅的人生……

而这一切，对你仍只是一个先兆。在那样的时刻里，无论你在低谷、原野、恋人的窗口、雨中的小屋，你绝不会只满足于对油菜花的单纯欣赏了，你一定会灵感飞至，急切地寻求什么加以体现；于是，一首诗，一篇美文，一幅画便在你的心中开始创制了！

油菜花，给了我多少意蕴、多少心契的故乡的油菜花啊！

飞翔的花

这是故乡的一个晴光变幻的春日。早晨，我推开窗扉，蓦然看见不远处那一湾涨满鸟声的溪滩，有一片野花正灿然开放着。它们有红的、有黄的、有蓝的、有紫的……好像火焰熊熊燃烧，又似宝石熠熠闪光。

我不禁痴情地张目凝视着。不用说，对一个长久蛰居在烦杂喧闹的城市的人，那一隅萦金烁紫、彩焕万千的乡村春景，是怎样的叫人心绪激越！一瞬间，我感觉有一种温润的眼波、一种切肤的熨贴掠过全身，使我顿然消释了一切凡尘俗虑，飘飘乎几欲翩然飞升……

但是，就在这时，就在我兴奋得稍觉恍惚之间，我突又发现：那俏丽如梦的花朵，正以一种难以察觉的姿势，轻轻地、轻轻地飞动了起来！

那是多么不可思议的时刻——

只见那一片花朵，飞离了花枝，带看几丝袅袅的烟篆，以一种无可形容的轻松，在翠绿的草丛和湛蓝的天空之间，在明媚的阳光和鲜澄的空气之中，轻灵地翻飞着、飘舞着……

我几乎叫了起来！但定睛一看，溪滩依然花影参差、呈奇斗艳，那飞离花枝的，原来不是花，只是一群蝴蝶。

哦，那是多么美丽的蝴蝶啊！就在它们飞行的时候，既有瞬息万变的花一般的色彩，又有隐约可觉的花一般妙美的音符；甚至，还恍然有着吸息可闻的花一般沁人的香味呢！

难怪，人们都称它们是飞翔的花。

选自《散文》1993年第7期

春 意

黄耀萍

时间，这支亘古以来最神奇的魔棒，不着痕迹地指挥着一切，日复一日，人们逐着钟声来去匆匆，不曾注意周围的花柳也在一旁默默地忙着抽芽，生叶、开花。直到一夜之间，花儿如火如荼地燃遍世界，树叶争先恐后绿遍枝头，这才如梦初醒，陡然忆起身外的世界。于是照相机忙碌起来，裙裾、蝶影与花香，交结成一片烂漫的春色。

因为企盼着春天的来临，所以尤其注意春天的足迹。

晚饭后，又到拐角，却见那儿早已聚集了一群孩子。他们在唱歌。唱歌的孩子有的是坐在矮墙上，有的爬在树上。他们一面唱一面嘻笑，那种只有孩子们才能发出的细嫩的歌声在风中颤颤地飘动。其中有一个较小的引吭高歌，企图压倒其余的人。世上除了儿童没有别的人能有这样的歌喉与这种欢乐的心境，唱出如此美妙的歌声，以及因为一种极单纯的快乐才能引起的叽叽格格的笑声，让谁听了也禁不住会微笑起来。不知道有些什么事情让他们觉得那么好笑？那样的清脆和圆润的歌声、笑声，真像荷叶上的露珠，风吹过来就滑来滑去，圆滚滚、亮晶晶的，一直不肯安静下来。

树下这群孩子们咿咿呀呀地唱着；叽叽喳喳地说着。我便远远地站着，痴痴憨憨地听着，心灵被销魂的乐声勾摄去了，整个躯体似已熔化于激动的欢乐中。

还去寻什么春意呢？

选自《散文》1993年第8期

兰 花 草

（香港）兰 心

窗台上那盆绿色的兰花草，青翠欲滴，随着清爽的风儿摇曳生姿、婆娑起舞，顿时满室生辉。她往那繁茂的枝叶上小心翼翼地洒上几滴水，晶莹的水珠在碧绿的叶子上滚动着，闪闪发光。

有很多次，她宁愿自己是这样一株小草，虽微不足道，却也郁郁葱葱，生机蓬勃。

在这世上，她是渺小的；在历史的长河中，人不过是一粒细砂。大浪滔天，泥沙俱下，转眼间即被时代的洪流冲激得无影无踪。冷峻现实的人生，总让她感觉得虚无缥缈，她希冀有双坚强的臂膀在呵护自己，抵挡住那无情的风雨。

于是，她去寻找这双臂膀了。当披上婚纱的一刹那，她的内心是多么幸福、恬静。她终于拥有了属于自己的一方净土、一个温暖的避风港，从此她不再孤独无依。即使路途漫漫，风雨同舟又有何惧？

她却没有料到，丈夫的臂膀不知何时移开了，她的头上没有了遮挡。她抬头望望蓝天，虽明净如洗，但风云变幻，谁能保证须臾不会袭来暴风骤雨？

丈夫不再钟情自己，又有何妨？她又去寻找第二双臂膀。这第二双臂膀比丈夫的更多情、缠绵，可惜的是，在她的生命中,也没有存在很久的时光,转瞬即逝了。

如今,她茫然地盯着眼前这盆绿色的植物,眼角滚动着泪花。屡遭不幸的日子里,她变得格外儿女情长、怜花惜玉起来。每天晨昏,她总忘不了替它淋水,一星期施一次肥,一旦遇到枯枝败叶,立即除去。原本一盆毫无特色的兰花草,在她纤纤玉手的精心护理下,竟也变得袅袅婷婷、别具风情起来。

她并不是一个丑女人。她有着明眸皓齿,白雪一样的皮肤,杨柳一样婀娜多姿的身段,为什么没有人像她对兰花草一样对她钟情,百般呵护,而是粗暴的践踏、狠心的离弃?也许,绿色的植物给人以美感,她呢?她能给人以什么?是一只没有生命的美丽花瓶,还是一件千娇百媚的装饰?

不,不管别人把她看成什么,她首先是一个人,一个女人。其实,女人不一定要依附男人,需要支撑、保护,女人同样可以面对蓝天、海洋。也许她的外表是孱弱的,内心却比男人还坚强百倍。天长地久,不过是一出动人的童话,只有"自己",才是自己最可信赖的永远的支柱。

兰花草固然喜欢有人爱怜,但当它在山中生长的时候,本也是任凭日晒雨淋、风吹雨打的,只是有人把它带到城里人的客厅里,栽在漂亮的花盆里,摆在洁白的大理石窗台上,它才变得矜贵起来。人们仿佛忘了,它那在大自然的浸润里滋生出来的顽强的生命力。

谁说兰花草摆在客厅里才美丽?她的嘴角浮起了一丝微笑。窗外,蓦地电闪雷鸣,下起了倾盆大雨,她一脸无畏,勇敢地向暴风雨走去。

选自《散文》1993年第9期

漂泊武夷水

杨羽仪

又去漂泊！

不知为什么，我对漂泊有着浓厚的兴趣，像生命的历程在波涛翻滚和跌宕的落差中，达到了辉煌。我不喜欢平静，不喜欢死水微澜，不喜欢没有血色的冰冷……

我曾在粤北的九泷十八滩上漂流过，那是乘着橡皮筏子在急流险滩上冒险漂流，留下的是一江永恒的震撼；如今，我又在武夷山下的九曲溪漂流，坐的是一只很有特色的武夷竹筏子。

竹筏由七根武夷毛竹扎成，两个竹筏拼在一起，上面可坐六人，加上两个艄公，至少有一吨重了，可是看这竹筏子载得颇为从容，好像不是负重，而是载着生命的轻。

看，竹筏子的头颅微微翘起，就有一种越过万重山的轻快感和独步人生之河的散淡。

我不知道，漂泊是否与“散淡”有关？

这次中国散文国际研讨会，钱谷融先生就提倡诸葛亮的散淡做人。他说，诸葛亮在司马懿大军压境，直逼城下的时候，万般无奈，只得摆了个空城计。不管史实上有没有这个空城计，京剧中的诸葛亮有一句唱词：“我本是，卧龙冈，散淡的人”。听来令人回肠荡气，咏叹再三；而诸葛亮那种野云孤鹤般的襟怀，潇洒中难免有点苍凉颓唐，更使人感到天地悠悠，世事沧桑。诸葛亮在此时此刻能从容自抒胸臆，说自己是个散淡的人，那真是够“散淡”了。能散淡，才能不失自我，保持本真，任何时候都能清明，做官不忘百姓，为文能够直抒胸臆，绝无矫揉做作……

钱先生的主张，是做人为文之道。说起来很易，做起来却难上难。在功名利禄面前，有几人能淡然置之？特别是在权势面前，能不为五斗米折腰者，天底下又有几许？而为散文，尤要先做散淡的人。钱先生的教诲，是做人为文之本。我当铭记之。

开罢散文研讨会，我们就来游九曲溪了。一踏上竹筏，我顿觉这九曲也是一条“散淡”的溪流，而那竹筏，更是创造了“散淡”的氛围。溪流与竹筏子，是最自然和谐的。

竹筏子从九曲的码头飘然而去。溪水清冽，溪流底下的鹅卵石历历在目，坦坦荡荡的面对人间；两岸的危崖绝壁，以冰冷的心静观人间数千年的炎凉。人间的是非曲直，使溪流下的鹅卵石也变得圆圆滑滑了。

竹筏子飘然而去，没有惊涛骇浪，没有神鬼助澜，只有清寂的溪流，只有冷静的青山。一种冷静的美，一种超越世态的静美。我喜欢独自欣赏，天马行空，时而俯视溪流，时而仰望危崖，云彩，峭壁……还有这只独特的竹筏子，都是艺术，不朽的艺术。听说，在远古的时候，武夷先民就发明了这种竹筏子，用它远渡重洋，在遥远的彼岸繁衍后代。现代人在彼岸发掘了四千年前的遗物，考证出它和武夷文化的渊源，证实其祖先是武夷先民。这一考证，使哥伦布的卓绝功勋暗然失色，使英雄一世的麦哲伦成为一介凡夫，独武夷先民才是“发现新大陆”的使者。当哥伦布、麦哲伦们喧嚣一世之时，武夷人像九曲溪那样，只是淡淡的轻笑，讪笑那些“英雄”们的无知，而不屑于与之争辩，天下英雄者，我武夷人也！这是武夷人的“散淡”处。武夷人晓得，历史如明镜，如九曲溪那样明澈。

竹筏子飘然而去，抬眼望，高崖半腰上隐隐可见架壑船棺。遥远遥远的，寂静寂静的，像卧于旷野云天。我看不见实体，只是朦朦胧胧看见崖壁上好像有个洞穴，洞口有几根木横亘，叙说着一个千古之谜。后来我在武夷博物馆里看到了架壑船棺的真相，人们至今仍在猜度几千年前生者如何把先人的遗体连同船棺一起放上高约40米的崖壁上，因为我也看见崖壁上没有任何可以容人攀援的缝隙。只是，人们有一点共识：武夷先民所以要把遗体悬于旷野高崖之上，那里下临清溪，上仰蓝天，四周空寂，人兽不至，连鸟儿也不敢多停留一会儿，那是一个空寂的世界，是距离天国最近的世界，是灵魂归于天的世界。人生前处于权力的角逐中，处于尔虞我诈的混沌中，处于弱肉强食的野蛮中，几十年，困倦了，希冀死后得到安宁，希冀灵魂升上天国，希冀来生能不受权欲、利欲的困扰，做个“散淡”的人。噢，这是人临死前的痛悔和觉醒么？然而，世世代代的，人们还是争斗下去，没有止境，没有尽头。只是，那一个个架壑船棺，却在无声地昭示着武夷人的理想世界……也许这架壑船棺，是最“散淡”的了。

竹筏子飘然而去，越过七曲、五曲……行至三曲，蓦然回首，我看见崖壁上刻着宋代理学家朱熹的诗，始知朱老夫子是武夷人。朱熹是大理学家周敦颐的第几代传人？我记不清楚，只是略知理学一代宗师从理论上肯定自然与人生的背后有个统一性，也就是当今的本体论。他们提倡“穷理”，即对本体的认识，追求人性的根源即“理”；提倡重“理”去欲，重义轻利。他们把“理”和人的道德伦理行为规范化了，敦勉人们“为圣”。朱老夫子继承了周氏的理想王国，吸收了道家和佛家哲学的某些精髓，成为中国古代哲学思想界的一个独特的流派。朱老夫子大概看见人世间充斥着利和欲，或可说利欲熏心者甚众，才从生活中提炼出重理重义的哲学思想，他的主张一旦实现，便是一个有骨气的人，一个“散淡”的人。然而，在那个时代极少人做到，就连朱老夫子也没有做到。这也难怪，古今中外的哲学家们提倡的理论，又有几人是身体力行的？朱熹不是个“散淡”的人，他只是想“散淡”而已。

竹筏子飘然而去，我无意回味玉女峰与大王峰的悲剧传奇，只觉得武夷山和九曲溪水永恒的绿，悄悄沉入我的心灵中，塑造着一种新的魂灵。我渐渐闭上眼睛，陶醉在青山绿水间的余韵，迷糊之中，云水相随，飘飘渺渺，朱熹、柳永（宋代词家，武夷人）……来到竹筏上，与我一起品味武夷茶，月夜中，山留在水中几许黛色的怪影。这时候，我什么也不想，但又有许多思绪涌上心头。我果真是“散淡”的人么？我曾说过：无意在官场上角逐，失意也罢，得意也罢。有人概括这种人生为“神仙、老虎、狗”，我十分欣赏。双重人格，一种奴性。我希冀少一点奴性，多一点真诚；少一点无奈，多一点自然。然而，在这茫茫的宦海中，我是一个孤独的小岛，孤独的心境，常常遭人们的讪笑，“这天下第一大傻瓜呀！”其实，我求“散淡”，只是想少一点奴性，多一点自然；少一点虚伪，多一点真实而已。这是散文的“本真”。至于欲望，我以为是不可无的，我希冀自己的作品能在二十世纪内留下一点痕迹。在我死了以后，后一代人精选我们这代人的散文时，没有把我遗忘。如此而已！

既然“散淡”为文，必“散淡”为人，我不能为虎也不能为狗，我只能“散淡”做人，做一个清清淡淡的人，就像武夷山下的九曲溪那样清淡，真实。这种生活，看起来平淡，品味起来却是波涛叠起。回眸人生的“九曲溪”，做一个“散淡”的人难，我至今没有做到，像朱熹、柳永……也没能做到，而且永远做不到，成为人生的大憾。

我对武夷山水和它那独特的飘然的竹筏子，它们的“散淡”和潇洒，则越来越更加敬慕了……

选自《散文》1995年第2期

北斗消失苍穹

史小溪

明亮之星，清晨之子呵，你何竟从天而坠。

——《旧约全书》

大地的一个正在新生的黎明，我跌跌撞撞，像一个受难的古幽灵，最终一步一步爬上荒凉山岗。东方露出一派高贵绮丽的天光，虽是朦胧，却不断在扩展着我那种清楚无误的意象，我一阵激动，禁不住想起德国伟大思想家黑格尔的一句赞美语："这是一次光辉灿烂的黎明，一切有思想的存在都分享到了这个新纪元的欢欣……

我凝神谛听。

天光微熹，亮灿灿的北斗星已经苍白惨淡。如果这时山风轻轻扰过那些不规则的崖畔梁峁，这空旷山野中的寂静，本来是可以当竖琴一样聆听的。但我还没有从惶恐中解脱过来。那液体一样从脚下流过的黑暗，那黑参参的沁凉的深秋灌木林，那一道道起伏不平的山、沟，都无不隐隐释放着可怕下沉的气息，使我差点迷失于昏晕之中。

曾经在北方的北斗星座下走过。那是一个冰冷的冬的世界，银河斜横，繁星缀空，北斗星在头顶闪烁着永恒璀璨的辉煌，以致冰凉的冬月，也似乎有了一种温情脉脉的情调。那一颗颗星斗还有那条宏伟辽阔银光流淌的“天河”，纷纷游进自己的视野。据说仅仅一条天河中包含的恒星座就多达1500亿颗，——雄狮座，人马座，麒麟座，孔雀座，天龙座……而迄今人们观测到的遥远的河外星系在10亿条以上！被天河横贯隔开在两边的牛郎、织女星座，要“鹊桥相会”横渡天河，谈何容易。广袤无涯、浩浩渺渺的宇宙，那个迷人而深沉的长夜伴着一队年轻人恍惚、陶醉、对宇宙对未来神奇无穷的幻想，他们仰望北斗，热泪盈眶，向着北方一座城市远行，不约而同地从心底唱起了那首北斗歌：“抬头望见北斗星……”

那种恍惚在白天无法感受那种陶醉将一切淹没。是谁先唱起的，或者严格说是小声哼起来的，一群高亢之音立刻升腾在荒凉峡谷，那心绪，不断腾达，那就激情澎湃唱吧，因为那是黑夜……

那个冬夜曾那样强烈地震撼过一代人，他们以北斗星指引的方向踏上征途，并在回望中不止一次地感到荣耀，豪迈。

怎么也没想到二十多年后自己又重蹈覆辙，在一个漫长秋夜会选择孤独旅行。完全是一次极偶然的失误所致。

黑色泛滥。微弱的星光抵御着沉重的铺天盖地而来的黑暗，白天的山脉变成延绵无际的轮廓，白天收入视野的一切美丽都浑然无迹。一条逆光的河流上方，一只狐？还是獾？拖着尾巴匆匆钻进黑影处沙沙响动的苇丛。

空落，寂寥，还有神秘宁静中直觉到的恐惶。一颗星从幽深的天宇划过，留下道亮亮的长长的火尾，划过远山那边便消失了。正像我风华年少长途跋涉那次看到的一模一样，那时怎么想的，忘了，只隐隐记得奶奶说过的话从脑际一下掠过：天上落一颗星，地下就有一个人去了。此刻我望着长空，心头淤塞着苍凉沉重的壮别,年轻时总有过多的幻想,即使今天是否还有人在星光下冥顽地幻想,如果生命真像流星那样悄然残散坠落,那生命是何等孱弱和没有价值。

北斗星座熠熠闪闪,只有在北方,在北半球方位,你才会有幸看到它,更真切听到它创造出的种种传说和活起来的种话。那时,遥远的爱琴海岸城市的晚钟正响起来,泰勒斯——这位古希腊米利都学派的奠基者,默默来到山涧,仰头观察星空。在他看来,城市之星凄迷、黯淡,天空是失形变态的天空,只有乡野才配称真正明朗之星空。就在一次观望时他失脚跌落阴沟里。多少人嘲笑他。凡是存在的就是合理的,人们似乎有理由嘲笑他。却没有人去想,也许那黑夜海风刮起黄沙的苍茫的夜里,一个健伟的灵魂,已跨上骏马,超越时空和疆域,悲壮得似英雄一样令人叹服!

法国浪漫派诗人阿·帕特朗说:"黑夜是梦幻和真实之间的过渡。"他的想象丰富奇秘而沉郁。德国哲学家弗列特·尼采则措词激烈诅咒过黑夜:"黑夜为什么如此长久。我默然地行走在死一样朦胧的光中,像醉汉似的在做荒唐之梦。"西班牙思想家乌纳木诺写道:"我的星子!看见么,闪亮在遥远的星空里的星子,终有一天会熄灭而沦为尘土,不再闪亮,不再存在。同样的,即便是布满星子的苍穹,也有消逝的一天,可怜的苍穹!"

现在,清晨破晓,万物复苏,高原千山万壑像在沐浴澡雪后隆隆起伏,我在回想中感到整个世界在气息摇动中如我上升的感情一样也在缓缓上升。

——让朝阳把它的霞彩留在天上,让它灿烂的光辉温暖尘世那些善良的人们,永远照耀他们前行的那条白光光的大路。

选自《散文》1995年第9期

阳 光

彭学明

越过黑暗的脊梁，阳光嘟噜一下钻了出来。花花绿绿的阳光，新鲜而温和地悬挂和翻晒在城市的门楼、乡间的院落，翻晒在田野边一排歪歪扭扭的竹篱笆上。阳光是播撒情种的老手，只那么轻轻的几抽几动，整个大地就暖烘烘的怀孕临产了，草开始破土，树开始发芽，山开始走绿，水开始发胖，大地上的一切都丰腴滋润得如坐月子的新娘，媚态醉人。那些黄色的鸭儿白色的鸡儿等等生命的幼灵，也因阳光长久的蹲伏孵化从蛋壳里钻出来，唧唧啾啾地鸣唱。春天的阳光，像一河涨起的春水，载着桃红水绿，满山奔走。

现在，阳光刚刚出来，就像一个情窦初开的少男或少女痴坐在某一个山头，等待着情人的鲜花和歌声。慢慢的，晨风吹来了，阳光下山了。雾被阳光的碎步一层层踩开、一片片火化。顺着阳光的碎步，我们看到阳光从山顶走到了山腰，从山腰走到了山坳，又从山坳走到了山脚，然后就走到山谷、平地，走到了每一个角落。我们看见阳光猫着腰越过了一道道沟坎，低着头钻过了一个个刺蓬，看见阳光背了手，打了口哨，从我们的家门口大摇大摆地走过。阳光真好！

大地暖和了，温漉漉的水汽从泥土地里蒸发出来，仿若飘不尽的炊烟。睡在泥地的阳光，伸出温情蜜意的舌尖，在泥土的胸膛上踩啊踩啊，千次万次，不尽缠绵。没有比这泥土更为博大的胸膛了，也没有比这泥土更为厚实的胸膛了，阳光把他的爱情和生命全部奉献。冻了一冬的泥土因此长出感情的草、生命的树和爱情的花朵为阳光回报。那些花朵，本就是为爱情而来的，本就是感情泛滥四处开放的，如今有了阳光的温情和抚弄，就更是漫山遍野吐露芬芳。阳光，理所当然地端坐在花蕊里，肆无忌惮。吻花朵的脸，吻花朵的唇，吻花朵的身子，吻花朵的命根，那些花，硬是叫他吻得羞容满面，神采飞扬。阳光，一个本领高强的摘花手，让我们羞愧汗颜。

阳光摘了花，阳光很高兴，阳光高兴地披一身鲜花听布谷鸟催春的声音，看农人耕春的身影，阳光看农人们犁田犁地。阳光看农人们播种栽插。阳光看农人们如何把春天浸泡成种子，发芽、抽苗，变成风景。等一切都满含春的情意，绿成诗的意象时，阳光站起身子，到夏天去了。

夏天的阳光，像一匹横空出世的火马，总在我们不经意的时候奔突而来，坚硬的蹄声左冲右杀，踏起一路黄尘、青烟。这时的阳光最激情澎湃，热血沸腾，通红的唇指一如炭火，搁在哪儿哪儿都疼。于是女人穿了裙子. 让阳光紧抱，男人穿了短裤，让阳光乱拧，那些在春天里最殷勤的歌手们，这时只剩下蝉了，蝉的歌声躲在树下，嘹亮而不圆润。慈善的白云们，往往会在晴空丽日下翻动最为湿漉的一页，让雨乘着皮筏茫茫而下，滋润心情，可是，阳光并不在意，阳光依然在云里露着笑脸。《诗经》里留下的男人女人，赤脚穿过雨巷，长发湿漉，衣衫湿漉，疑是戴望舒身边移动的丁香。亲切的阳光与他们并肩行走，隔世的语题越拉越忙。阳光和人来到草地，草地的绿不再柔弱而很坚强。阳光和人来到河边，河边的景致不再新鲜而很老陈。河堤的杨柳，河心的小船，河滩的人，都坐在阳光上面，感受阳光。软软的阳光在屁股下流着，阳光的体温从下至上直逼丹田。阳光像一条鱼在水里游。阳光的脚丫踩出一路水花。那些赤条条的男人，此刻正站在水的肩头，闪亮的水珠，在油脊梁上漉漉滚动。夏天的阳光，是水中的阳光，只有到水中浸泡时，我们才感到阳光是那样软和、湿润与可爱。那么，就让我们做一回田田的荷叶，永居水乡，翻动棹歌。

可是秋天要来的，秋色会愈来愈重地挂在我们的窗棂与屋檐。那阳光会依旧照在一把紫砂茶壶上，照在几串沿墙挂着的红辣椒，依旧会钻进秋天的林子里又唱又跳，把树叶染得红红、黄黄。叶子，森林精巧密麻的耳朵，任阳光轻咬着，窃窃私语。踩着阳光的经脉，一群打樱桃的小手在空中飞舞，成熟的樱桃不熟的童心，挺着一竿竹棍，把秋色摇落，那樱桃，依然鲜红欲滴、喜气洋洋，不失往年的表情。其实，不失往年表情的，何止樱桃？那枣子、梨子、桃子、葡萄，还有五谷杂粮，不都被阳光晒得熟透透的，滴淌着千年未改的芳醇？！阳光走到田里，田里的水稻就会成熟。阳光走到地头，地头的庄稼就会吐香。阳光走到树上，树上的果实就会流蜜。即便是土，阳光也会将之踩出芬芳。抚摸千年不改的芳醇，辛苦一世的人们开始唱歌，没有词，没有曲，就是那么灿烂的几吼，就有滋有味，无限情思。小桥流水，红掌清波，柴门紫烟，都如远行的乡人年年奔跑在秋色民歌。那些牛、羊、猪、狗，则永远都是一群活活泼泼的动词，在民歌下走动，民歌下成长。民歌，就这样泼一身真实的阳光，把人们淋得泪水盈盈。

选一个阳光灿烂的日子，一顶花轿开始出嫁，烟花缤纷，爆竹缤纷，称职的唢呐翻过山丘，走过街巷，把新娘送到家门。

初冬时节，总有一些这样的女人到你家来为你生儿育女，总有这样一些细节在你的身边不断出现。是的，当我们把秋天收进仓库以后，我们往往来不及给秋天道个好，就不知是谁从遥远的西北派出一夜寒流，让三九隆冬乘坐一地冰霜抵达民间。阳光，不再是守家的乡人每天早出晚归，而是远行的游子肩扛乡愁，留下背影。阳光，你会回来么？你是否正独上高台，一脸泪光地打望我们。

阳光来了！阳光穿着布鞋！阳光来到他曾经来过的地方数他熟悉的村庄、熟悉的景致！那几堵院墙还在么？那几排篱笆还在么？那几株柳树还在么？那几口水井还在么？在咧！那叫二爷来我身边坐坐吧，我想听他的二胡！白胡子二爷就拖一把二胡在阳光身上坐了，受伤和不受伤的音符在老人和乡间的角角落落走走停停，越走越真。学校的大操坪里，阳光正翻晒着一群看书的孩子，满门书香。字说，这个世界不但充满了善良与美丽，也充满了邪恶与丑陋，那些阳光照射不到的阴沟与角落，往往生长着肮脏与丑恶，生长着没有良心的嘴脸与背影，权与权交易，权与钱交易，钱与钱交易，权与钱相互勾结着，把某些人的良心与道德赶得越来越远，我们越来越市俗、势力、缺乏斗志，越来越害怕坏人忘记正义，于是我们多么希望有自然的阳光温暖我们皮肉的同时，更有精神的阳光照耀我们的骨髓，我们盼望精神的阳光长出正义、勇敢和无私的剑来，斩断罪恶、斩断铜锈。阳光，我们一生一世的亲戚，我们永远需要与你把酒对歌、握手叙情，永远需要你的恩赐与抚慰。

选自《散文》1995年第10期

山　恋

[日本]立松和平 著　陈喜儒 译

我来到人世第一眼看到的就是山。那座山叫男人山。虽然我家的周围有足尾连山、高原山、那须山，但从我家向前看，只能看到日光的男人山。

四季的交替，我是从山色的变化知道的。当山顶变成了银白色，而且这银白色不断向山下蔓延时，冬天到来了，寒气渐渐来到了我的身边。

春天，大地充满了勃勃生机，但山还是一片白色，冬天依然顽固地盘据在山顶，迟迟不愿离去。这时候还不能算是真正的春天。只有山下的积雪融化，显露出褐色的山体，绿色缓缓攀上山顶，春天才真正到来了。

对于我来说，悠悠岁月，就是山色的演变。

不知为什么，有时我觉得山近在咫尺，伸手可及。这种感觉多出现在冬天，山岳有一种阳刚之气，而天空碧澄，一尘不染，距离感骤然飘散。

我在看山时，山也在看我。或许在海边长大的人也有这种感觉吧？你在观察大海时，海也在观察你。我觉得故乡的风景，也像人一样，是有灵性的。

我第一次看到海是小学一年级的时候，刚刚七岁。夏天，我们到了离宇都宫市最近的大洗海滨。当时的欢呼雀跃，至今仍历历在目。海的风光和山的景色是大不相同的。

从那以后，我常常上山下海，体会山海的不同。

山是沉默的。当我背着重重的行囊，像苦行僧一样默默地走着，就进入了自我反思的状态。敞开心灵的门窗，天真地自问自答，苦苦思索。有时豁然开朗，有时山穷水尽，有时高深莫测。

山里人一般都沉默寡言，从不大声说话。猎人们怕声音吓跑了动物，更怕惊动了山神，所以少言寡语，保持缄默。

山是寂静的。如果没有风，没有流水，山里是无声的世界。

海是喧闹的。虽然有时风平浪静，湛蓝幽深，但里面有海流，有生物，一刻也不平静。

海是开放的、躁动的。在海中可以游泳、潜水，钓鱼，丰富多彩，其乐无穷。在海水中嬉戏与登山大相径庭。登山只能一步一步往前走，动作机械单调。

海是富有的。虽然山里春天有野菜，秋天有蘑菇，但远不及大海一年四季都有丰饶的水产。

海是快乐的，山是苦闷的。对于人生来说，苦闷和快乐哪个是幸福，可能很难简单地下结论。

这完全是我个人的体验，甚至可谓之偏执的山海论，可能有不少人是不赞成的，但我并不是爱山而贬海，实际上我爱山也爱海。

我在小学时就登遍了宇都宫市周围的山。中学时上了日光、那须的山。我觉得山也是海。山的水是空气，山的波涛是森林。山山相连，连绵不断，就是无边无际的大海。

海中有冥府，山里也有九泉。到日光、足尾修行的人，就是把山里当做冥府。有人信仰那须山中的汤屏山，身着素装进山朝拜。白衣就是寿衣呀！他们在人世时就想看一看自己死后的归宿。自古以来，进山修行与登山运动完全是两回事。

枥木被海一样的山峦包围着。东是八沟山，北是那须山，鸡顶山，西是日光山，足尾山。每座山上都有修验道、古刹。实际上山里是他们精神的故乡。

对于日光山、那须山，不仅是我，枥木县人都怀着一种特殊的感情。小时候，儿童会、町之会、毕业旅行、家庭旅行，几乎都是去这两座山，不知去过了多少次。春暖花开时，盛夏酷暑时，红叶如丹时，白雪皑皑时，一年四季，都要上山。

登山时，内心有一种宗教的庄严感，好像把自己的历史镌刻在起伏的山岭上。人死后谁也不知道自己的去向，只能大致看一看而已。

日光、那须的山中，是死者灵魂聚集的地方。人都难免一死，最终都要到那里去。在这种深层的心理活动驱使下，从孩提时代起，人们就总进山。

人死后都想去一个美好的地方，在那里不知道要生活多久？日光、那须景色秀丽、四季分明，无疑是灵魂最理想的归宿地。

这是我——一个看着山长大的人的心情。我的生命可能就是从山里来的。为什么这样说呢？因为我看见山就激动，就觉得心旷神怡。我无法在看不见山的地方生活。当我身处高楼大厦林立的东京中心时，就坐卧不安，六神无主。

如果在我头脑清醒时就能明确知道自己的死期，我会回到故乡，像我来到这个世界时一样，望着山闭上眼睛。在山林中死去是幸福的。我生于山，死后也想回归山林。真的，我希望这样。

望着山而生者与望着海而生者是不同的，这就叫宿命。

生在枥木，这是命中注定的，不是我自己的选择，但想摆脱这种命运的安排是枉费心机的，所以我应当为自己的命运而感到高兴。

选自《散文》1996年第10期

樱花与春

[日本]中原大和

阳光暖煦煦地照在大地上。春天的阳光具有妈妈抱着孩子的温柔。它让我们感到甜蜜的温情,所以春天的生活悠闲自在。我觉得全年一直能过这样生活的话,该多么好。

草木受它的影响,开始活动。有茂盛得像年轻人一样的绿莹莹的叶子。

空气,在春天它有青草气味儿,它使人们感受到新鲜。

樱花既是春天的花,又是日本的国花。她也当然随同春天开得十分烂漫。她真美丽。人们一听到樱花开了就欢天喜地去欣赏。在樱花树下摆酒宴,好像真的变成所谓的桃源乡一样。花的颜色像漂亮姑娘的脸蛋似的淡红。日本人都爱它的情态,因此很早以前就被人家咏于短歌或俳句了。使用樱花命名的词也不少,比如说:樱粥、樱肉、樱饼、樱狩什么的。樱粥指小豆粥,樱肉指马肉,樱饼是用樱叶子做的年糕。它的香味儿是跟樱花一样,看不见樱花的人吃"樱饼"的话,就领略了春天的气氛。樱狩的意思是"观赏樱花"。

日本人的春天与樱花的关系这么密切。春天是樱花,樱花是春天。侧耳静听吧,春天的脚步好响啊!

选自《散文》1997年第7期

鹤立之姿

苏连硕

鹤，全身白色，头顶多为红色，故又称白鹤、丹顶鹤。我国黑龙江为驰名中外的丹顶鹤产地。鹤之颈、腿且细且长；翼大善飞，剪风披云，直上重霄九，蔚为壮观。“鹤鸣于九皋，声闻于天”，对其习性、特征描摹得颇为形象、生动。“昔人已乘黄鹤去，此地空余黄鹤楼”，给世人留下多少缠绵邈远的遐想啊。

“海为龙世界，云是鹤家乡”。海中之龙浩气长存，云中之鹤潇洒之至。“翩然一只云间鹤”，飒飒抛却尘世俗秽，俊美丰盈，透明晶莹，确是一片令人陶醉的仙境。

你看它，多么单纯、素朴、剔透啊，何其天然、恬曼而深沉啊。那站立之态，好像在沉思，在辨析，然后做出驾方舟、渡苦海、取径驶向遥远彼岸的决定。它处乱不惊，坦荡磊落，是由于居高临下、阅历丰富、心灵固守所致。

有道是“入乡随俗”。随俗不等于入俗、同俗。人贵有个性。个性一旦被同化，活着也就没甚意思了。我钦羡鹤之恪守魂舍，不忸怩作态，不博庸人俗人之欢心，旷达超逸，无论何时何地，始终如一地展露个性的风姿。每个步履，或翔或止，皆不失跋涉者之坚贞。

我且老矣。愈近迟暮，愈欣赏“闲云野鹤”之境。特向书法家胡培先生索此四字。胡先生深领吾意，别具匠心地书写了这一条幅，经装裱镶于镜框。每每举目静赏，心际常常不知不觉间泛起许许多多顿悟的涟漪。

选自《散文》1997 年第 2 期

敬畏自然(节选)

詹克明

大自然既简单又复杂，像个朴素和蔼而又渊博深沉的学者,它深藏着自己博大精深的内涵,外表却又显得极为平易随和。天真的稚子也能如鱼得水地嬉戏其中；大字不识的山村老汉数着粗硬的手指也能对付。顺应自然的活法真的挺简单。但是当你试图探究它深层内里之秘密时，它一下子又显现出层层缠裹的错综复杂，你会感到它是那么深不可测，奥秘无穷。不论你钻透多少层,总归还有更深的一层谜把你兜住,你仍然不知道造成这更深一层“果”的“因”又是什么。人啊！凭你这点本事休想跳出“未知”罗网的盘丝洞。

大自然似乎更偏袒简单的活法。头脑简单的羚羊也可以悠哉地生活在大草原；从不思考的蚯蚓也可以舒缓地纵横地下,繁衍生息。大自然只消交给他们几件“本能”当作看家本领，就够它们吃一辈子的。倘若你看到蚯蚓无端的爬上高出的路面，两天内必有场暴雨，咱们人类动用了那么多先进技术、宇宙火箭、气象卫星、太空遥感和大型计算机,分析了一张又一张气象云图,进行48小时天气预报也常有报不准的时候，而这个一条直肠子通到底，不能再简单的小小蚯蚓又凭着哪门子本事作出如此准确的预报呢？地震学是一门最古老又最不成熟的学科,人类目前尚无法预报地震,而狗、泥鳅之类的动物却常能事先知道。人类中真该有几个“通狗语”、“识鱼性”、“知鸟音”的人。它也许是地震学家最至关重要的“外语”，人们有“警犬”、“军犬”，还应当有“震犬”。简单性与复杂性都是一种活法。庄子观鱼，鱼望庄子，一个活得复杂，一个活得简单，不管选择哪一种，大自然都会给你条活路。顺生、顺时、顺应自然，大自然就会像白昼那样一目了然。活着并不难，不信，你去问牛。

大自然还算公平，他宠爱简单，也奖掖复杂。它总是给复杂者出难题，却从不难为简单者。苦恼总是属于头脑复杂者。大自然创造出会思考的人类，不过是在和它玩一场永无休止的“有奖猜谜”游戏。奖品是——你猜中哪一条，就可以使用哪一条科学原理，将它变成技术产品，供人们享用。人类——大自然的天然“谜友”，要是不互相打架，总是斯斯文文地猜谜该有多好！

静观自然——人类不过是个先天不足的业余研究者

大自然创造了有感知、能思考的人类并不是让它反过来研究自己的。

我们的感官和大脑都是环境的产物，造就出它们，纯粹是为了让人类在地球这个特殊的生态环境中获得最适宜的生存。仅此目的，绝无它意！至于人类利用大自然赐与的感官与大脑，在维持其生存之余还有兴致研究与探索大自然的奥秘，这纯属业余之“副业”，完全是好奇心所驱使。大自然从来没给它派过这项任务，也从来没有根据所谓“研究需要”来为人类配置齐全的感官品种与足够的感知范围。人类所拥有的仅仅刚够其维持生存，既没有多余的感官，也没有超出生存所需之范围。若论研究自然，实属先天不足，这也许是人类认识局限性的来源之一。例如，人类完全是个“磁盲”，大自然给鸽子配置了“磁觉”，却丝毫不给人类这种能力。在当前电器时代，人类要是具有“磁觉”器官该是多么方便啊。人类若有磁觉，没准发电机会早于蒸汽机，“第一次工业革命”当为“电机时代”，而不是“蒸汽机时代”，水力、风力、汽轮机发电将更盛行。

大自然本无所谓颜色、声音、味道，它只有光的波长、振动频率和相关的化学反应、物理效应。纯粹是为着人类自身生存的需要才“选择”了16—20000赫兹这段声波作为“可听”的声音，选取400—800纳米的光波作为“可视”颜色。超出这个频率范围的声波哪怕再“响”我们也听不到——谓之“静”；越出这段波长的光哪怕再“亮”我们也看不到——谓之“黑”。可见静并非一定无“声”，黑并非一定无“光”。何以如此？完全是为照顾我们生存需要。

试想人类若能听到16赫兹以下的“次声”，则自家胸腔内，心脏跳动声如擂鼓，两肺呼吸如拉风箱，腹腔肠胃蠕动如狗舔汤盆，屋外孤鸟离枝，枝颤如拨琴弦，室内睡猫鼻息，气流如风笛长吹……日日夜夜陷入如此噪杂，人类将何以安宁？同理，人类若能看到波长800纳米以上的红外线，则夜间人体通明，桌椅件件发光，取暖炉强光刺眼，又将何以安眠？盐本无所谓“咸”，糖本无所谓“甜”。空气与水本无所谓“无色、无嗅、无味”，这均为有利于人类生活需求而已。大自然无意特别恩宠人类，并未给予它超出生存实际需要的任何东西。人之视觉不如鹰之高远，不能像猫夜视；人之听觉不如蝙蝠之能辨“超声”;人之嗅觉不如猎犬与野兽。人类不能感知气压、电压、磁极、次声,不能自计时间,人类不得不靠发明各类仪器,借以延伸感官。

相对而言,人类的大脑配置可算是大自然格外开恩了,根据世界著名古人类学家理查德·利基的研究:“猿的新生儿的脑量平均大约200毫升,人约为成年时脑量的一半。”据他推测,若按此一般规律,平均脑量为1350毫升的现代人,其妊娠期理应是21个月(而不是目前的9个月)。俟其新生儿脑量达到675毫升时再降生。由于人类骨盆开口的限制,只允许新生儿脑量达到385毫升时就得提早出生。从这个意义上看,我们人类个个都是“早产儿”!怪不得人类婴儿刚生下来会如此软弱无能,这般娇痴无助,非在母亲怀里补足这21个月才能下地走路。《封神演义》的作者也许早就猜出了这个道理,他笔下那个哪吒妊娠期足足42个月(刚好为21个月的两倍),一生下来就能“满地上跑”。有时“神话”比“人话”要有远见得多。科学与神话都需要想象力,两者常常先期而合。想当年吴承恩笔下的孙悟空,拔一撮毛就“克隆”出一大群孙悟空,现在英国人不是已“克隆”成功一头羊了吗?专家指出:克隆技术最好是用“干细胞”,这在毛发中就有。当年悟空从后颈拔毛该是何等聪明!

按照英国人类学家阿瑟·基恩爵士提出的界定标准:“人脑必须达到750毫升才算超出猿类”。真幸运人类有着一个平均1350毫升的大脑,没有这点余量,人类休想搞任何科学、哲学、文学、艺术、产品发明与工程技术。但愿人们能充分地、自由地使用这1350毫升大脑的思维空间,千万别给大脑设置“禁区”,人为地封闭某些脑区,等于强制大脑只许在1000毫升以下使用，这将是一种反自然的行径。

老子曰："知其白，守其黑，为天下式。"倘若我们用白色表示人类已知，黑色表示人类未知，那么，在无限广阔的黑色背景中，我们人类只不过是在一块极其有限的局域中，疏疏地画了一些有限长度的白色线段。这些线段绝不可任意延长，稍做延伸即成缪误。这些线段之间交互联接，沟通了人类认识自然的"知识网络"。这些线段是无限细的"几何"线段，无论两条线段靠得多么近，它们之间仍旧"疏可走马"，仍旧可以容下无限多条新添的白色线段。

科学任何时候都不可能抹出一块白色的"面"——属于完全的已知，中间不再存有任何黑色的间隙，它意味着在这块有限的面积里(无论其面积多么小)，科学再也不可能发展了——绝不可能存在这种"科学墓区"。科学永远依存于未知，永远离不开对未知的探索。科学只有植根于"未知"的土壤中才能永远保持鲜活。

优秀的科学家从现象中发现规律，而天才的科学家又从众多规律的复杂联系中发现了简单。依据这些简单的原理能够将已有的科学知识系统化，并分门别类地梳理成"知识树"形式。然而，作为整体联系着的大自然并不承认这种人为地割裂自然的狭隘见识。它常常神奇地使这些孤立的树之间"枝枝相覆盖，叶叶相交通"。有时两门年轻学科少年气盛，一个向着宏之又宏方向，另一个向着微之又微的方向各自孤军奋战，长驱直入。活像两个孙悟空在大自然的掌心中，分别朝着两个相反的方向拼命翻着跟斗。当它们意得志满地在各自的"天尽头"小解时，到头来，却发现两泡猴尿浇到同一根大肉柱子上了。古生物学拨动着核物理学的“绝对时钟”；宇宙学的脉冲中子星弹奏着微观中子物理的乐谱。

也许人类最大的未知就是——不知道什么是自己永远无法知晓的！这似乎是一个悖论，如果你确确实实已经知道了存在着这样一个领域，你对它就不再是一无所知。

我们的头脑中只能贮存“知”，不能容纳“非知”。不论是“已知”还是“未知”都属于不同程度的“知”。一个人处于绝对黑暗中，对周围完全无知，他不知“有什么”，也就不存在“看不见什么”具体东西的问题。这是一种“非知”状态。只有当他触到某一物件才产生“看不见什么”的问题，它属于未知状态。

人类只能知晓“知”，不能知觉“非知”，更不知道有多少“非知”存在。只是从哲学的理念上看，应该存在着无穷无尽的“非知”。一个造诣高深的科学家不仅他所通晓的“已知”以及他脑中的“未知”要远远多于一般人，而且他的头脑中对“非知”也随时保持高度的警觉。一旦机遇出现，他能突破头脑中“已知”的束缚，敏感地识别，及时地捕捉，并竭尽全力地将“非知”转化为“知”，最终成为“已知”。

科学与宗教

简单的大脑只能映射出一个简单的世界。牛顿曾经把自己比作一个在海边玩耍的孩子，只是偶尔间发现了一个更光滑的卵石或者更漂亮的贝壳。而他面前仍是一片无边无际的未知的真理的海洋。但是一个刚读完中学的读书郎反倒觉得天下至理尽在彀中。

也许只有那些对大自然有着深刻理解的头脑才会感觉到冥冥中似乎有一个无限精确的“头脑”在支配一切，左右一切，安顿一切。似乎有一种无形的巨大力量在推动一切和谐有序地发展。它掌握一切，又不见操纵；它贯穿一切，又不露形迹；它与我们亲密无间，不离须臾，甚至就在我们身体里面，但谁也没贴触过它：谁也不知道它是什么，它在何处，它从何而来，又去向何方；它是一切，你找不出什么不是它，什么都在它之内，没有什么在它之外，包括“零”、“空”、“无”、“虚”、“精灵”、“鬼魅”……都在其内；它是唯一，它没有“对立物”；它绝对严格，没有误差，倘若它有些微的差错，通过无限的普遍联系，它们早就该在遥远的某处发生猛烈的碰撞；如果你发现它出了“差错”，先别忙着诘问它，最好先从自身找找糊涂之处，没准你还能发现新的理论；你若小瞧它，它随时都可以为你设下“陷阱”。或随手甩给你几个“难题”，哪怕你使出浑身解数也得认输；你若想找它的岔子，非得落个身败名裂的下场不可；它随意摆弄出来的一切都是精品，全都那么可靠、优化、高效、低耗，哪像人做出的那些粗笨、玄乎的玩意儿；它创造了一个无所不包的巨大和谐，哪怕是一棵小草、一只跳蚤、一个细菌、一个仅含5千核苷酸的病毒分子多面体都是无限精巧、无限复杂，人工永远无法与之比拟的。天工岂能巧得？它无一言，不立文字，但主宰一切。外国人称它为“真主”、“上帝”，似乎总脱不掉个“人形”，中国人看上去略胜一筹，称之为“天”，“天”是主宰大自然的。连孔夫子都感喟于这无声、无形、无觉、无言的主宰：“天何言哉，四时行焉，万物生焉，天何言哉？”

也许只有少数杰出的科学巨匠、睿智哲人才能够在内心中解读出大自然的无限精深，品味出人类的偏促浅薄。他们深切地感到一个无所不在、无比威严的宇宙主宰，并对大自然产生一种由衷的宗教感情。爱因斯坦认为："自然界里和思维世界里有着庄严的和不可思议的秩序"，"你很难在造诣较深的科学家中间找到一个没有自己宗教感情的人"，"他的宗教感情所采取的形式是对自然规律的和谐所感到的狂喜的惊奇"。爱因斯坦认为："宇宙的宗教感情是科学研究最强有力，最高尚的动机"。他断言："科学没有宗教就像瘸子，宗教没有科学就像瞎子"。美籍华裔科学家、诺贝尔奖获得者杨振宁教授在回答香港《明报》记者关于科学与宗教的问题时是这么说的："相信不相信在不可知的宇宙中有造物主在创造一切呢？我只能说，当我们越来越多地了解自然界一些美妙的不可思议的结构后，不管我们是正面问这个问题还是不正面问这个问题，都确实有你问的这个问题存在。"

科学与宗教确实有过水火不相容的对立，特别是在欧洲中世纪时代，但大多数时间两者是相安无事的。人类早期文明时期，科学与宗教曾有过十分密切的亲缘关系，甚至有时科学就发端于带有某些宗教色彩的巫术。在古埃及不仅祭司兼职医生，而且公元前2000年的那份祭司密卷——"卡洪纸草卷"实际上就是埃及最为古老的医学文献。公元前1000年古印度从吠陀医学过渡到婆罗门医学时，医生才从僧侣中分离出来。我国的中医同样有春巫术渊源，黄帝内经、周易参同契、子午流注、太素脉诀、五行医说……无不带有巫术的胎记。正如我国学者指出的："从半跪的巫术，既可以走向直立的科学，也可走向双膝跪下的宗教。"不仅医学如此，数学发端于

"数术",化学源于"炼金术"、"炼丹术",天文学起源于"占星术"这早已是不争的事实。丹波尔在其名著《科学史》一书中指出:"巫术一方面直接导致宗教,另一方面又直接导致科学。"

事实上,科学与宗教常常有着共同关心的重大问题,科学往往从简单性入手,运用实验验证、逻辑推理与科学归纳的方法加以研究;而宗教则往往从复杂性入手,运用思辨的方式来解释这些问题。从《旧约全书·创世纪》就可略见端倪。这部圣经中,上帝创造世界的顺序几乎就是一个地球形成演化、生物进化全过程的缩影。首先是天与地的分离,然后是山川的形成,接下去是先产生进行光合作用,呼出氧气的植物,随后才产生吸进氧气的动物,最后产生了人。可惜这一切是在"六天"中完成的,而不是六十亿年。中国的盘古开天辟地,天地由混沌初开而逐渐分离的过程极像地球、太阳系由宇宙尘凝聚而成的现代理论。无论中国还是外国都有过用互相缠绕的两条蛇代表生命的发生。在中国是伏羲与女娲两个蛇形的身体互相缠绕,在西方则是公元前2000年一个地中海国家的祭瓶上绘着缠绕在一起的两条巨蛇。它们多么像近代分子生物学中DNA的双螺旋结构!

物理学家保罗·戴维斯认为:"世界上的各个主要宗教都是建立在公认的智慧和信条上的……在人类历史的大部分时期,男男女女之所以皈依宗教,并不只是为了寻求道德的指引,而且也是为了寻求关于存在的基本问题的答案。宇宙是如何被创造出来的?宇宙又是怎样终结?生命和人类的起源是什么?只是到了近几个世纪,科学才开始为这类问题的解决作出自己的贡献。"

黎巴嫩著名作家纪伯伦说过："信仰是心里的绿洲，思索的骆驼队可永远走不到那儿。"是的，这个绿洲若可到达，怀有信仰的人到了那里就不走了，他也就不再拥有向往绿洲的信仰。真正高尚的信仰从不强加于人，也不可能被别人所强加。科学崇尚真，宗教崇尚善，艺术崇尚美。跋涉在这些精神领域里的人们，心中是否存有这块绿洲，就足以区别他是仅仅借此谋生混饭的"匠人"、"俗人"，还是自觉自愿奉献全部身心的虔诚信徒。作为一个对大自然虔诚的人，他视自然为神圣，信奉自然的庄严与和谐；他视自然为万物的主宰，顺从它的意志；他将自己的灵魂皈依自然，与它和谐一体；他敬畏自然，绝不敢违背它的戒律，更不允许任何亵渎自然或公然与自然对着干的"反自然"行径；他诚挚地向自然顶礼膜拜，潜心地感悟自然，宇宙是他参拜的殿堂，太阳是他的圣烛。他来自自然，又将回归自然，在自然中成为永恒。

先民们敬畏自然、崇拜自然，萌生过朴素的宗教感情。他们崇拜火，崇拜太阳，崇拜母神，公元前3900年的古埃及人甚至崇拜尼罗河，每年在汛期之前都要在河中溺死一名少女，作为"尼罗河的婚礼"。

随着科学技术的进步，特别是它最近400年的突飞猛进，在一般人们的心目中大自然似乎已一览无余不再神秘。人们不再敬畏自然，凭借手中的科学技术，改变环境，创造出数不胜数的人工制品，过上了越来越舒适的生活。人们渐生狂妄，乃至发展到"人类至上"的程度，活像普希金笔下的那个渔妇。解除了敬畏之心束缚的人类，总是为着各自的私利由着性子胡来。他们争相掠夺自然、破坏自然，把一个本不算大的地球折腾个兜底翻。近地大气层到外层空间，河流湖泊到深海大洋，高山峻岭到原始森林，良田草场到大漠荒原，凡人迹所到之处全被糟蹋得不成样子。可怜这个蒙着蓝色轻纱，在太空中独具魅力的星球几乎找不到一处净空、净水与净土。藐视自然、不懂自然而又惯于鲁莽行事的人活像乡里人称的“二杆子”，什么都不忌讳，什么都要胡来，不顾子孙后代，不信因果报应，天不怕、地不怕、神不怕、鬼不怕，大自然更不怕，没有任何王法、规章能够管住他们，他们的破坏力是毁灭性的。遗憾的是，人类中的这种“二杆子”并不在少数，哪怕他重权在握，哪怕他家境豪富，哪怕他顶着个“总工”、“总裁”头衔，在对待自然的态度上，他们仍然是个“二杆子”。

人类在发展中堕落，在科学中愚昧，在叛逆自然中自掘坟墓。忤逆自然的人类将不会在大自然里寿终正寝。人类是一个整体，我们都是“地球号”宇宙航船的乘客。共生共灭的人类只能同舟共济。只有拯救整个人类才能真正拯救我们自己。

敬畏自然、顺应自然、理解自然，我们人类方可在大自然中和合万世，颐养天年。

选自《散文》1998 年第 1 期

此时，秋在夏里

春　华

醒来已是丑时，颇觉凉意。起身将窗子关实，找出绒毯，却无睡意。入秋三日，天便凉了，户外也传来秋天才有的那种树声。墙上映着的窗棂树影，似小儿信手涂的歪歪斜斜的铅笔画，画里，树正婆娑着。蓦然想起从前许多的秋天，和许多秋天里的故事，心便如皱了的丝绸，舒展不开。

那个喜欢画变形的牛和变形女人的西班牙画家说过："当你开始怀念什么的时候，你便老了。"

往事如尘已随风远逝。如今，又是一年秋季，是我生命里第三十二个秋天。这个秋天，秋阳还会温情地对我凝视，秋雁还会排着人字迁徙南方，秋风还会弹着竖琴歌唱，唱着唱着，秋树抖尽叶子，秋云滴尽清泪，冬便来了。

四季里深爱秋天。许是爱的缘故，每每秋天来临，心便惶惑不安，既渴盼秋的到来，又担心秋的离去。

秋天收敛了往日的燥热，变得宁和、淡远。它像一曲舒缓、优美、教人身心宁静的古典音乐，又像达观的智者在天地间悠闲往来，更像生命里的友谊，让你时时感到一种温情，却不火烈。

秋天是人的心灵与自然最为贴近的季节。这个季节，秋风似歌，落叶如蝶，踩着秋叶散步，恍若走入一幅画里。在自然的怀里，我们渐渐敞开久闭的心扉，又一次成了孩子，又一次地领悟自然对人生的某种启示。非常喜欢美国诗人罗·弗罗斯特的《未选择的路》。每至秋天，我的心便无数次地穿越时空的樊篱，跟随诗人在大洋彼岸的乡村林间漫步："黄色的树林里分出两条路／可惜我不能同时去涉足／我向一条路极目望去／直到它消失在丛林深处／但我却选择了另外一条路／……／呵，留下一条路等改日再见／但我知道路径延绵无尽头／恐怕我难以再回返／也许多少年后的某一天／我将轻声叹息将往事回顾／黄色的树林里分出两条路——／而我选择了人迹更少的一条／从此决定了我一生的道路"。多少次在等待公共汽车、洗衣做饭，抑或是在开看无聊的长会时，我总是在心里默读这首诗。这样，我的意识便又回到乡村的林间，感受阳光的暖意、落叶的舞蹈、鸟的鸣唱和晨风吹过秋林的气息。

秋天有果实压弯枝头的辉煌，也有秋风瑟瑟、秋雨绵绵的哀婉，更有"盼望果子成熟，成熟了又怕掉下来"的无奈。晚秋时节的雨夜，熄灯静坐，听风卷落叶，雨打窗扉，体味那种缠绵凄婉的美。这种情境像读一首古诗、听一曲旧歌，像隔世的相思交织着苦涩与恬美。

我的生命季节似乎是夏秋之交，由绿转黄的过渡时期。这时，花还芬芳，叶还浓绿，秋还生在夏里。

这个季节，已不再奢望世界知晓自己，而希望自己了解世界。不再喜欢糖水、香槟，而爱浓茶淡酒；不再喜欢流行歌曲，而爱古典音乐。衣着也由艳丽转为素雅，不逐时髦，而求风格。这时，能在俨然神圣的事物里，发现荒诞和讽刺；能在一贯不对的事物里，发现某些对的东西。这时，观察世界不再用眼，而是用心。

当我们最初踏上这趟生命的列车，它便始终如一地向前开着开着，身外的景物也冷漠如初地向后退着退着。伴随我们旅程的似乎只有两耳的风声，和一切无从把握的心情。偶尔，也会思想：“我们打哪儿来？去哪儿？”便将头探出车厢，回顾远去的春天。那里，天空和大地，已被岁月凝成一片湖蓝、一片鹅黄。而眼前万紫千红的夏也在迅疾地逝去、逝去。

生命的秋天里，画家留下了画，诗人留下了诗，音乐家留下了不朽的音乐，更多的人却只留下了影子，就像鸟儿在窗前飞过，转瞬即逝。

那个属于我的秋天，愈来愈近了。我似乎望见秋叶一样的女人，正在林间采拾果子。落日的余晖透过树的缝隙，映在盛着果实的篮子上，映在因收获而坠着粲然笑意的脸上。天愈来愈暗了，太阳也愈渐火红，她朝着太阳走去，一路仍拣拾着果子。逆光下，她映衬着夕阳的背影，闪烁着一种斑斓的、迷人的金色，而她投在大地上的影子也愈来愈长……

选自《散文》1998年第1期

白杨小谈

（台湾）莫 渝

这样直立挺拔的树，任谁看了，会忘了赞美呢？

早应该从古诗词里去幻想它，描绘它。《古诗十九首》中不也有“白杨多悲风，萧萧愁杀人。”和“白杨何萧萧，松柏夹广路。”这样的诗句吗？如此富有悲壮性格的植物，为什么要千里迢迢到异国才看到呢？

课堂上，法籍教师朗读文章，我们随着旅行中的车子，在白杨夹道的宽广马路，神游法国国土。高大直挺的白杨树，第一次深印脑海，但，模糊的黑白照片，仍不具真实感，土生的台湾人，实在无法领会白杨的真面目，偶尔，勉强将之比拟作油加利树。油加利同样可以高大挺直，那是我童年时，由家乡竹南往头份路上，夹道的油加利树留存的意象。

在一篇《白杨礼赞》的散文中，文学家茅盾赞扬白杨“实在不是平凡的一种树！……”那是力争上游的一种树，笔直的干，笔直的枝。”文学家赞美白杨，并将之比拟成民族性，使得白杨更深植我心。

第一次见到白杨，是一九八二年秋，成排夹道的白杨树，让我心颤心动。这样直挺的树，密密的枝桠，不向左右横生，坚持向上发展。它不像栗树有广大的庇荫，也不似法国梧桐的低矮，它真的不是平凡的树，看它直往上升的干劲，会让人渺小起来。

枝桠成束，傲然耸立的白杨树，从我的高处住屋窗口望去，日日，我只见它细微的顶梢，下笔仅得短短数行：

风来时
顶梢摆出涟漪似的
柔美娇态
扩向广漠空间
谁怜？
谁惜？

勇士般的白杨，竟然搔首弄姿，真懊恼我的笔侮辱了这种植物。幸而，在刘半农的散文诗《白杨树》中，找得一丝慰藉与感应，他在该诗首段说：“白杨树！白杨树！你的感觉好灵敏啊！微风吹过，还没摇动地上的草，先摇动了你枝上的叶。”

秋天的白杨，没有给我悲风和萧萧的感伤，倒是进入深秋，每隔一礼拜，即见叶子脱落许多，如此，几个礼拜后，高俏的植物，不留叶衣，仅存光秃的枝桠，顶向凄灰的长空。这时，北国的寒冬完全冻住了它，直到翌年初春，才逐渐展露生机。暮春，整株白杨整列白杨，已经恢复第一眼见时的风采了。

夏日的白杨，密密的绿叶，细挺的枝条，没有蝉的纠缠，看到白杨，我依然想起暑天夹道有蝉鸣嚣嚣的油加利，缠绵的嘶声，仿佛浓烈的乡音，时时跟随着我。

选自《散文》1998 年第 6 期

哭　海

李　静

生于海边、长于海边的我，在离别大海二十年后，终于踏上了去北戴河旅游的长途客车。当我们进入北戴河，依稀能望到海的时候，心帆迎着海风一下子驶进了记忆中家乡的海。

我的家乡在营口。七十年代末八十年代初，我经常和伙伴们一起去赶海。赶海，在当地被叫作“摸网底儿”。网，是起落网，用木桩固定在离海坝十几公里的地带。涨潮时，网贴地落下，退潮时提起，形成一张数米高的网墙，滤去海水，拦住鱼虾。每当海水退到距网几十米远的时候，网内就见鳞光闪烁，虾蹦鱼飞。成群的海鸥呼叫着首先扑向这片水面。渔民们这才穿起皮裤，划着小筏子，不慌不忙地驶向起落网。待他们撤网收去大的海货后，我们这些赶海的就冲下海坝，去收拾残局。

那时的网底儿很丰富，有半尺多长的花点儿“鲁子”、有棒槌粗的梭鱼，更多的是傻乎乎的“海胖头”，还有两头尖尖大似飞盘的梭子蟹、模样古怪的鬼脸蟹，甚至还有龙虾、章鱼……在七八月里，海蛰最多。政府明令，八月十四日是海蜇开捕日，之前，谁也不敢捞它。那时常听渔民们说：“这海蜇，真多，直打船板。一网上来冬是那玩意儿，还得往回倒，麻烦不麻烦！”那时的渔民很守规矩。

海蜇蜇人，鱼急了也会咬你一口。赤脚走在水里极容易踩上它们，所以要分外当心。有劲儿的男同志摸上几个小时，连鱼带蟹就能装满一麻袋，得靠涨潮的海水推着才能背上岸。我们这些花季女孩儿，往往不肯下工夫。一路玩一路闹的自己摸个十条八条，跟人要个十条八条，再到坝上买个十条八条就算了事。说来买也不贵。

我那时常被海滩上的情景迷住。黑色的滩涂一望无际，上面挤满了厚厚的灰色毛蟹。它们你掐我抓在“水流儿”中搅成一团，足有半尺厚。毛蟹俗称“烧枷子”，这个名字形象地道出它被煮熟后，红而没肉，仅有两片硬壳的模样。所以根本没人稀罕它们。

毛蟹跑了你也不必收手，用手指轻轻往泥土里一挖，嘿！垒卵似的一层牡蛎，白白净净瓷瓷实实的。你就往尼龙袋里捧吧，轻易也挖不见底儿。海的丰富真让人惊讶！一个渔民对我说：“记住，丫头，那陆地上有什么，这海里就有什么。”“可这海里有的东西，陆地上并没有哇。”“对喽！海多大呀，地多小呀。海能养得了你人，也能灭得了你人，所以得罪谁也别得罪海！”

这种对海的敬畏之心，我弟弟也有。当时他正在生产队远海船上捕鱼，每次回到家里，说话都当心。说到“翻”字时，总用“划一跄”来代替。听到有人坠海时，总说是那人不好，肯定是做了对不起海的事。他从不说海的坏话。

有一次，他们无意中打上来一头巨大的“海猪”(他们也说不准到底是什么东西)，为了补给船上的食用油就把它给宰了。可没想到几天后，另一头“海猪”跟上了他们的渔船，没命地撞击撕咬船体。渔民们用扁担赶它，它竟咬着扁担滚上了船板，袭击船上的人。船上的人不得不打死了它。春节归来，弟弟他们过家门而不进，先到管理部门交了罚款，又到棱严寺上了香后才回到家。那年三十儿晚上，弟弟头一回喝醉了酒，哭着跪到炕沿下向海赔罪，说是杀了一对恩爱夫妻。

在我的记忆里，海，也是个情感丰富的生命体。她不仅在远古时代孕育了陆地上所有的生命，在近代人类社会的发展和昌盛中也起到过巨大的作用。就在六十年代相当困难的时期里，海还救过我们的命。那时土地没收成，生产队不让搞副业，几乎家家吃不饱饭。我们小孩子就找一根棍儿系上鱼线鱼钩，偷着跑到海边蹲上个把钟头，钓回一大串"海楞梆"来（一种海鲶鱼），让全家人既解馋又填饱肚子。

海是善良无私的。她良田万顷，家私万贯，却从不视为独有。这个宇宙间最大的豪富，没有一点吝啬。在人世间广为流传的故事中，关于海的不仅有取之不尽要之不绝的《宝盆》，也有动人心魄缠绵悱恻的《海的女儿》。贪婪的人们不光从海里得到了物质，还得到了精神。

海也是美丽而浪漫的。她只要蓝色，她体态丰腴流畅，终年不衰，绝不像陆地上的河流夏肥秋瘦，一脸浑黄。她昼夜欢歌笑语，起舞婆娑，吟唱着宇宙间永恒的曲调。

海更是健康有力的。她潮汐有序，呼吸平稳。风雨中，她高扬手臂搏击万里，阳光下，她轻展腰身抛金撒银。

黄昏时，我常潜入海里，任温暖的海水吻遍全身。我仰卧于水面，犹如依偎在一个温暖的怀抱。古老的水，敞开她的大门，任我进进出出。我的灵魂融入了海的灵魂。

接近中午，我们到了疗养院。快乐的我一下车就飞向了码头浴场。

炎炎的烈日，让人睁不开眼睛。许是阳光太强烈了，晒得大海失去了蓝色，海像个贫血的姑娘。一点儿都没有记忆中那样的妩媚。

走进浴场，和沙滩上五颜六色的遮阳伞、游泳衣相比，大海更显得邋遢——灰褐色的面容，上面泛着油污，冒着泡沫，瘦弱的手臂无力地托举着数以万计的浴泳者。在人们悦耳的欢笑声中。她吃力地发出“呜……呜……呜”的声音，像个精疲力尽的老人。

走进沙滩深处，更吃惊的是，许多商贩挖沙造坑，蓄水养鲜。与之配套的锅、碗、盆、勺、液化气灶也一应俱全地摆上了沙滩。现买现捕现煮现吃，吆声四起，购销两旺，一派烹天煮海的气势。沙滩上杀机四伏，腥风血雨，垃圾遍地，骨刺狼藉。再看那待杀的海鲜，螃蟹大不过拳头，皮皮虾小似拇指。就连铜钱儿大的毛蟹也被穿成串，油炸了卖两块钱一串。惊骇：海已经瘦成了这个样子！

投身入海，去寻找她的温柔。

污浊的海水，不怀好意地啄疼了我的眼睛。哦。别这样。四肢有一种黏糊糊的感觉。一脚踩下去，似有“瓦砾”。怎么回事？浮出水面，远处飘着塑料袋、汽水瓶，嘴正对着一根苞米核，身旁是一只泡白了的鞋。怎么会是这样！用手拍打水面，顿时出现一群群肮脏的泡沫……海水没有给我丁点的温暖。我在心惊胆寒中，牙齿嗒嗒作响，浑身抖成一团。

这就是海？这就是让我朝思暮想的海吗？我是爱你的呀，海！你何时变得如此的无情？！

入夜，我拖着沉重的脚步又走向海滩。没想到夜幕下的海滩竟是灯火辉煌，人声鼎沸。所有的摊点都在销售，游人在采购。惨白的珊瑚礁，斑斓的海玉石，各色的海产品……卖的人一嘴的谦恭，买的人满脸的谄颜。我怀疑，在这群买卖者中，能有几个人知道：他们只为了赏玩而买卖的珊瑚，在海里却是海生物赖以生存的、数量极其微少的、几十万年才得以形成的海底“热带雨林”！据报载：占海洋面积不到万分之零点二的珊瑚礁，仅仅生长于沿陆地海洋，它是海里近百分之八十的生物繁衍、生长、栖息的地方。如果破坏了这片海底绿地，那么，沿陆地海洋也将会变成像墨西哥海湾一样的死海。海洋是地球季节气候的调节器呀，破坏了它，我们面临的将不仅仅是“厄尔尼诺”和“拉妮娜”！

不远处，生猛海鲜馆宾朋满座。生吞活剥，煎炒烹炸，各类吃法大全。人们仿佛不吃他个海底儿朝天就对不起这一趟旅行。这些人们也许并不知道，他们的好胃口已经掏空了子孙后代的钱包。那些靠海鲜挣钱的商人们，他们这种掠夺性经营，正在掐断人类与海洋的血脉。他们应该知道哇，人类对于海洋，就像农民对于土地。农民们生生不息地春种秋收，向土地索要口粮时，并没有忘给土地必需的肥料和水分。然而，人类对于海洋，虽然也在霸占和掠夺，却没有给她像土地那样的营养与呵护。我们许多人都认为，海是取之不尽用之不绝的宝库，而根本不去在意她的健康！

不由得想起电视上的消息——渤海湾出现了“赤潮”。

就在我的家乡营口，人们最爱吃的海梭鱼，由于受机帆船的污染，不管怎么洗怎么做，吃起来都有一股柴油味儿。

我的弟弟早在几年前就卖掉了船。

涨潮了。蓬头垢面的海挣扎而起，歇斯底里地号叫着排斥着人类往她身上丢弃的垃圾。她努力地，不惜一切力量把那些垃圾推上岸，推上岸。就像一只掉进漆桶的猫，一千次、一万次地用舌头清舔着身子。那样子让人看了心酸。

愤怒的海呀，悲伤的海呀，真的对不起你！

我撩起裙子，轻轻坐在海的面前，想用这默默的忏悔来安慰我这昔日的朋友。海，她懂得了我的心思，她扯起夜幕，掩面大哭，当着我的面，当着她昔日朋友的面，毫不掩饰，毫无顾忌，令人心碎地号啕大哭。那飞溅的海泪，一次次，一次次，打湿了我的眼睛，打湿了我的衣襟，打湿了我的心……

选自《散文》1999 年第 12 期

鹤魂

（香港）韦　娅

她是来自大地的鹤。她飞翔，因为她热爱，她沉寂，因为她欢喜。她是天地间的不安的灵魂，她是大自然跃动的精灵。

可此刻，飞翔已成为她往日的情节。蓝天在她眼前飞快地旋转，白云在她羽毛上痛苦地翻卷。她的翅翼扑打着，发出悲恸的哀号。

胸前，刚刚穿过寻欢者射出的子弹。

她多么不愿意、多么不愿意下坠。风飕飕地在她耳边低唤，白云为她拭去惊慌的汗水。可她分明在下坠，身不由己。

让她停留吧，让她寻找清静的湖泊、她故乡的芦苇丛。

辽阔的天空里，她如一片冬日的雪花，凄迷地飘落。薄雾哭了，泣出一片雨雾，阳光不忍了，躲进哀伤的云层。

她开始怀念水湄之上的恋歌，思念平静如镜的往昔。哀伤伴着绝望撕扯着她的心，记忆如秋日残败的落叶，美丽的往事纷纷凋零。

她飘落着。

前面有烧毁的林木，身后是淹没的村庄；山地里奔走着哭泣的生灵，江面上飘浮着污染的泡沫。什么时候开始，这天空不再湛蓝，这雨水不再清润，这土地越来越少，这森林愈来愈疏。辛劳的农人踩亮了每一个清晨，却走不出贫困和不幸；珍禽奇兽躲过了悠缪的天灾，却未能躲过蛮野的人祸。

渐趋澌灭的难道仅仅是白鹤吗？

她愿最后一次轻盈地舞蹈，让善良与美丽再一次呈现人间。持枪的人，你黠慧的眼睛为何阖上，你的手心可曾颤栗？山脚旁炊烟下那惊呆了的女孩子，你可否肯竖一方小小的墓碑？

她渴望停留，渴望一双有力的臂弯，将她承托。

她苦痛，她挣扎，她舞蹈，她悲吟。

多想展开她的翅膀，飞向清新的天空。前胸已染成一片灿红，浸透着一只鹤深情的牵挂；鼻翼微微地翕动，喘出她最后的气息。一滴滴血带着她的悲咽与哀矜，燃成一片思念的红霞。

她听见草叶们伤悼的哭声，听见空山长长的祈祷：覆盖她吧，天空！还有大漠，还有沼泽。让一朵柔弱而美丽的灵魂安息。

苍茫大地，只遗下几片殷红，几声空怅的回音。

选自《散文》2000年第5期

油 画 树

晨 义

布满裂纹的石榴树

秋天裂了。秋天的裂纹粗壮美丽,像丰乳冲破了衣衫。

布满裂纹的名榴树,站在深秋的画框里。

秋日摔碎在远处的石榴树上,红一块青一块黄一块,血肉重叠,肝胆涂抹,奇美不可收拾。纤枝疏叶间,一只只轮廓端庄的石榴,幻化成光彩流射的鼎炉,灼伤了摘取的手指。遥想那时,鲜花的红颜燃过,烈日的赤心烧过,季风吹拂,阵雨拍打,此刻紫气袅袅,炼出了真金纯银。不忘记的,还有你一瓢井水浇在树根,其实那是最干的柴,让她昼夜沸腾。

秋月起来,照着石榴树,照着青硬的枝叶,照着枝搓叶摩的铜皮石榴。石榴的脸颊棱角清楚,俊朗优雅,不似苹果的浑圆。透过曲折的裂口,月光为不甘虚度的佳果注入生命的精华。秋夜风清,吹动一树的沉重。炭火熄灭了,爱在冷却中一一凝聚。

一只石榴在手,秋色盈握。咔嚓掰开,珠玉蹦跳,一片灿然。哦哦,这多珠的贝壳,捧的是沧海之月;这滴蜜的蜂房,盛的是碧天之露。

布满裂纹的石榴树,这伤痕累累的人,开始诉说一切。他掀开秋水,露出河底的沙粒。

山腰一抹柿红

石青白，草苍黄，但山腰一层浓艳的柿树，如颊上添毫，笔色传神，横腰抹断秋山的萧然。

柿叶油亮如涂了蜡，热烈而凝重。叶底柿子透红玲珑闪烁。

走近了看，树身不高，却形姿秀拔，冠盖繁华。树皮是细碎如鳞的裂块，易于攀爬。有人抬手一指，远处一株叶子凋零，只剩柿子挑在枝头，真似黑夜的灯笼。

上树摘下几只，生硬沉实。等它熟了，会像善良心灵，柔软而甘甜。一如核桃熟了，像智慧的思想，坚硬而芳香。

山是硬的，却因这柿树摆出了软软的腰肢，妩媚动人。

人之一生，希望不要缺乏精彩处，哪怕是一段别样的记忆。

雨瓦青青

下雨了，下雨了。诗人放下笔，出门寻找诗意。一片低沉的青瓦，激起了阵阵烟尘，让人联想起琴瑟之类。这大概就是灵感。

而他并不知道：雨瓦之下，却有一张忧郁的脸，一颗惆怅的心。一片旧瓦裂了，屋子正漏雨。必须爬上屋顶，换一片新瓦。

青瓦，出自泥土，经历了火与水的洗礼。青瓦身体单薄，似不堪一击，却最敢直面风雨。青瓦容颜浅淡，绝无粉脂气，却一生不变脸色。青瓦有棱角，有分寸，可以碎折，不可以弯曲。

这一片青瓦，恰如古砚，写干写湿了多少春雨？郁香难解散。这一片青瓦，又似树叶，吹来吹去了多少秋风？青春不枯落。

苍穹之下，这一片青瓦，更是一片光滑的脊背，任烈日与冷月的双轮辗过去……

仿佛鱼的鳞片，剥掉了，鱼会死去。仿佛鸟的羽毛，拔掉了，鸟会死去。这一片青瓦，正是屋舍的鳞羽，毁坏了，房子会倒塌。

青瓦很简单，且卑贱。但青瓦却高过众人。你不可轻看这一些青瓦。每一个人，都要把青瓦举过头顶，表情严肃，内心虔诚，像举起一面神圣的旗帜。青瓦是人生的铠甲，为你抵抗侵犯；是家室的衣裳，为你遮盖羞耻。一个连一片青瓦都举不起的人，多么惭愧！

青瓦不会像一片流云，离你而去。

雨瓦青青，那里有一片美丽的生命。

选自《散文》2000年第6期

树名皂荚

晨　义

山风清新，因那美丽的皂荚树。

烟花三月，出城向西北行，踏青数十里，到达陶山。陶山多洞，其中最妩媚的为“西施洞”。相传越国上将军范蠡辅佐勾践灭吴之后，浪迹萍踪，携西施隐居此地。从史料记载和当地文物上看，范蠡来陶山应属真实。至于越女西施的伴随，多为后人有意“着色”。洞以美人之名称谓，更是一种浪漫的虚构、民间的志异。山中有佳人，游情自然多。可惜我们不熟地理，浅草染青了鞋，仍没踏出究竟。满眼山色斑斓，独不见美人所在。也罢，留一个悬念在苍苍峭壁，让难收的心再来神游。

下山路过石头小村，坐在碾旁歇息，只见井边树底，几个村妇正低头捡拾。树有三棵，青芽才吐了一半。

“她们在拾什么？”

“拾皂荚。”

“皂荚？这是皂荚树呀！”

皂荚虽非名树，却心仪已久，今日真是巧遇。我起身走过去，也跟着寻找。皂荚紫黑油亮，形如刀鞘。轻轻一摇，只听里面的豆粒哗哗作响。抬头看，枝梢还垂着零星紫荚。这是去年未落净的秋意。从前，人们把皂荚捣碎，用来洗衣裳。皂荚去污力强，无副作用，且有一种特别的香气。它似乎天生就为此而活。万物各以其存在的理由，证实着造物的完美。遥想西施当年，可曾拿这皂荚，去溪边浣纱？拍拍树干，皂荚无言。透过树枝，看见的是支离破碎的天空。这正仿佛历史，后世的望眼无法看得完全。物移人非，几卷脆弱的残页能留住多少？其中真伪又如何细论？“大江东去，浪淘尽千古风流人物。”泛舟赤壁的苏子有此同感，不禁酒酹江月，慷慨咏叹。谈到历史，大地才是真实完备的史书，可是大地默然不语。一把泥土，谁能分辨英雄骨与美人颜？“江山如画，一时多少豪杰！”历史是一件衣裳，无时无刻不经受磨损。越到后来，剩下的越是结实的部分。一次次的磨洗使它单薄，却夺不走其本质。

选自《散文》2000 年第 10 期

秋夜西子湖

林雯震

《冷庐杂识》云："天下西湖三十又六。"但人们耳熟能详的，总只是"水光潋滟晴方好，山色空蒙雨亦奇"的临安西湖和"垂杨不断接残芜，雁齿虹桥俨画图"的扬州瘦西湖。然而对于榕城人而言，谈起来如数家珍的，却莫过于"烟雨偏宜晴更好，约略西施未嫁"的三山城西西子湖了。

记得与西子湖初晤时，我总嫌她过于小，不消半日工夫便可以一览无余，名胜古迹掩映在绿荫湖光之间，亦过于松散。

闲暇之时又游了几次西湖，或是沿着西湖岸边向着彤红的朝阳小跑，或是在柳树影里披着如水的月光漫步，再有便是在"雨婚烟嫁"中泛舟湖上，同是一个湖，却给了我各种不同的感受。我慢慢地了解着这个"水际风光翠欲流"的湖，细心地发现着她，回味着她。此时，我已经完全否定了过去的见解。如果说临安西湖是有口皆碑的大家闺秀的话，那么三山西湖自然就是当之无愧的小家碧玉了，而她的松散，正是她的精髓所在。

秋风萧瑟，月上中天，我披上外套，来到湖畔。盈盈皓月如水般的清辉已经洒满了大地。空气中弥漫着夜的香气。我仿佛听见了月光流动时发出的细微的声响。再看湖面，在三株翠杨陪伴下的湖心亭，仿佛披了件银白的轻纱，如梦如幻，俨然一个风韵绰约的仙女。一切都像梦境，亭桥楼榭呈现出简洁而优美的轮廓，还有那横卧于湖面上的玉带桥，定是玉女不慎失落凡间的腰带了。谢坪屿上的绿树，高矮不一，错落有致。《西湖晚泛》云："十里柳如丝，湖光晚更奇。"今夜亲见，果然不假。

载着月光的湖水静静地流，凡尘俗世的烦恼也悄悄地沉入了湖底，而西湖在夜色的倩影却始终在我的心头荡漾。

选自《散文》2000 年第 7 期

山　影（外一篇）

方　叶

不知你喜欢不喜欢，淡淡的山影是我生命的一种底蕴。

童年的江南小镇，坐落青山环抱之中。攀山越岭，自然成了山里野孩子的乐趣。记得每次争先恐后气喘吁吁登上小镇的后门山，那高远的蓝天下，重重叠叠、层层而去的山影，总让我们睁亮了惊喜的眼睛，常常是久久地如痴如醉地眺望着，遐想着。

山影无疑是一种美，一种宁静无言的美。山，无论它多么崔嵬高峻，峥嵘峭拔，可山影永远是灵秀而含蓄的。它略去了岩崖的怪异，树木的苍浩，峡谷的艰深，溪流的飞湍，略去了众多的繁文缛节，只留下简洁清奇的神姿，生动飞扬的灵气，默立于天地之间。因此，山影只合在晨光熹微，在夕暮余晖，在淡淡云岚雨雾，在清朗的月色中，远远地去观看。这时，峰愈奇峭，崖愈峻拔，谷愈幽深，映照出的山的轮廓也就愈潇洒多姿。我曾经领略过雨中的桂林山水，云海苍茫的黄山，烟雾蒸腾的匡庐，暮霭溟蒙的青城，那些高低错落，参差孤峭的青峰峭岫全都演幻成一座座紫晶的屏风。比之庞然实体来，淡淡的山影显得更加空灵，超脱。那份宁谧，那份幽远的韵致，真让人如啜饮清泉，一下涤净了心头的尘俗。

古往今来，人们游历山川，除了欣赏大自然的秀美风光，获取履艰越险的快慰之外，更多的是为了让自己的心灵与静美的山水相洽相融，排遣胸中的郁结。而山庐梦影，既真实又缥缈，既可亲可感，又可寻可思，理所当然是高人雅士抒情写意的最佳具象。看唐代诗人笔下的山影何等瑰丽多姿！“黄河远上白云间，一片孤城万仞山”、“青海长云暗雪山，孤城遥望玉门关”，在边塞诗人高适、岑参、王之焕、王昌龄的眼中，山影是多么苍凉、壮阔和空旷啊。但为了边关的安宁，“不教胡马度阴山”，征夫守卒们奔长年累月，甚至一生都在那里浴血苦战。苍凉的山影烘托出的正是诗人那博大胸襟和壮美情趣。而诗仙李白跟他豪放落拓的性格一样，他笔下的山影却充满了浪漫、神奇的色彩。“天姥连天向天横，势拔五岳掩赤城”、“我欲因之梦吴越，一夜飞渡镜湖月”，诗人用一种震天撼地的笔力，道出了对美好理想的追求和对自由、光明的向往。作为山水大诗人大画家的王维，原本就倾心于凄美的风光，经历了安史之乱的波折，更加看破世事，觉得功名利禄，不过是过眼烟云，不值依恋，手是，他平静地走出金碧辉煌的皇宫，走出浑浊的世道，投向佛寺和大自然怀抱，把自己的身影彻底地融入浓浓淡淡的山影里。无论置身于“空山新雨后”，还是“独坐幽篁里”，也无论品味“山色有无中”，还是聆听“深山何处钟”，山影勾勒出的是他那种怡然自得，超凡脱俗的心态；行行句句，无不充满了清幽恬淡的禅意和孤寂深远的意趣。

人们对于山影的喜爱，纯然是精神上的快乐和抚慰。“少无适俗韵，性本爱丘山”的陶渊明，辞去归来，在寻常的山中采菊，种豆，除草，饮酒，写诗，抚琴，悠远的山影雕塑了一位高洁伟岸的形象。同样的，敬亭山也并不孤高绝寰，而李白照样“相看两不厌”。个中奥妙，是敬亭山的山影里栖立着诗人那种“众鸟高飞尽，孤云独去闲”傲然不羁的心曲，以及对趋炎附势、溜须拍马时尚的轻蔑。尽管敬亭山的山影并不巍峨奇峭，却历尽了千载而不朽。

对于讲求写意畅神的中国水墨画，飘渺空灵的山影，更是不可或缺的意境。从王摩诘破墨点染的《雪石图》，到董源平淡天真的《夏山》，从米芾意似便已的《溪山雨霁》，到石涛恣肆苍莽的《黄山八胜图》，我们读到的自然不仅仅是峻峰云岭，松石板桥，茅舍僧寺，透过那些淋漓酣畅的笔墨，更可以窥视到孤拔豪迈的心境和活跃通脱的灵气。静穆的山影看似平常，其实情长意浓，意境邃远，深深烙印着画家们审美情趣和理想情操。

而山民樵夫、僧人隐士，他们蛰居林野，与山影相依为命，甘于过着简朴、清苦的日子。像李叔同，从一个良迹于歌台舞榭美人骚客间的贵胄公子，转为破钵芒鞋的苦行头陀，这种转捩超越的人生经历，世间又有几人体验过？面对飞来峰、清源山寂寂的清影，在贝叶与梵唱中寻找智慧，把自己熔铸成一位拔俗孤高、耿介高洁的法师，是性灵的醒悟，是山影的感召？

许多年来，攀山涉水，深入林谷，山影始终是我一个无法走出的梦境。我知道，悠远的山影并非虚幻，更非死寂。在它森浩的襟怀里，有凌云的峰崖，有壮巍的树木，有灵动的溪泉，宛转的鸟语，有数不清清纯美丽的花草，而山影把这一切拥入自己的怀抱，相济相融，酿造出自然界的一种大和谐，大完美。常常沐浴在这种宁幽净洁的氛围中，人自然会渐渐变得神怡意远起来。

小　桥

横在山之陬，水之滨，卧在江南烟雨里，北国迷茫风雪中。

无论石拱的，木架的，无论藤编的，舟浮的，简素、玲珑、野朴，永远是小桥的品格。比之现代的长堤大坝，小桥没有宏丽的桥头堡，没有高大的石礅跨梁，甚至连雕龙绘凤的栏杆也常常略去。就那么简简单单，潇洒出尘的“一”撇。

然而，这一撇，曾经跨越了多少危崖峭壁，急流险滩，茫茫岁月，给行路人带来希望和信心，向着遥远的彼岸不停地追索着。我们的上古祖先，从“鼋鼍以为梁”开始，就不断把各式各样的小桥凌架在潺潺溪流上，高耸于峡谷断崖之间。《诗经·大明篇》有“亲迎于渭，造舟为梁”的记载，史记中多次提及春秋战国至秦汉年间，在江流湖山间造桥，以适应跋涉、战事和农耕的需要。世界上许多东西往往不以大小传名，一些庞然大物不是转眼就灰飞烟灭？桥亦如此，小桥可以享大名。西安的灞桥，赵县的安济桥，苏州的枫桥，都不过是方寸桥梁，千百年来却一直伫立在人心，铸入了唐诗宋词元曲而流芳百世。

小桥是一道凄美的风景。那瘦骨伶仃的支柱，那宽宽窄窄的桥板，临水兀立，幽独而自怜。是谁骑驴过小桥，独叹梅花瘦？又是谁小桥人独立，望尽天涯路？

自古以来，桥头就是折柳送别的最佳所在。在那细雨洒尘，柳色空蒙的渭城早春，唐代大诗人王摩诘在灞桥头与友人依依相别了，“劝君更尽一杯酒，西出阳关无故人。”这似海的深情，不仅让桥下的流水为之动容幽咽，以致百代之下依然令我们仰慕不已。桥头送别自然少不了夫妻恋人的倩影，最典型莫过于西子湖畔断桥边的白娘子与许仙，这一对仙凡结合的恩爱夫妻，一见钟情却又好事多磨。当他们经历了生生死死波折，又在断桥头相遇时，多少情仇爱恨交织心头！历尽人生坎坷的南宋诗人姜白石过垂虹桥时诗兴大发：“自作新词韵最娇，小红低唱我吹箫。曲终过尽松陵路，回首烟波十四桥。”小桥，演绎了几多凄切曲折的人生故事。

然而，小桥上伫立最多的应是无尽的离愁吧？千百年来，那些商旅行客，为了生活，奔波劳作，他们常常在鸡鸣声中背井离乡告别亲友，踏着冷月寒霜赶路，跋涉于险山恶水，跨过一座又一座村野山间的小桥，一步一步向目的地迈去。“鸡声茅店月，人迹板桥霜”、“寒树鸟初动，霜桥人未行”。板桥，霜桥，在这里是交通工具，也是一种乡愁的具象。而马致远的秋思小令，更是道尽了天涯游子凄苦情怀。在夕阳下的古道上，一匹瘦马驮着孤独的远行人，迎接他的是枯藤、老树和昏鸦，溪上横架的独木小桥，和桥边散落的人家，于苍凉中透露出生活的暖意，于静谧中显示出水乡村居的生机。小桥流水的幽雅环境和安居其间的人家，而自己的故乡却还在山重水复迢迢远方，不正衬出旅人的奔波不定，以及由此引发的羁旅愁思？

当然，小桥还是一种闲适与静远。你看那位归隐诗人，每天一大清早，总是在一片鸡鸣狗吠声中醒来，青竹笠绿蓑衣，推开柴门，走过小木桥，去南山种豆，拔草，采菊；而当他带月荷锄归，又在桥下清且浅的溪水里濯足，洗去躬耕的汗尘与劳累，洗出一腔旷达的胸臆，然后邀邻呼友，或斗酒吟诗，或手挥五弦，目送归鸿。小桥载着他陶然自乐的心境，载着他不为五斗米折腰的傲骨与气节。

选自《散文》2000 年第 7 期

山中听水及鸟

瘦 谷

昨夜宿无电无水的天子山庄，四月的南方山中雨夜仍然春寒逼人，我们三人围坐在火炉边，在红红的木炭的映照下，漆黑的房间中，只有我们三张脸红得像三张彩色页片。我在别处从未见过这种火炉，四四方方的，小方桌那么大，高不足半尺，湘西人称之为火塘。这种火炉大约是湘西独有。在火炭燃烧散发出的松木之香味中，我们的头发和身体都向外冒着一缕缕乳白的雾絮，那是我们一整天都在雨的山中游荡的缘故。这山雨雾气在我们的身心中留下了接受大自然洗礼时的记忆，带走了我们在尘世的污染和俗气。

刚醒来，我就听见了鸟叫。我拉开窗帘，推开窗户，看见无数的鸟儿在红色的朝暾中穿梭飞翔，歌声婉转。我差不多能看见它们的眼睛，在天空中飞翔的鸟儿的眼睛使我想起夜空中美丽的流星。

武陵源中，水声四处可闻。金鞭溪上有一瀑布，名“鸳鸯”，堪称一处风景。两股水流从高高的断崖处跌落下来，雾化的水流白纱般飘荡而下，那么柔软的水却发出訇然的轰鸣。我站在瀑布之下，沐浴着这细如烟缕的水沫和动人心魄的声音，久久仰望着水奋然跃下的断崖，望着断崖上那道时隐时现的虹霓，虹霓后那明亮的天空。那是水涅槃的圣地，在这之前，水躺着，像是地上缓缓流动的梦幻。而在此处，水义无反顾地纵身一跃，即使粉身碎骨也要挺立起来，发出它们一生中最大的声音。真的，人在瀑布这种水面前，会感到一种人格的力量，而不是那种与女人连在一起的古老的诗意。

离开鸳鸯瀑布，我仍不时回过头来遥望它的身影，它那巨大的声音跟随我们走了很远。

如果说瀑布是儒家为了追求人生的辉煌，为了兼济天下，为了功成名就而入世的话，那么山涧溪流则是道家无为而为，"生而不有，为而不恃"，"情欲寡浅"的出世。我是一个俗人，既无勇气又无才气，而只能"临渊羡水"，钦佩瀑布的勇毅，欣赏溪流的本色平淡。其实，即使是缓缓流淌的的溪流，不也是绚烂之极之后的平淡么？

那个傍晚，我独自一人从简陋的旅舍来到屋后不远的溪边，坐在溪边被季节的水流冲刷得光滑的大圆石上，听任溪水那平静中娓娓的声音浸润我的身心。清澈的水流滑过一个个大大小小的鹅卵石，拂起石上绿绒般的青苔，黄昏闪闪的波光中，我不能分辨溪流的何种形态发出了何种声音。

夜幕逐渐垂临，四周已一片昏暗，只有我眼前的溪流仍漂荡着明亮的暮色。那一刻，我感到这明亮的暮色有着一种不可言说的奇妙的凄清。清澈的溪流在我的眼前流过，其实也是从我的心田中流过，记不得是哪位作家说过了，他说，倾听山中水的清音能够纯洁混杂的心灵。

月亮轻如小猫之爪的双手不知什么时候搭上了我的双肩，我仍然坐在溪边那个被岁月冲刷得布满时间的沧桑的兀石上，听水，望月，那山间的古寺传出的磬声听起来是那样的清淡和悠远，在这山谷的上空初夏的月亮独自清寒。我知道，这深谷的水音，在这静夜中仍然不息的水音来自像我身下这样沉默的石头，山中的溪流以水为琴，以无言的山石为琴，以月影为琴，夜夜轻诉，不绝如缕。我想，在我匆忙的人生中，我一定会再次来到这里，坐在缘水而生的石上，在溪边披月而坐，听这因石而歌的水音，让我清癯的身影与这深谷的水音一起，随波呢喃并相守通宵。

可以这么说，每一个在山中的夜晚，我都是在水声中枕水而眠，并安然入睡的。在我的建议下，我们总是选择有水绕行的客舍居住。穿过月光的水声听起来总是那么清晰，白日时浑然一片的水声在夜里却是那样的层次分明，像多声部的合奏，像管、弦、键诸类乐器天衣无缝般的交响。但在山中的早晨，水声总是让位于鸟鸣，鸟声穿过水声，把我从梦中闹醒。醒来的我总是安静地闭着双眼，懒在床上，专心地用自己所有的关于鸟声的知识和经验，妄图通过鸟的鸣声来点数屋外的天空飞翔着的那些鸟，或者凭着自己的想象，去听懂各种不同的鸟鸣的意义。我知道，孔夫子的乘龙快婿，那个叫公冶长的人善解鸟语。其实，我想，鸟的鸣声对不同的人来说应该是有不同的意义的，否则公冶长为什么不给两千多年后的我们留下一部《鸟语词典》呢？

我不喜欢城市中的鸽子。大约鸽子只能算是城市人豢养的寄生之鸟，所以它们没有歌唱的才能。鸽子咕咕咕的叫声让我想起我童年的饥馑生活。那时候的我总是吃不饱，还没到吃饭的时间，肚子就咕咕咕地叫个不停；所以我说，鸽子的叫声就像人类饥饿时肠胃的抗议。

我甚至违背鸟类科学地想，之所以鸽子不会唱歌，是因为它们总是待在城市之中,听不见别的鸟们的声音,就像天生的耳聋者没有语言能力一样——没有学习和模仿,本来的潜能也会丧失。

在我生活的城市听不到自然的鸟鸣，也看不见自然中的鸟。在没有办法的情况下，我只好带着我的小女儿去到公园的笼前看那些可怜的被人囚禁的小鸟。那样的鸟鸣在我听来，就像是鸟的抗议，或者说是鸟为了讨得主人的欢心而放的嗲声和鸟儿为了生存不得已的表演。现在,要想听见清脆的,在天空或在树丛中自然的鸟鸣,就只有到大山中来了。

山中的鸟只有害羞，没有防范。一些调皮大胆的鸟就停栖在我居住的旅舍的窗台上。它们在窗台上悠然地踱着步，或者鸣叫着飞起，划过一个不大的圆圈又很快回来。它们的眼睛是那样的透明晶莹,那样的多彩,让我想起山中早晨阳光穿过身心的叶尖清露。所不同的是,阳光在露珠中停留回旋,漫射出五彩的光环,耀人眼目;而鸟的眼睛却像清泉洗过一样纯洁和平静,没有逼人的视线。如果我们和鸟儿相视,我们除了微笑,不会有别的表情。

漫山遍野的鸟鸣,满天空的鸟鸣,清脆的、婉转的、嘹亮的、圆润的鸟鸣,长声的有六七个音阶长,起伏回旋,短促的却只有一个音阶,但听起来却毫不单调,给人一种快人快语的感觉。没有污染的山林给我们保留着这份难得的音乐的早餐。我想,如果我们的眼睛可以看见声音的轨迹,那山中早晨的天空就是璎珞编织而成的美妙的天空。

几年前，我去过河南信阳的南湾水库，那个极大的水库中有一个小小的鸟岛。岛的四周全是清澈的水，远远的，驾船的人就熄掉了响声巨大、燃烧不良、总是冒着黑烟的柴油机。那一刻，风平浪眠，四周是那样的安静，鸟的声音传过来，是那样的清晰可闻，那样的清丽动听，就像是被环抱着它们的水洗濯过的一样。我甚至觉得，我脚下的船、船下的水都是因为这些清纯的鸟歌而轻轻摇动的。

安静的船依靠惯性靠拢了鸟岛。我跨上岸，独自一人朝林中深处走去，然后坐在了林中潮湿的草地上。我闭着眼睛，期待着自己能在那短暂的时间中沉入梦乡。我实在不知道，我的一颗有着不少妄想而又有着不能消除的倦意的心，能不能在那一刻停靠在鸟们以天籁为语的净岸。

在那样的静坐中，我忘掉了语言，甚至差点儿忘掉了和我同游的朋友，忘掉了归程归时。我在岛的中心，树林的中心，鸟歌的中心，围绕着我的身心的是阴凉的树林，围绕着树林的是鸟的歌唱，围绕着鸟的歌唱的是清澈白亮的水。

那么多的鸟，那么大的鸟在我的头顶飞翔，从树的枝间飞起或者落下，毫不害怕像我这样来到岛上“观光”的陌客。飞翔的鸟的翅膀不断把云影扇落到我的身上，我动也不动，甚至说不出话来，坐于鸟歌之中，我只能发出喑杂之声的声带，哑默而浑然不知。

后来，我睁开眼睛的时候，看见一只白色的大鸟悠然地在我的身边踱步。我想，百年听歌仍无琴相随的我，在它的眼中，可能只是这岛上一块瘦削的石头。

选自《散文》2001年第1期

智慧的蜻蜓

马　温

那只蜻蜓是绿是黄，还是红得像仕女的唇呢？

它点着水，悬空的身体像小型海马。点水的姿态是俏丽的。清粼粼的湖水，圆溜溜的碧翠的荷叶，粉白的因此而显得边际不清的荷花，一朵两朵——其实也只有一朵两朵，像躲在古柏修篁下看禁书的隐者。点水的蜻蜓就是在如此秀丽的环境中，一心做着自己的工作。后来我们查书，确认蜻蜓的工作无比重要。

一只灰色的水禽，好像刚从宋徽宗的扇面里走出来，见到小艇，翅膀一耸，细伶伶的长脚一蹬，就飞上半空。水禽的腹部是白的，但白得柔和，白得起烟，白得极有年代。这有了年代的腹部映在湖水里，一点一点的．既连贯又不连贯，好像那个画扇面的男人，画到缠绵不解处，微声的一粒叹息，把画笔里的水彩有气无力地甩落丹墀。小艇里的人抬头看，水禽已经逝入楼台的翘檐。铜铃适时地响了，因为鸟儿刚刚飞渡。再低头，湖面那串连贯又不连贯的颜色，已像皑皑白雪，化得无有了踪迹。

无风，也无雨，是个晴朗的日子，就是不爽朗，不大气，是一张揉旧的画片。陈旧的一片天悬于我们的头顶。朵朵的秋荷旁，小艇徘徊复徘徊。并没有遗失什么，并不要寻找什么，却分明有一种欠缺，一种虚缈，无可奈何天的怅惘，找不到一样东西来充塞，也找不到一样东西，擦拭掉怅惘和起烟的五官。人是飘飘和浮浮，小艇竟意外地沉，像被千斤的铁锚系泊，停在哪儿都不再动，我们却只说，是无风的缘故哩，荷不摇，藕不显，莲蓬垂低着头。远远的桥上有没有看风景的诗人啊，看湖上的艇、艇上的人，一定不怎么新鲜。

我们望着我们，很像沧海望着桑田。古老的东西相望，已经无需言语。就像那只类似海马的蜻蜓，它就是庄重地做着自己的工作。然后它飞走。说不清颜色的蜻蜓会选哪一支荷叶、哪一瓣泥土休息呢？

不知不觉间，湖水已经多出许多内容。你不亲近湖水，会以为入秋的水面正日益萧索。生命不仅是蓬勃的，生命更是坚忍的潜伏和调皮的转移。灵性的物种一定具备此种智慧，仿佛智慧的一只蓝蜻蜓，它不会对田田的莲叶叙一个字。降、灭、来、逝，于蜻蜓都是极乐。极乐是静默的，极乐已不需要点染。哪怕点染的是婉丽的诗行，哪怕点亮的是西窗的绛烛。烛光里的双影，摇摇的.辨不清虚虚和实实。巴山夜雨，涨满的秋池，和唐朝一样邈远啊，远到青青的天边，天也变成淡淡的白，可怜疏冷了剪烛的刀锋……

选自《散文》2001年第8期

窗　外

陈所巨

窗外飘着小雪花儿。雪是花，水的花。惟有雪这种东西真奇怪，偏在寒冷中开花。雪花是素洁的，纯情的。如今这世上纯洁的东西已不太多，雪花儿是不是也被污染了呢？几株年轻的水杉默默地站着，皮肤显得粗糙，不怕冷的孩子，在这样的冬天竟然如此的一丝不挂。

我知道已是冬天的末尾，要不了几天，春天就会站在窗外，如一个略带羞涩的孩子，他(她)的微笑是美丽的，同样也是纯情的。那时的水杉树就会披上一晕儿若有若无的淡绿，就会也显出一丝羞涩来，不似在冬天里装扮出那份一丝不苟的严厉。鸟鸣也会洒下来，像一滴滴透明的雨滴。鸟鸣是鸟的语言，鸟的歌。我曾经试图破译它，弄懂它，如果能够做到，我便能与鸟们交流了，但事实证明我是白费心机。我甚至觉得鸟也在讥笑我，讥笑一个傻乎乎的诗人的异想天开。

我听见鸡鸣和狗吠，这是人烟的象征，也是古往今来乡村生活的象征。我的窗外先前是一片水稻田，水稻田的那边是一个不大的村子。后来城市漫过来，将稻田吞食了，将村子包在了中间。也就是说，水稻田消失了，村子还存在，连同他所有的风俗与生活方式都完美无缺地成了城市的一撮腊肉馅儿。我便依然听见鸡鸣狗吠，也听见那种乡村方式的喜笑怒骂和一些乡村味的声息。

我记得这一生曾经主要有过三个窗子，第一个是个很小的木格窗，一个两尺见方的窗框，中间是五根有些弯曲的竖直的窗棂。从春天到秋天，窗户是敞开的，到冬天就糊上窗纸，或者在窗棂的缝隙间塞上稻草，用以挡住寒冷的北风。那是间土坯墙的草房，隔壁是间牛栏，牛咀嚼和反刍的声音不时地从土墙的缝隙钻进来，牛尿的臊气也顽强不息地钻进来，弥漫在我的梦中。窗外有一丛形状怪异的猫爪刺，小夜和黎明都黑黢黢地蹲在那里，似一只兽。总之，窗外有风有雨有那种纯得不能再纯的阳光，有我整整的一个童年。

第二个是个木格的玻璃窗，在那栋房子的二楼，朝北，窗外是一条略有些弧度的小巷，巷子两边是鳞次栉比的那种老房子的封火檐和粉白色的山墙，以及由许多人家所组成的市井生活。远处就是那条蜿蜒而来的山脉的青黛的剪影和一带灰蓝色的天。窗前，有一张三屉桌和一把木椅，我就是在那里将偶然袭来的灵感和灵感驱动下的往往被人们称作艺术的东西记在纸上。我在那里许多年。那叠纸在渐渐长高。

那是一个酷冷的冬天，我将门窗关得严严实实，在桌子上奋笔疾书。屋子里很暖和，因为火盆里燃着木炭。那是个美妙的环境，美妙得让人飘飘欲仙。这时候我看见明亮的洞穴和我已经故去的母亲，她打扮得十分美丽，也是飘飘而来。那种美妙无法形容，也是我不曾见过的。而我猛然地意识到什么，想站起来，却倒在了地上。我强烈地想起一个我爱的人，强烈地想念她。我便拼着最后的一点力气爬起来，用桌子上的石头镇纸捣碎了两块窗玻璃……我醒来的时候，看见了窗外墨蓝色的天空上，缀满无数像水洗过的灿亮的星斗。我逃过了那次“一氧化碳”中毒，没有死在那软绵绵的无限的美妙之中。我也感觉到了在重新获得生命的时候，一切竟然是那样的超乎寻常的美丽。

第三个就是现在的窗户，一扇两开的绿玻璃的铝合金窗户。窗外是一条尚未成型的巷子和那个曾经的村子。春天就要来了，鸟鸣似乎也带有春之气息了。窗外的院墙旁边有一株绿梅，已缀满数不清的绿珍珠一般的骨朵。窗外的春天已是隐约可见，屋子里却还是冬天。在冬天里遥望春天竟也有“望美人兮天一方”的感觉。在我面对墙壁，面对墙壁上那张地图遥望麦哲伦发现南美洲末端的那个海峡，或者遥想着在历史的纵深处的水天茫茫之中的那部声色俱厉的《离骚》的时候，就想着我的美人就在窗外了。

窗外有太多的东西，窗外有无限广阔的天地。难道说，我们的所拥有和希望拥有的一切的绝大多数不都在窗外吗？水杉树摇晃着赤裸裸的身子，那些小雪花儿很想钻进来与我说话……

选自《散文》2001年第11期

在雪天仰望果实

陈所巨

真想不出雪天里能有什么样的果实。仰望高高的树梢，那里除了打着忽哨的北风和冻得发青的树枝之外，就再没有什么了。但我仍然想象着，仰望着，期待着。太阳升起来，正好挂在树梢上，那就是我仰望之中的果实么？阳光冰一样透明，那种灿烂的明亮格外圣洁。我期待的季节和季节的恩惠为我模拟了庞大的收获，正像睡梦在某种场合模拟岁月的片断。我的仰望带着酸软的疲劳，而且被存在欺骗。而善意的欺骗往往比真实更让人接受。太阳和树，我和庞大的空旷，都被簇拥在某种能够谷忽和接受的善意的欺骗之中。我想起来了，有一扇不存在的门总在那里时时刻刻为我而开。

阳光歌声一样响亮，鸟鸣阳光一样响亮，流水鸟鸣一样响亮。空旷之中的声音，泥土之中蕴涵已久的声音，生命在冬眠和酣睡中飘逸而出的声音，以及停留在死亡之上依依不舍的声音，构成了一种响亮的韵、寒冷的韵、存在而最容易被人们忽视的韵。没听过这种神出鬼没、摄魂夺魄的交响，但我的心感觉到了。心是音乐的容器，它能够盛得下最庞大的沉默和喧嚣。

远山和冰雪让人望而生畏，却又心仪已久。我似乎是在走向它，走向真正的爱情和人生的归宿。爱情和死亡都是最崇高的。

水的语言坚硬而锋利，那是没有谎言的地方，那是火焰和灰烬很难驻足的地方，那是我净化自身、脱尽腐朽、婴儿一般再生的地方。

寒冷在我的血脉里，像一条山脉中寄生的泉水。

鱼群花朵一样盛开在激情和诗歌之中，所有的阴谋和诱饵在这时候失去作用。智慧的人们让泥土站立起来，展示真诚，阻挡可能存在的虚伪。一座积雪的桥，装点岸边的梅花，让寒冷愈加得意忘形。我的冰雪一样灿烂的名片，在角落里被你的真情融化成一摊苦涩。

雪落寒江，雪落它乡，雪落在陌生的院落或是心情之上。我说：让我成为花朵吧，让我成为果实吧，让我在心灵里为你留一片仰望的圣洁吧。

寒冷在我的血脉里，我是你雪天里仰望的果实吗？

扒开厚厚的积雪，就看见芽了。那些雪白的芽，灵魂和诗歌一样美丽，它们是积雪的孩子。漫长的冬天，是积雪呵护着它们的酣梦。啊！我的孩子，神灵和女人也会这样说。女人和神灵其实就是一个概念，他们都是伟大的。我的手有些感觉了，是血让它红润的，是雪让它一尘不染的，是在我胸中旋动着的激情让它洋洋得意的。

我的孩子，我竟然也这样说了，那些芽便欢笑起来，渐渐地吐出一丝碧绿。

回忆是酸的，那枚青果在潮湿之中保留已久。

雪天，鸟和我都容易迷路，也容易饥饿。炊烟缭绕的黄昏，我读着一本唐诗，不经意地看着梅花纷纷走过墙去。静谧是我唯一的可以充饥的食物。有谁能阻止我扪心自问？

语言撒落在风中，像种子撒落在黝黑的土地上。语言借风发芽，种子借土发芽。幻想和艺术的诞生地，我看见一千年的果实金子一样老成持重。播种者，农具的后面，是你和种子苍黑色的家园么？我语言的种子，从心的容器中耨下，冰雪的笑声，河流的笑声，我自己和风的笑声，涌起了一片松软的肥沃。我曾经拥有的高大和英俊，正在空旷中被重新描绘，幻想和艺术在诞生之中，那扇敞开的门渐渐闭合。

那些高耸的山峰，举着雪的果实。鹰和星星的栖息之地，拉开了与世俗的距离。啊！崇高，旗帜一样飘扬，山峰一样凛然。当一百个谜团被剖开的时候，智慧就成为人们最宝贵的财富。

被光线穿透的洁白和蔚蓝，被梦想穿透的遥远和空旷，被欲望穿透的隐私和谬误，被生命穿透的冷漠和荒凉，都在我的四周，都在我的心域和视野，被人格的光芒照射。果实，一个想象中的星球，在雪天，旋动更加精雕细刻的岁月。

在我的仰望之中，在我的等候和期待之中，在冰雪消融的时候，根找到了水，果实找到了依附，理想找到了冬眠的洞穴，虫子找到了产卵的树叶，信仰找到了虔诚，爱情找到了令人窒息的奥秘。悲哀和喜悦同时降临，历史和现实衔接得天衣无缝，长在树干上的眼睛目光炯炯。神灵，或者说阳光中手捧果实的母亲，立在高高的枝头和我的仰望之中。风的欢呼蔓延开来，水的微笑渗入更深的层次，我的欲望像一片越冬的麦地青葱可爱，积雪似乎看到了希望，它将以水的方式进入生命的甜蜜。果实，我们用明亮目光团团包裹的果实啊！那是这个世界的根本。

选自《散文》2002年第4期

在水之湄

程富康

一

平原上的河流总是缓缓坦坦。事实上，雨水丰盈之季才形成河流，在旱季，只是一线浅水和数米宽的河床。黄沙与砾石裸露在盛夏的阳光下，蒸腾的水汽是河流未远的灵魂。现在，这里是岸；而在昨日，还是河流的一部分。

站在这里，可以看见远处的渡口。渡口由仄仄的砂石路延伸而成，前沿已经伏在水里。有一株柳树歪歪地站在水边，水里便有了同样的一株。而在对岸，也站着一株柳。两株柳树遥对，此岸与彼岸就有了关联，人们选择了这种关联，来到水边，从此岸到达彼岸。

有一叶小舟，用缆绳扣在岸边石头上。不知是水在动，还是柳荫在动，小舟在树下有些摇晃，离得远，看不清竹篙与木桨。也许什么都没有，连摆渡的人也没有。

乱绳一样的小路从四野散开，在这渡口处打结，再到对岸去，再撒开。午后的田野阒寂无人，白色的水鸟就很自在，偶尔掠过水面，向自己的影子啼叫数声。

二

无人的渡口，河流一样在沉思。

河流也许是承载了太多的往事，沉默就是对往事的咀嚼与筛选。有一部分往事随泥沙沉入河底，另一部分则随河水流去。

蹲在河边，伸手从河中捧出自己的脸。这张脸湿淋淋的扭曲、变形，然后消失。河流缓缓流动，发黄的柳叶先落了下来，柳叶也许就驮走了那张脸。而袅袅的青枝依旧披拂，不知道这株柳与河流厮守了多久。也许河流并不曾流动，柳树也不曾荣枯、或是它们在重复着对话，只是被驮走的那张脸不再重复。

再伸出手去感受着河流细腻的触摸。河流舔着手掌，舔出了清晰的手纹。据说，每个人的手纹都是不同的。在河流的触摸下，这种区别更加明显。多少年了，各类的手纹不可计数，河流没有记下任何手纹，你无法在河流中寻找。也许已被水冲走，也许融入了水中，也许沉在了砂泥中。

一切都不再重复。无论是流逝了，还是融化了，都不再重复。

三

孔子曾在河流边说，逝者如斯夫。这时，《诗经》里美丽的河流已经远去。孔子之后，更多的人站在水边，他们看到的，不再是一条河。

《红楼梦》中说，天下的水终归一处。于是贾宝玉对水祭奠，临风落泪。而现在，眼前这条河很孤寂地淌着，两岸青草蓬勃，已看不到《诗经》里流淌的欢畅，也不见了孔夫子。河岸边曾有过衣冠如雪、慷慨悲歌，这都与河流有关；这些故事，不在这里发生，就是在这条河几千年前的上游，或者在多年之后的下游出现。

现在，这里什么都没有。

四

如果你要到河的对岸去，你必须渡过这条河。这意味着，无论你喜不喜欢，你都必须面对这条河。

河流从远处赶来，没有任何倦意。站在渡口边，与每一滴水相遇，然后看他们流走。河流也是在赶路，与你一样。只是河流很平静，它的涌动是一种韧性的涌动，而旅人们总是在渡口边焦灼地徘徊。

有几人能在河流边静坐下来，如同河边的一块石头？几千年，石头在寒暑中冷了又热，热了又冷，听着四时的风声恍恍如梦。坐在河边，细数水中纵横的水藻，青草与泥土的气息还有些《诗经》里的味道。在午后的阳光下，天空也澄净得如一块碧玉。四周静谧无人，摆渡的人还是没来。就在河流边，你开始仰视天空，你会发现天空也像是一条河流，沉默而宽容。

来到这里，或许不是为了渡河。渡口或许也并不存在。

选自《散文》2002年第3期

月光幻想曲

耿林莽

月光的美是画不出的。印象派画家莫奈有名作《日出》，而非《月出》。摄影、电影和电视也不行。音乐呢？贝多芬的《月光奏鸣曲》，阿炳的《二泉映月》，都是悠悠地传出了月光之情的。但毕竟只能勾起一点想象，终难有置身月光的视觉与触觉的感受。

秦少游《踏莎行》词曰："雾失楼台，月迷津渡"，一个"迷"字便摄住了月光的精灵。

阳光明丽、开阔，朗然现一派阳刚之气，却不免有些炙热与烦躁，月光就幽深了。遮遮掩掩，影影绰绰，宁静而悠远。进入月光，便被一种恍惚朦胧的境界所迷；这是我平日生活过的世界吗？我还是我吗？在人间，在仙境，还是在通往地狱的忘川或地下隧道行走？

阳光浴人躯体，月光荡人心魄，进入精神深处，引得离却人间烟火，如在梦里游，长久置身月光之中，人会"异化"为幽灵的么？这或与嫦娥有关。与她的孤独、寂寞、忧郁有关，与她的绵绵乡愁织就的悲剧氛围之网有关吧。

人们灵魂深处潜伏着一种梦思，一经被月光点燃，便"里应外合"地着了迷，身不由己，仿佛坐在一条船上，抑或摇篮中，晃荡着，颠簸着，飘飘忽忽，神志迷糊，完全被月光编织的梦境所环绕，所牵引，所左右。我害怕却又迷恋于此。对于月光，只能在想象中追逐，寄期望于一个“如梦的行者”，让他作我的替身，到月光中去飘忽、去历险、去陶醉吧。

月光是清冷的。水的青色，雪的微寒，且有颤颤的感觉隐约其间，像一角轻纱，一片叶子，或是失血的嘴唇抖动。月光的神秘性在于她似静犹动，在于她的孤独和不安，如同手指握不住的一支残烛，一叶信笺在抖索。而当她依附于什么，笼罩着什么，便与她难以分割地构成一种幽暗的黏合，幻化出万千种迷离之境来了。

寻梦者走着，走着，影子孤单，徒步向前。月光在村庄的模糊的屋脊之上，在匍匐着的庄稼地里，在井栏边，在场院的草垛，在深深的沟壑里暗暗流动。光与影此起彼伏，在河的波浪间如蛇影穿梭。没有车辆的路边，黑黝黝的大树，一个汉子在伐木。他挥起巨斧，一下，一下，披在身上的黑衣裳滑落在地，露出了壮健的肌肉、多毛的胸脯。月光给他的肤色镀上一层青铜的光辉、阴森而潮湿……

是吴刚么？伐木者的汗珠在月光里幽幽地闪烁。

寻梦者走着，走着，旷野无垠，前边有绵延的山岭逶迤。“淮南皓月冷千山，冥冥归去无人管”。他念着姜夔的诗句，一个“冷”字该是咏月诗的千古绝唱了。那些山岭全在月光中半隐半现，冷僻而高远，且有一座古塔倾斜，立体的月光从塔顶滑下，似有丝绸碎裂的声音相伴。

寻梦者仰起脸望月，试着攀上几级塔阶。他听见深山里有犬吠月，他听见远处传来了荒鸡的啼鸣。

一个平淡无奇的白昼又将来临，皎月如钩，月光在渐渐地消隐……

选自《散文》2002年第4期

雪　国

曾一果

我不喜欢冬天，冬天太冷，但我喜欢冬天的雪花，它一直飘在我的记忆中。小时的雪花很大，很常见，几乎每到冬天就会漫天雪舞，而且要好多天才会融化。不像现在很难见到雪，即使见到也瞬间就消失了，很让人失望。

通常是傍晚开始下雪，到了半夜整个江淮就变成了雪国。雪花纷飘之际，天地间总是很安静，在记忆中，连风似乎也很小，轻轻地带着雪花在天堂里跳舞。万物都和我一样沉默，我趴在窗户边，呆头呆脑地伸长脖子，静观雪花飞舞，有些雪花想和我说话，就钻进窗户。其实我不喜欢冬天，我很怕冷，脚总是冰凉的，母亲就在屋里放个火盆，我们把脚靠在盆沿，在火盆里放进玉米，拨些火烬盖上，不一会儿，就会听到"嘭"，爆米花从盆里跳出来，天堂好像被惊醒了，雪花便在爆炸声里飘然而降，晶莹透明，美丽而又多姿。

雪国里其实无事可做，晴天里还有人出来晃动，一家族人坐在堂叔家的墙头下晒太阳聊天，有别的村子人扛着铁锨从门口走过，也会被喊住，"歇息，歇息。"那人就会停下来，和大伙一起聊到晌午，太阳暖烘烘的照着，没有人愿意离开，但我还是喜欢下雪。

雪下得特别大，菜园里的大青菜都湮没之际，母亲也会许诺："雪停了，你们爱上哪里上哪里。"那时已有很多孩子在外面打雪仗了。雪一停，我和三哥就赶紧把小黑狗带出去，我们没有固定的事要做，不像大哥他们专门找红星打雪仗。我们漫无目的地在雪地上走着，打打雪仗，摇每一棵能摇动的树，让那些睡在树梢上的雪瞬间开出美丽花朵；我们倒着走，数雪上留下的脚印，或者看谁走的印迹更直。小黑狗则在我们的屁股后面蹦来跳去，在雪地上撒下黄灿灿的尿，追逐那些被雪照花了眼的慌张的麻雀。大人们有时也喜欢出来，他们的肩膀扛着乌黑的铁锹，见到灰色的野兔，"叭"的一下就拍死了。野兔有时很狡猾，身上盖满了雪，走到跟前都不知道。但这难不倒二叔，二叔每年要捉好多兔子，他扛着铁锹，在雪野里晃悠一圈，就会捉到几只又大又肥的野兔。

从屋后的树林里穿过，经过奶奶家门口，就走上了一条通往高埂的路，高高的田埂就在奶奶家的东南面，站在那田埂上可以望见整个村庄，包括每一家的猪圈和草垛。我喜欢站在田埂上，极目看我出生的村庄，雪后的村庄很美，比我许多年后看到的各种雪景画要漂亮许多，它是安静的，草垛和房屋被雪覆盖着，一句话也不说，好像和谁在赌气。它又是灵动的，炊烟在屋顶上空笔直的升起，仿佛要去天堂里找雪的故乡。田野里的人们和小狗远看去都是乌黑的，他们在雪野里移动着，野兔在田野里奔跑疾驰，二叔正举起手中的铁锹，"啪"。我听到了雪国的声音。雪融化了，和故乡一起融进我的记忆之中。

许多年后，人们一个个都离开了村庄，只有二叔还独守着，走掉的人都说："你二叔是村里最精明的人，偏偏是他还留守着几亩不赚钱的田地。"是这样，二叔在家族和村里的精明很有名，父亲劝了他好几次，让他不要死守几亩土地，靠几块地永远不会发财，可冬去春来，许多年了，二叔依然没有离开。今年冬天我回村子给他拜年，我本想问他今年还捉不捉兔子，他忽然说开春他就到南方打工，他说完后我便不吭声了。

望着萧瑟的村庄，我多么渴望下一次雪。

选自《散文》2002 年第 10 期

采　菊

黄　莉

我们没有在东篱下采菊，也不羡慕隐居。我们是平素为五斗米折腰而今在南山下采菊的女人。

小时候住在山边，秋天到来的时候满山满坡的开满了黄色的野菊花。引得蜜蜂也是满山满坡。有时候都下霜了，你还能看见，被霜染红了花瓣的野菊花，叶子也变了红色，像是经了岁月的女人，很坚韧隐忍。有时结薄冰了，还能偶尔看见盛开着的藏在已枯的叶子下的黄色花瓣，那么娇的一抹黄，撩得心里一动。

今年又是菊花盛开的季节了，就相约着去采点菊花。缘由是见了她的杯子里漂着黄色的花朵，鲜艳的漂在水中，惊艳的感觉。我那么多年看野菊花开遍角角落落，看它自开自败，常为它可惜。喝时花不能放得太多，几枚即可，不然，会有扑鼻的清香和浓浓的苦。我太贪心，放了很多。

采花的目的是为自己装个枕芯，夜读时可以有花香来伴。

摘花的那天阳光明媚，柔柔软软地照着我们，几个人的脸都镀了金色。我手挎马甲袋，轻轻地伸手抚过花朵，在心里说，我来了，我带你走，也不会枉自在这山中一年一度开的寂寞，再美丽的东西没人欣赏也失去了意义，谁让我们都是俗物呢。一会儿，袋子里就装了许多，黄黄的，灿灿的，看着让人想溶进去的黄色，像凡高的黄色。凡高的黄色是醉人的，大片大片的黄色。像极了这山边的野菊花，凡高一定也是看多了这黄色，才成了黄色的精灵。也是一位画家，凡高所敬仰的，看出了凡高所表现的黄色后面的大家之气居然居心叵测地对凡高的用色用了极具讽刺的口吻，凡高因为他信赖的画家的否定而再度陷入惶恐和无序。甚至后来还有人猜测是否凡高那段时间患了黄疸性肝炎，才会把什么都看成黄色，画出那么拙劣的画来。一个人，超出别人会受打击，和别人不一样也会受打击。看不出门道的打击你，能看出门道的一样打击你，后者还总比前者更能击中要害。所有经时间检验能冠以伟大之词的，都要蒙难的吧。不知这黄色的世界里，哪一朵花像我似的正轻叹着呢？

菊花有个很美的故事，美得都不忍说，怕说滥了走味：

> 一个书生和一个武士相约重阳节聚会。重阳节那天，书生在家遍插菊花，等待武士的到来。等了很久，武士一直没来。夜里，武士终于来了，面对满桌的酒饭，武士不动筷子。书生诧异，武士道：被仇家拘禁，不得脱身，为赴菊花之约，只得引刀自尽，灵魂脱壳而来，吾已非阳世人。

记得看完这个故事靠在床头好久，谁不希望有朋友若此？也许是说得太多，谁还顾及到一句诺言？生活中的很多朋友不请自来，然后又不打招呼就变做敌人，弄得人思维好乱，连表情都来不及调整。还都笑脸相对呢，他就给了你一个贯通伤。

采蜜的小蜜蜂被我们这几个采花女给吓着了，乱飞，停在谁的头上都有一阵怪叫，也不是真的怕，就是想大声惊叫。在这旷野，我们可以不必假装稳重，面不更色。我们可以大声叫：我讨厌你！你这个无聊的家伙！当然不是说蜜蜂呢。同伴的脸变得像红苹果了，才发现太阳已经圆圆的像个欲滴的蛋黄挂在天边了。把手伸开来一看，满手的花色，黄黄的，透着浓浓的菊香。回家后，洗了，手依然是黄色，就那么黄黄的，黄了好多天，闻一闻，淡淡的香味绕在指间。不时的，一起摘花的打来电话问：你的手还香着么？已经惦记着明年的菊花了，虽然现在刚刚可以靠在装满菊香的枕上看书。背靠着金色诺言，我喜欢。

选自《散文》2003年第4期

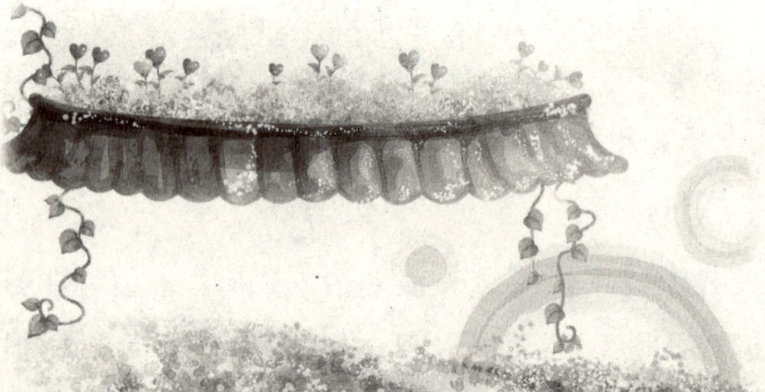

敬畏土地

刘志坚

资江河出城以后，就一头向雪峰山撞去，很随意地撞出一条大峡谷。生活在峡谷里的人，很懂得土地的重要，因为种水稻，种棉花，不能种在河里，也不能种在树上。所以我的先人和父老兄弟，都很看重土地。不看重也不行，因为银行不给他们发工资，也不发奖金，全靠自己在地里刨食。土地就是饭碗，就是衣食父母。

山峡里的土地很逼仄，很贫瘠，有些是悬挂在河沿边的山崖上，但乡民都很珍惜它，敬畏它。在那穷乡僻壤里，绝对没有娱乐城一类的豪华设施，但有土地堂。河岸上，石崖边，或石砌，或木构，小巧简陋，朴实无华。它表达了乡民对土地的虔诚。土地堂里，供奉着土地菩萨，那是对土地的神化，因为“土能生万物，地可发千祥”。就像城里人供奉着财神菩萨一样，但乡民不信财神，他们也知道，靠那菲薄的土地是发不了财的。土地爷权力不大，常被各路神仙呼来唤去，但却得到农民的敬重。

旧历六月六日，是土地生日。按照传统乡俗，农民是要为土地做生日的，其实也就是在自己家里供奉的“五方五色土地龙神”牌位前，洒上两杯薄酒，燃上一炷清香就行了。这也用不着谁去组织，但你也别想阻拦，靠土地吃饭的乡民，都会在不动声色中进行。

乡民还会以自己最朴实的方式，感恩土地。那就是每户农家，都要备上一沓黄纸，悬挂到自己耕作的每一处山林、每一块土地上去。这也都以不事张扬的默默方式进行的。

旧历的六月，正是土地最丰盈最美丽的时节。选在这时，对自己耕作的土地，作一番审读和检阅，也是一种精神的愉悦。当你走到地头，看到水稻壮实的谷穗，正飞黄飘香，棉花枝叶间的青铃，开始裂口绽白。玉米吐须，高粱晒红。那种等待收获的喜悦，一阵阵地撞击着你的心房。于是把那巴掌大的黄纸，悬挂到那最硕大的果实上，连同你对土地的虔诚。这既是对土地赐与的感恩，也是对土地的祈求。谁也不奢望从地里挖出元宝，但却希望种豆得豆，种瓜得瓜，希望能一分耕耘一分收获，希望土地对自己洒下的汗水，能回赠温饱，年年禾稼成熟，五谷丰登。

这一天，你去地里一看，都是黄纸飘飘，喜气盈盈。那是土地的节日，也是山民唱给土地的赞歌，表达着山民对土地的一份真挚的爱意。

每年这一天，我都要默默地给我耕作的每一块土地，送去这样一份敬意。甚至每一株古树，每一口山塘，每一片苇地，都不会遗漏。只有这时，我才懂得古代帝王，为什么每年都要到社稷坛去祭祀土地，祈求五谷丰登，因为皇帝也要吃饭啊。更懂得农民对土地是那样的一往情深，那样亲切。他们在离开家乡时，总要捧一包井边土，带在身边，以慰怀乡之思。也不管时隔多久，走出多远，总是怀念乡土，因为故土难离啊。

只有用汗水耕耘过土地的人，才会惦记土地，感恩土地，他才会热爱和敬畏土地。

选自《散文》2003年第6期

天空中的鸟群

韩浩月

冬天的黄昏，空气中弥漫大雪降临之前的清冷与宁静。一群鸟在三层高的楼顶“扑棱棱”地飞过，转瞬即逝。天空依然单薄而灰暗，看不见星星或流云，更看不见所谓鸟群飞过留下的翅膀的痕迹。

这个时候我刚离开办公室，走到寂寥而宽阔的街道边上。这时空气里传来一群鸟飞过的声音，短暂而清脆地击打在我的耳膜上。我站直身——一群鸟在楼顶一掠而过。天色是暗的，但暗中似乎又带着一点亮色，像一个隐喻。我站在原地凝望着鸟群飞过的那一小块天空，如今，那里只有轻薄的冷风在疾速流动着……

我倒退着步子，把手从口袋里拿了出来，仰着头，一步一步地走着，步履缓慢，不知心中所想，像是与某人某事某物告别。鸟群是路过这个城市的，它们由北的方向飞来，它们在高空有节奏地扇动着翅膀，保持着整齐划一的阵行，“扑棱棱”地飞着。有那么一点点的时间，它们鸟瞰这个庞大的城市，这个比冬天还要阴冷、灰暗的水泥丛林，星星点点的灯火和在烧满暖气的屋子里喝着咖啡的人们。它们说不准也会看到我，就像我不经意看到它们那样……它们只是路过，我可以理解，我可以承认，我的心里是有一点点的悲凉与惆怅，这种情绪怎么会和鸟群有关呢？

天空中的鸟群，它们有它们的方向。我甚至以为，像这样的长途迁徙、万里跋涉应该是幸福的。它们不会疲惫，永远不会休息，它们的眼睛即使在飞翔的时候，也透露做梦一样的光辉，烁烁发光。它们彼此并不对望、凝视或者交流，它们不需要彼此拥抱、取暖，惜时如金、呕心沥血，昼夜兼程……在这一点上，人类要比鸟群脆弱得多。

我常常趴在我家的阳台上寻找鸟群，但很少有机会看到，天空中偶尔只有一两只麻雀，画了一道弧线，就径直落到草地里寻草籽去了。不过倒是有另一种“鸟”每隔几分钟就会飞过——那是可以看得清清楚楚的飞机，它们速度缓慢、无精打采，里面装着一群神态各异的人们。

鸟群沿着都市的边缘飞过，它们是过客，这个水泥丛林对它们而言，毫无吸引力。而我们呢？我们像一只落单的鸟，找不到可以相互取暖的同伴，在春夏秋冬、日升日落间，喟叹时光的无情，早没有了起飞的勇气。只能在独自发呆的时候，看一看一秒也不肯停下来的鸟群，它们飞翔的姿态，多像我们曾经有过的青春……

选自《散文》2003年第7期

东平湖采菱图

山　曼

读过《水浒传》的人，心中都早有了一望无际的八百里水泊。

八百里水泊并不是小说家的虚构，在当年山东地方，围绕着梁山大寨，真有这样一片芦苇丛生的水荡。到今天，梁山依然，水荡已不能直逼山脚。宋时的水泊，几经变迁成了今天的东平湖。

北方湖区的各样事物，在东平湖般般样样一应俱全，这一回我们先说仲秋采菱这一段家常。

东平湖的菱角野生野长，在水面上像绿毯似的铺开，长成了都是众人公有的财产，平日里无论谁入湖，皆都知道加意爱护，行船时只拣那菱稀的地方走，所以你若从半天空中鸟瞰湖面，许多地方都是绿茵茵的菱田，航道盘盘曲曲地在菱田野绕着，天然就是一幅图画。

俗话说“七菱八落”，指的是，在农历的七月，菱角生长最旺，到了八月它才开始成熟。湖上自古便有成规，八月十五之前，谁都不准下湖作践尚未成熟的菱角。过了中秋节，按俗规开湖，天才蒙蒙亮，采菱的船就一齐行动起来，到了旭日东升的时光，勤快的人已采得菱角满船了。

东平湖中的菱角，没有大型的品种，所有的都是大拇指顶大小的一类，所以俗称为顶子菱，这其中又有两角菱、四角菱、秃头菱种种细别。另有一种菱角，形体稍稍大一点，颜色透红，把两只摆在一起，很像一双小脚，因此被叫做红绣鞋。

采菱不用大船，用的是轻便的“溜子”，摇橹或荡桨，一样地行走如飞，要是遇上好风，临时挂一个布单作帆，那就既省力，又有一点浪漫的味道，采菱的船一齐下湖，湖中立刻有了闹市。

所采的菱有嫩菱与老菱两类。嫩菱可以即食，捞出水来随手剥着吃，脆脆的，有点甜，有点鲜，略略有点发涩，但若去了这一点涩，真的就没有什么吃头了。鲜菱剥出嫩仁，炒了吃，可甜可咸，白玉似的一大盘，那才不枉“时鲜”的称谓！嫩菱虽然好吃，毕竟还是一时的光景，湖上人家最重视的还是老菱。采得老菱，一个个地磕开，取得的菱仁，当地人叫做“菱米”。菱米与稻米和湖中最珍贵的鸡米头熬粥，香甜都难形容，不生在湖畔，多数人享不到这种口福。将菱米碾成粉，做饼做馍皆无不可。菱面食品，使人着迷的是其中悠长的鲜味。

采菱的女人，还常常把菱棵拉上船，掐下嫩茎，名为“菱角头”，晒干了留待冬季做包子馅，也是湖上独有的美味。

洞中采菱，处处洋溢着丰收的欢乐，到了大家都采得舱满船平的时候，不定由哪条船上的青年小伙唱出一首热辣辣的歌来：

七月老，
八月落，
新娶的媳妇采菱角，
舱里的菱角没腰窝。
挨着个扁子还好过，

挨着个刺头扎死我——
该死的，
光笑不疼我！

年轻的媳妇们听了这一段唱，必笑着“骂”过来，这种热闹场面，也只有湖上采菱的人才能心领神会。

选自《散文》2003年第10期

大地早安(节选)

徐　鲁

芦花在风中飞舞

德富芦花在他的那本散文名著《自然与人生》里，专门写过一篇《芦花》，其中写到了秋天的时候，坐在由品川开往新桥的火车上，如果你凭窗远眺，就会望见，洲崎以东沿海一带，“茫茫一色，全是如雪的芦花”。

我在很小的时候，听老祖母讲过一个伤心的故事，说的是一个穷人家的苦孩子，因为亲娘死得早，爹爹又为他找了个后娘。后娘不久也有了孩子。俗话说，“天下后娘都是一个样”！两个孩子在后娘那里的待遇有着天壤之别。冬天里，两个孩子一起去帮爹爹耙地，后娘生的孩子因为平日里吃得饱、穿得暖，所以格外有力气；前妻生的孩子却又饿又冷，一点力气都没有。爹爹不知内情，还以为他在偷懒，便一鞭子挥过去，正好把苦孩子的棉袄打开了花。于是，爹爹看见，从苦孩子那看上去厚厚实实的棉袄里飞出的，是一团团白色的芦花。原来是偏心的后娘把本来应该给两个孩子做棉衣的棉花，都絮进了自己亲生孩子的棉衣里，前妻的孩子的棉衣里塞的都是芦花。从此以后，我对芦花有了一种深刻的记忆。长大后又知道,《太平御览》的《孝子传》里,也有一个故事,和老祖母所讲的有些相仿:“闵子骞幼时,为后母所苦,冬月以芦花衣之以代絮。其父后知之,欲出后母。子骞跪曰:‘母在一子单,母去三子寒。’父遂止。”因为有了这样一些故事,过去人们曾以“芦衣”作为孝子的标志。

芦竹一般都生长在池沼、河畔和田埂、路边,和芒草、芦苇、蓼花草、野菊花、风信子等野生植物为邻,与螽斯、蟋蟀、蝗虫、螳螂、蜘蛛和各种各样的小甲虫为伍。春夏时节,芦竹疯长,并开始抽穗和开花,成片成片的,就像田野上竖立的挡风的屏障。秋天里风高气爽,高高的芦竹叶子和穗子开始泛白和干枯。大片大片洁白的芦花在秋风中飞舞,交织成密密的一层层、一团团,远远望去,就像白云落在了田野上和池沼边。

在我的故乡,晚秋时节,农人们会把高高的芦竹齐根收割下来,用它们搭盖茅屋或编织成晒席一类的用具。收割之后暂时还没有运回村庄的芦竹,被捆成一捆捆的,竖立在秋日空旷的田野上,有时也被搭盖成田野、路边的最简易的茅棚,供过往的路人躲避风雨和稍做休憩之用。在炊烟升起、鸟雀归林的向晚时分,在清冷、疲惫的风雨之夕,在任何一片旷野上,在任何一条乡村道路边,一个小小的芦棚,也胜过世界上最华美和最高贵的旅馆与客栈。它们温暖而朴素的门扉是向任何一位过路人免费敞开的。而保护它们、支撑它们永不倒塌的,没有任何别的东西,只是人们的感激和敬意。

一筐落叶

洛扎诺夫写过一册题名为《落叶集》的奇书，书中文字全部由一些零散的随想录和短小的札记片断构成。他把这册《落叶集》的第一、二部又分别命名为第一筐、第二筐。我很喜欢这册散文(实际上它是一部“札记体”的长篇小说)，也曾一再产生过欣悦的冲动，想把自己的新书也命名为《一筐落叶》什么的。在午夜的灯光下，我悉心整理着那些有关阅读和写作的文字。它们是零散、随意和即时性的，有的写在台历的空白页上，有的写在一些干净的纸片上，或者写在我所读过的一些诗集、小说和人物传记的书眉上，但它们都曾带着我当时阅读、写作、幻想与思考时的欣悦、伤感和温情。它们滋育、装饰和充实过我的生活和生命，然后又将从我的生活和生命中消失。就像一片片树叶在午后、在黄昏时分从枝头落下，最终成为一棵树的遥远记忆。我就是这棵树。在午后，在黄昏，当大地的各种声音渐渐微弱下来，我听见了那些沉重的落叶的声音。它们都曾经是我的生命和精神的组成部分，但时间终将使它们，甚至使我变得枯萎。这就是我们全部的宿命。

十多年来，我一直在武昌东湖梨园边居住。这里远离了拥挤的人群和喧闹的市声，接近朴素的乡村景致。这里是我的“瓦尔登湖”。湖畔有一大片高大的枫树林，是我每天午后和黄昏时读书与散步的地方。一到秋天，树林里铺满了金色的、红色的和琥珀色的落叶。我的文字就是在萧萧的落叶声中完成的。所以我的书名最好也称为《一筐落叶》什么的。

选自《散文》2004年第10期

“南行书”之一（节选）

玄　武

秋尽

月过窗前时，我还是吃了一惊。月总在某一时刻照亮昏暗的脑海，使人洁净。月光已有些不同，古铜般的颜色变得凌厉。夏天我曾目睹一枚弯月，说它仿佛一根被狗盯着的白骨头。

现在是秋月。一眨眼，秋月也要销匿了。

清晨下楼，难以述说的阴凉之意自所有方向逼来。院里月季的花朵尚在，暗红地朽败着。路过一株丁香时我想起，春天时我曾拍摄过它娇嫩的枝叶和繁盛的花朵。我觉得拍摄的事情好像就在昨日，或者刚刚发生过。

阳光砍在颤抖的、光秃秃的枝条上。我拾起一枚落叶，干瘪，枯槁，手指稍用力就会碎裂，无法将它夹在书中。

一只小小的蚂蚁顺着叶子脉络无所畏惧地爬着，忽而奋力翻过凸起的叶梗。然后它摔了下去，继续在地面堆积的落叶上爬，消失在落叶里。

桐叶落尽。那宽阔的叶片，像大鸟一样翔舞、坠地，这一年我没有见到。槐枝还顽强地驻留着细小而繁多的黄叶，那黄叶时而若有所思般的旋转着落下。

秋是我喜爱的季节。风急天高、清凉还寒，它的颓唐也自有清朗的逸气。它具迅疾之美，这一季里诸多事物不假思索地滚滚而去。宛如我所在的城市，不可遏止地衰败着，那衰败有着莫名的悲意，却雄浑阔大。

但我还是没有想到，今年的秋去得如此之快。我刚刚发现的时候它已尽了。我仅仅看到它最为彻底地消失的一刻，像看见一个绝然离去的人的背影。

午后风起。骑车路过一条不宽大的小路，十年前我曾对这条路熟稔，走在上面的时候终日想着背离。十年后我再度走在上面，它却变得那般陌生。路两侧是延伸开来的小的银杏树，叶片金黄，细薄、繁密，如同微风中水面的波纹。

它们在阳光中明亮着，那阳光仿佛有些颤抖。摩托车突然摇晃了一下，我奋力把住车把。

风自莫名的地方汹涌而来，上面、下面、左边、右边，银杏叶铺天盖地急雨般落下，地下堆积的叶片旋舞起来。我卷在风、卷在落叶里，看到无穷尽的落叶。它们像不由分说，卷着我去往未可知处，就仿佛我是风的部分，就仿佛我是一枚落叶。

空中黑的云朵已经在疾行，自很高的地方压下来，压下来。到单位楼下的时候，有雨滴砸落脸上。我在十层的办公室摘下眼镜，取出两枚嵌在上面的落叶。天色迅疾地暗下来。

在楼道里走动，光线昏暗。风推动窗户，发出一阵阵呜呜的呼啸声，像怪兽咆哮着拍打着窗户，离去，不甘心又返回来继续拍打。有几次，风似乎就要破窗而入了，所有的窗户发出令人心碎的撞击声。

单位几乎没人。怔怔坐着，心中像风声一样空荡荡。我想到十五年以前的秋夜，独坐在大学教室里听这风声，心中像风声一样激荡。想到有一年在异地的大风中入眠，风侵入梦境，我梦见羁旅的楼层被风卷走。

而此刻我在大风中书写这些。房间里昏暗，阴冷，腿隐隐作痛，风仿佛刮在我的骨头里。我记下这个秋天，记下秋尽的日子。多年以后，我也同样会记起这个秋天的尽头。一个像一日般短促的秋天。一个像青春般短促的秋天。一个像一篇文章般短促的秋天。

它在我的书写中迅速远去。窗外传来雨溅落的声音，风止，雨变成雪。

选自《散文》2005 年第 9 期

空 鸟 巢

刘照进

一只鸟巢，两只鸟巢，更多的鸟巢，仿佛用旧的过时的荷包，邈远的时光中，满载落寂和空荡，让我们回首时窥见了一些曾经被忽视的细节。

春天，总是在繁花绿叶间看到一些被遗弃的空鸟巢，像是村子的角落里失去烟火气的破败茅屋。房檐上蛛网密布，主人已不知去向。枝丫间斜挂着一面丝织的锣，椭圆形的表面暗藏杀机。精明的杀手总能在瞬间抓住某些细节，来完成他的周密部署。此刻的宁静不过是一种伪装。小小杀手早已隐身暗处，侧耳聆听猎物踏向险境的信号——来自蛛网任何一处轻微的震动。除了阴谋得逞，不幸似乎还在加深，一只空荡的鸟巢再也无力承载昨日的温馨和爱情。

屋檐下同样挂着一只旧时的泥巢，回归的主人却失去洒扫的兴致。似乎，一切都有必要重新开始，昨天的故事永远不能被今天重复。早出晚归，燕子用小巧的嘴啄来点点滴滴新泥，墙壁上的工程在不断完善，直到精巧的房子做成。一对情侣住进了它们的新房，美妙的婚姻终于拉开序曲……

大多数鸟儿并不选择去年的旧巢孵蛋育雏。一棵树，一处房檐，石壁间长满荒草的缝隙，都有可能成为鸟儿暂时栖身的村庄。它们在这块地域上衔草筑巢，构筑临时的家园，培育孩子，然后又匆匆地搬迁——这成了鸟儿世界难解的一道谜。

或许有一个词能够解开这样的谜团：安全感。飞翔在空中的鸟儿，早已洞悉了脚下的危险。一棵树似乎总是逃不开这样的宿命：风摧，雨打，雷劈，火烧，砍伐……倾巢之下，岂有完卵！树的命运的不确定性让鸟儿失去准确而明智的判断，逃离是唯一的选择。灾难来临，飞翔的姿势已无所谓优不优美，像战乱时期的难民，鸟儿匆匆从一棵树逃离到另一棵树，卑小的命运里饱含许多沧桑和流浪感。

细小的鸟巢依附树身，临空危悬，仿佛警惕的眼睛。

几乎无人知晓鸟儿的仇恨，它们内心的悲恸与哀怨常常被暗藏花香的语言忽略。

小时候，总喜欢上山去寻找树丛中藏着的新鲜鸟窝，这几乎是整个童年的乐趣和向往。小小年纪，隐含许多成年的狡谲。拇指大的几枚鸟蛋，颜色雪白，或者暗褐中夹杂着斑纹，婴儿一般地安睡在巢里。一对幸福的夫妻携手在林间觅食，全然不知灾祸濒临。

一双幼嫩的小手取走了鸟蛋，仿佛偷摘邻家未成熟的瓜果一样随心所欲。

肇事者并不逃逸，仿佛有意滞留现场，观看伤心欲绝的父母怎样扯开喉咙怒骂。强者的霸道遮掩了制度和道德的约束，弱者只有通过一张相对自由的嘴巴远距离地发泄愤慨。

“大林鸟”的体形肥硕，嗓门宽大，有一股孙二娘似的泼辣悍风。它的骂声使人想起村寨里那些勤勤恳恳日子过得清苦但泼辣强悍的农妇，面对凭空而降的灾难和恶作剧，她们总是气得又哭又骂，顿足捶胸，粗鄙恶毒的语言让人心惊肉跳，却又隐隐生出几分同情。

作为人类的朋友，燕子的亲近是一种假象，亲密里渗入了可疑的成分。春日里借助你家的屋檐，啄几嘴清香的田泥，仿佛，燕子就要安居乐业了。但是，屋檐下依旧有这样一双觊觎的眼睛，暗中蓄满了不怀好意。有一天，孩子避开母亲的监视，举起一根扁长的竹竿，轻而易举就捅掉了头顶的泥巢，幼小的燕子在纷飞的落尘中坠地而死。

恶毒的举止来源于对未知事件的好奇，对悲惨结局的出现毫不在意，人类的心灵永远无法装下对弱小生命的尊重。

家毁子亡，一春的希望瞬间化为乌有。燕子的伤心不亚于未亡人的恸哭，凄楚的哀叫电线一般绵长地划过那无边旷野……

但是，燕子深谙与人相处的哲学。燕在屋檐下，不得不低头；谁的屋檐都是屋檐，低头才是出路。燕子很快就从悲痛中醒来(或者说隐忍了内心的仇恨和悲哀)，重新衔泥筑巢。燕子的行动更加小心翼翼，试图用婉转的歌唱来取悦主人。

于是，人们渐渐忽视了燕子的伤悼，举首抬目之间，原谅了它的靠近，并且被它的殷殷之情打动。他们试图从年关开始，期望燕子早早到来，屋檐下的蛛网和尘灰被打扫干净，破损的旧巢仿佛某一级文物，依旧安置于被仰视的角度。

然而，燕子从不相信人类的大度与承诺。在完成一季的传宗接代任务后，燕子举家远迁了，只是把一只毫无意义的旧巢抛给幻想的主人，仿佛行军途中布下的一只迷惑敌人的土灶。

燕子的形态常被人比喻成剪刀。的确如此，精明的燕子就是凭借这种巧旋和颇具黑色幽默感的本领，张手剪开了人们内心深处的企图与欲望。

选自《散文》2006年第3期

土　地

安　海

父亲不是一个地道的农民，祖父是。听父亲讲，过去我们祖上曾拥有过几亩薄田，就在如今离村五里的北梁，那里至今还是老村中我们这个姓氏的坟地。几亩坡地，在过去是打不了多少粮食的，一家人有时连温饱也难以解决。因而，我的祖父基本上是常处在了贫困的边缘。

对于土地，真正意义上的农民的情感是极其复杂的，但我不知道父亲究竟会怀有什么样的感情。前几年，我读作家周同宾的散文《土地梦》，作家在文中谈及他父亲与土地的关系，说：我敢肯定，父亲也想成为地主。又说：任何一个真正的农民，都想拥有更多的土地。不想成为地主的农民，不是地道的农民。不想拥有更多土地的农民，不是有出息的农民。我想对于过去那个时代的农民来讲，这是很真实的说法。在这一点上，或许那个梦也是祖父的梦。饱受贫穷的祖父肯定也希望拥有更多的地，从而靠土地上的劳作换来富裕的生活。对于一个地道的农民而言，土地是他们的命根子。如果没有土地，那他还吃啥？喝啥？穿啥？他们对于土地的朴素的感情其实归根结底是由于土地是他们生活的唯一保障。而父亲呢？我确实不知道他对于土地是怎样的感情，但我敢肯定他绝对不会有祖父那样的土地梦。年轻时他虽然也和祖辈们一样，也在这块土地上摸爬滚打过，但后来却离开了土地，虽然他离开得并不彻底。他先是在地区的一家杂货铺当学徒，后来还做过短时间的小买卖。时间不长，家乡解放了，他便又回到了家乡。回来后，他便参加了工作，村里、区里，上党校，到乡镇，一干就是几十年。

我说过，父亲绝不会有祖父他们那一代人的土地梦，但这并不是说他便与土地没有丝毫的感情。恰恰相反，他与土地的感情是我们这一代人所难以理解的。事实上，他虽然不是个地道的农民，但却也从来没有离开过土地。只不过，他从农民的位置上走出来，脱离了农民直接的生产活动，却走上了另一个与土地关系紧密相关的为土地服务的岗位。他在乡镇干部的位置上一待就是几十年，而且好长一部分时间还是做乡镇的一把手。父亲他们那一代的乡镇干部，与现在的干部却完全不同。他们从根本上讲只不过是挣工资的农民，一直都没有脱离过土地。他们当中的许多人家庭都是所谓的“一头沉”式的，老婆孩子都是农业户，生活负担大都很重。他们不曾像现在那些乡镇干部一样享受着法定的节假日，平时把工作消磨在开会陪客打麻将上。他们是实实在在的，平时极少休息，一个月得有二十几天下乡。下乡时的交通工具便是自行车，几十年的乡镇工作，父亲是骑坏了好几辆自行车的。下乡时他们也不是待在大队部或村干部家中吃吃喝喝，更多的时候是在田间地头了解农业生产。因而我说父亲一直没有脱离土地，他与土地始终保持着一种亲密的接触。在几十年的工作生涯中，他本来有多次机会可以彻底离开农村，调到县城的机关里去，但他每次都放弃了。甚至有两次他已经在县城的机关上了班，但时间不长却又主动要求回到了乡镇。对此，我一直弄不明白，有时候闲聊起来，父亲也总是轻描淡写地说是由于不习惯。不习惯？是不习惯城里的生活，还是别的什么呢？或许家庭负担重也是一个重要的原因，一家六口人，只父亲一人是非农业户口，这样的情况在那个年代要到县城去生活是存在很大困难的。但我想这也不是原因的全部，因为即使在那个年代，还是有许多办法可以变通的。现在想起来，从根本上讲这或许还是由于父亲与土地的那种说不清的感情。

对于土地，浪漫的诗人不知唱过多少赞歌，文学作品中也不乏赋予其诗性的描写。但我知道，农民之于土地的辛劳是难以言说的。我们家的责任田虽不多，但一年到头却有做不完的活，地当然可以马里马虎地去种，但种与种肯定是不一样的。与我们紧挨的梁家儿子的地便种得稀里糊涂，父亲常常站在两块地的地头对我们说："地是有灵性的，你给予它多少，它就会回报你多少。"我明白父亲的意思，但我却并不赞同他，因为地里的活计常常使我感到筋疲力尽。原因之一便是我们家没有养牲口。村里像我们家那样没有牲口的也不少，都是雇别人的牲口。但为了省钱，除非耕地播种碾场时雇，平时一般不雇。因而大部分农活便要靠我们全家人自己来完成。虽然我们弟兄只有在放学后或假期才干一些活，但还是累得够呛。为了打理这十亩地，父亲特地买了辆木架的手推独轮车，平时送粪拾茬子收庄稼全用它。常常是看着别的同学可以坐在小马车上轻松地拉庄稼送土肥，心中便对父母生出了一种怨愤，且在干活时便会将这种情绪带出来，因而也就免不了要挨骂。在如水的岁月中，我们不停地用独轮车在春天将土肥送到地里,在秋天将那些谷穗、高粱穗、葵花饼子、豆角们推回自家的院中,然后经过捶打将它们变成粮食。一辆独轮车,来来去去丈量着乡村道路的长短,也丈量着我的童年岁月。

当然,我说土地上劳作的辛苦,并不表明土地就不能给人带来丝毫的乐趣。繁重的农活惹人烦恼，但当看到那些在土地上茁壮成长的禾苗时.那种生命的喜悦是会充溢在人的心头的。当看到那些招摇在禾秆上等待收获的穗实以及已经收入仓房的粮食时，那种收获的喜悦也是会写满笑脸的。对于像我这样的孩子来说，那种喜悦总是浮浅而短暂的。而对于父母，或许就不同了。我曾经多次注意到他们面对成熟了的土地的那种复杂的表情。那是怎样的一种表情呢？有喜悦，有欣慰,有满足,有陶醉。那种表情就像是后来手捧着我的中专录取通知书时的一样。他们一般不会将这种感情用语言表达出来,这一点和大部分农民无二。他们的感情是内敛的,悲喜都写在心里,顶多溢出一些在脸上和目光里。因此,在有些人看来,农民是木讷的,表情是僵硬的,但有谁又知道他们的内心那种激荡的狂澜呢？在这一点上,我秉承了他们性格,将爱恨更多写在心间,即使对于朋友,感情的表达更多也是依赖于飞扬的文字而非话语。

如今想起来，我应该是土地的一个逃离者。虽然过去我常抱怨土地带给我的劳累和辛苦,但与父兄相比,我与土地顶多也只是亲近了四五年的光景，从小学五年级一直到初中毕业。初中毕业后我得以考上中专，在父母及村人欣赏的目光中堂而皇之地逃离了那片土地。其实就是在这四五年中，我对于土地的劳作也极其有限。

逃离那片土地后，虽然我还时常回到乡村，也偶尔参加几次土地上的劳作，但那却都成为象征性的了。家人并不要求我怎么做，也不指望我会出多少力。在他们眼里，好像只要我能去已经很不错了。我知道，对于那片土地而言，我已成了一个观望者，我已经不用再向它讨生活了。而父亲却不同，他依然在那片土地上辛勤耕耘了许多年。直到二哥成家后，父亲年纪也大了，才将土地移交到二哥的肩上。但仍然保留了村边的一块半亩大的自留地，种些山药、玉米和豆类，说是为了让我们尝鲜。

相比于父辈们对于土地的感情和认真，年轻人却显得有些敷衍。二哥接手那些土地后，虽然也春种秋收，但对于土地的劳作与父亲的精细是没法比的。每当我回到老村时，父亲总是喋喋不休地向我抱怨着二哥，要么说他地里的草都快比禾苗高了，要么指责他在锄地薅苗时的马虎和粗糙。每次，我都不置可否，只是默默地听着。我知道，他一定已经当面对二哥说过数次了，二哥每次也一定答应着，但实际上却只将他的话当作了耳旁风。我理解二哥，他的身体本来就不壮实，而且还要上班，孩子又小，家中还有一大摊子事，让他像父亲那样打理土地是不可能的。更何况年轻人对于土地与父辈们的想法就根本不同，社会的发展已经使农民与土地原本结实的纽带完全松懈了，他们已经有了更多谋生活的路径，而粮食的价贱又彻底击碎了农民依靠土地致富的梦想。或许是看二哥确实是忙，或许是对二哥的劝说完全失望了，也或许是出于对土地的那一种极为复杂的感情，父亲在将土地移交给二哥之后，除了播种收割时去帮忙外，平时有事没事都要到那两块土地上转一转。常常是悠闲地出去，回来时已是满身的疲惫。年岁不饶人啊！毕竟已经是七十多岁的人了。甚至在许多时候，正是因为这种“义务劳动”，还要时不时害上一场病。对此，二哥多次劝说，不让父亲去，我回村后也极力劝说。往往是当时很好地答应着，但病一好就忘了，依然如故地奔走在土地之间。

后来，他竟然在村后的阶坡上开出一小片约有一分的荒地来，兴致很高地打理着，种些山药、黄豆或者玉米。那是一面极贫瘠的背阴坡，半坡上有一片比较平，父亲花了几天的工夫将其细细翻过，捡尽草根，施上土肥，一块地便出现了。每次回村，我总习惯到村边转一转，看一看那小块土地。我看到，在晨曦中，一些玉米高昂着头颅，一簇簇绿油油的豆秧穿插期间，周围还次第分布着一些低矮的山药苗。这些父亲亲手培植的庄稼，和那些大田中的庄稼别无二致，甚至由于受到了特别的关照而显得更茁壮一些。对父亲的这个举动，二哥从开始就不同意，本来嘛，土地移交后，父母的口粮一直由二哥按时应季地供着，更何况那一块地又能打多少东西呢？但父亲却很执拗，也便只好由他了。

每到初秋时节，只要我们回来，父亲都要到他的那片土地上将鲜嫩的玉米棒子、毛豆角子收回来，让我们尝鲜。其实如今在城市，还是在夏季，这些东西就早已上市，我们也早吃过多次了。但吃上父亲汗水浇灌出来的果实，还是格外香甜。父亲早年肠胃功能就虚弱，到了老年更不敢吃那些难消化的食物，所以很多时候他只是在旁边看着我们吃得津津有味，脸上挂满了一种收获的喜悦。每次儿女们回村，父亲都极其高兴，但话语依然不多，只是坐在那里看着我们，静静地听我们说话，脸上的表情透露着一种满足一种欣慰。他看着已经长大成年的儿女们，表情就像当年看着土地上的禾苗一样。其买对于父亲而言，我们又何尝不是他辛勤培育的禾苗呢？只不过与我们相比，禾苗的路只有四季长，而我们却费了他一生的辛劳和心血。

选自《散文》2007 年第 2 期

冬月·十月

胡永良

荒野疏林间,枯叶的腐败气息越来越浓,果香不知什么时候已经悄然飘逝,变得难以分辨。寒气越聚越重,凝成了薄暮时的清露。它最早从手指尖进入了我们的身体,游走在身体的每一处,也游走在万物间。来不及休息的双手在潜藏着寒气的水与泥土间劳作,皮肤紧紧地收缩,终于皲裂开一道道粗糙的口子。

冬月的田野平静下来,该回家的庄稼汉们都回去了。北风从此独自拥有这个广阔的跑马场,日夜兼程地赶路,半夜踏过村子时,发出呜呜的响声。

父亲终于可以整日地待在家里。但在家并不就意味着无所事事。一家人围着大竹盘坐成一圈,挑拣白棉花里的杂质,一颗一颗地剥花生,将茶籽仁从壳中挑出——只要勤快,照样有做不完的事。只有在阳光温煦的上午,父亲才扛起他那柄快要生锈的锄头伺弄冬菜地,往地里撒白萝卜、胡萝卜、冬白菜、红心菜、雪里蕻的种子。或者,牵出那匹换了一身油亮皮毛的黄牛,在冻期来临之前将稻田翻耕一遍。有时,也领着我到屋后低矮的后山上砍些早已掉光了叶子的灌木作柴火,或用开山斧劈那些手腕大小的木柴,木柴撕开雪白的皮肉,被父亲整齐地码在屋檐下。这些,都是在不紧不慢,从容悠然中完成的。冬月，本来很少有什么心急火燎的事等着你，正如冬月里不大变化的天气，什么事都是不动声色地缓慢地变化、进行的，就连院落里的老母鸡，也学会在晴朗的日子里，放慢节拍，悠哉游哉地踱着方步。

丰收过后的冬月是闲适、恬静的，宛如一个功成名就的老人，并不会因自己年事渐高而有些许的不平与躁动，看着满堂儿孙，一生的风雨坎坷，在眼前都化作轻烟。

这是一年来谷仓最满的时候，离饥饿最远，离富足最近。躺在成堆的粮食下，让人想起拴在树下的牛，现在终于从劳作中停下来，在反刍中细细地体味日子的滋味。一年下来，那些紧张劳碌中来不及体味的，都留到了现在；那些牵挂着庄稼收成一刻不敢懈怠的心，现在放下了。

寒来暑往，秋收冬藏。我扛着铁锹跟父亲来到了后山，在缓坡处找了一块不会积水的地方。“就选这儿。”父亲说着，一锹下去，新鲜的红土铡出来，一尘不染。松软的红壤让我们不费多少工夫，就挖出了一个半米深的土坑。母亲用细篾箩筐挑来了晾干的芋头、红薯，背来几捆稻秆。这些红薯们是我们今年冬天吃不完的，干燥的稻秆将它们围起来，这样，它们就可以在土坑里过上一个温暖干爽的冬天了，直到来年春回人间。铺下了最后一层厚厚的稻秆，我们将挖出的泥土往回填，踏实，踩紧，然后离去。只要干燥不漏水，就不用担心不劳而获者的偷挖，明年春天，它们一定还在原地等我们。

下窖，酿酒，腌菜，制豆腐，冬月的日子丰润而舒缓，像天边矮矮地旋转着的太阳，慵懒。沉静。

选自《散文》2007年第3期

梦里荷塘

高　信

一

小村的最大亮点是荷塘，村人称之为莲花池。莲花即荷，池即塘。让外人听不懂的，只是“池”读作“磁”。为了方便易解，我们姑称荷塘。荷塘不到百亩，也非专门修治。很久以前，这里是水稻地，地各有主。以后，丹江涨水，自北漫南，久而不退，内涝有年，索性也就改成荷塘，不用着意经管，只须冬季挖藕，反倒省事了。

小村本来就有江南风味，南靠千年风景名胜静泉山，北向滔滔东流丹江水，中为不大的、仅有二十来户的小村。不过，虽然山水皆备，青翠终年，却总是少了一点抢眼提神的颜色。有了荷塘，这才是锦上添花，一年四季，小村平添了许多生气。

夏日，是荷塘的青春花季，清晨，朝暾初照，一团团轻雾从荷塘浮起，经夜露水凝成的水珠在荷叶上晶莹地滚动，晨雾缓缓地随意地飘散开来，拉开又一天的帷幕；中午，阳光骄艳，荷塘的亭亭荷叶，水面的剪子草，荸荠茎叶浮萍和无名杂草被照得娇翠如纱，新开的红白荷花精精神神地展示自己的美艳，印证“映日荷花别样红”之绝非虚誉；树上的知了长声鸣唱，荷塘中的水鸟叽叽喳喳地合鸣；过路的行人热不可耐，在水边蹲下来，双手掬一把清亮的塘水解渴，顺手摘一张荷叶，反过来扣在头上遮阳；哗啦啦塘水响了，传出阵阵欢笑，原来是几个光身孩子在玩水摸鱼儿扑蜻蜓；穿红着绿的村妇村姑来到塘边洗衣，边看那盛开的荷花边聊着家长里短，时不时撩一掬塘水，驱赶那几只嘎嘎游来的鹅鸭；刮风下雨的时候，风雨击打荷叶，那声音，时而急促如鼓点，时而轻轻柔如蚕食；待荷塘水已涨满，就淹了塘边的官路，过路人又跳又叫，脚下溅起团团水花；傍晚时分，西方的熊耳山只能依稀成了剪影，荷塘的轻雾就开始升起，这时候，最抢眼的还是那红荷白荷，仍然在暮色中亭亭玉立，没有倦意地向劳人道以晚安，直到夜暮染深，她才合拢上花瓣，等待着明天的晨光，只留下塘里一片的蛙鼓与流萤在嬉戏。

荷塘最热闹的季节是十冬腊月。几天北风刮过，荷塘往日的碧翠变为焦黄，荷花早谢，留下的是籽粒饱满的莲蓬，荷叶枯了，下边则是肥硕的莲藕，塘水干了，为的是迎候挖藕的农夫。文士说"留得残荷听雨声"未免太得皮相。"残荷"不"残"，他留给人们的是希望！腊月是莲藕出水的日子，也是村民收获的季节。大清早，不论天多冷，风多硬，小伙子吃过早饭，喝几两柿子酒，扛起铁锹，快步跑到塘边，挽起单裤，急急地搓搓双腿，跳进已冻结的塘泥，一锹一锹，把塘泥翻过来，翻到五尺深，才看到莲藕从塘泥露面，于是，小心地从泥中拔出，抹去余泥，估量着粗细，估量着长短，看看如同小孩的胳膊一般娇嫩，一般白胖，阵阵喜悦的笑声，在荷塘那一堆堆翻起的泥坑里传出。家家媳妇挎着竹篮拎着陶瓷小罐送饭来了，摸着坑边堆着的莲藕看着浑身泥水满头冒汗的男人，高兴之外就是心疼。唉！风硬水冷，今日必得挖完，若是耽搁下来，经夜，塘里莲藕就冻坏了卖不出去，莲藕贵于人。家里的竹筐笼担早已收拾停当，那是为着明日清晨男人担藕进城准备的。受苦人家，有啥办法呢？忍不住心头一酸。

那年头，吾村的莲藕在小县城大享盛名。买主过来，问："哪搭的？""莲花池！"卖家回应干脆，底气足，一字不多的回答里全是自信。"跟我走！"这是饭馆子里的采买先生，不挑不拣，价钱不议，货好，人实诚，用不着卖场上的一套，俨然君子国也！听说，临近某地产七眼藕，被人渲染得挺神，每年一定赶百十里路进商州，也才卖得出去。稍晚一天半晌，待吾村莲藕一进城，哪怕十眼莲也得退避三舍，折价处理。也曾有一人，以七眼莲充"莲花池"的产品叫卖，头一天，不费一词，顺利脱手，私下喜不自胜。第二天拉低草帽，如法再干，自晨至暮，竟无一人理会，始信"莲花池"藕之大得人心，那确实是冒充不得的啊。

二

花池除了产莲藕，自然也产鱼。鱼是自生的，没有人去放鱼苗，更无人选择鱼种。反正有这个大莲池，有莲藕产出换几个钱，也就知足了，产不产鱼，全不在意。这对鱼的不在意，不独吾家小村如此。商州古为府治，解放后是专署治所。在山里，算是大地方。一条丹江流经城南，五十年代以前，都是江水滔滔。宋人王禹偁在商时，为南城门楼书有一联云："槛前月色邀痍亮，郭外江声走岳阳"，其江水之势可见。而且据说，丹江之称，也缘江中盛产丹鱼。那么，丹江边的商州人就食有鱼而喜食鱼了么？

商州有谚曰："羊肉膻气牛肉顽，猪肉好吃却要钱。"在

食中完全把鱼肉列为另类：不吃。丹江之鱼固然不少，也任

游走，无人理会。岂止不吃鱼，而且不吃龟虾。乌龟，时下

等金贵，那时偶尔捞出一只，扔在路上，也无人捡拾，看不上

嘛！商州人吃鱼吃虾吃鳖的历史，很短，短到要从六十年代

始，那还是外来干部带的头！州城如此，大环境这样，吾

村则更无论矣！

守着偌大荷塘鱼池而不吃鱼，真是可惜了造物主的

赐与。不过，莲池泥中的荸荠，却在青睐之中。一到隆

藕出塘时节，荸荠也随之应市，这荸荠特大特肥，剥开外

白瓷实的肉核，生吃熟炒都是饭桌上农家少年的垂涎之

于莲藕就有些不同待遇，虽然自产，但舍不得自食，山野

油盐酱醋就靠这点莲藕。拿回家自食的，只能是荸荠

藕的半成品，称作鸡肠子。这俗称确乎形神兼备：又

白里泛黄，还真像成语"鼠肚鸡肠"里那鸡肠，难看，

上市，倘和白白嫩嫩的莲藕摆在一起，美者自美，丑者

其难堪啊！不过好在也还脆爽，有着一点莲藕的意

拿来吃吃，聊备一格，也还不坏。

莲藕荸荠之外，是塘泥。江南富庶之地，有罱河

一到开春，河汊里小船如织，罱来河泥当肥料使。像咏

的那样："两竹手分握，力与河底争。曲腰箝且拔，泥并。

罱如蚬壳闭，张吐船随盈。"有诗意又有实惠。吾村泥，

却免去了被"罱"，年复一年，沉睡塘底，只尽生养莲。

不过，塘泥也还有翻身的日子。腊月到了，彻底庭除

总是贫富都免不了的例行故事。小村乡亲所住土房来简

晒，经年烟熏火燎，一年下来，土墙四壁也就黑得令人郁闷不舒。城里人，讲究些的，用石灰抹墙，寒素些的，把石灰泡成水，刷墙。吾村乡亲，穷，哪来石灰？抹墙自然无门，连刷墙也不敢奢望，这就想到了塘泥：挖藕回来，两腿塘泥，不及洗去，太冷了，先烤火再吃饭。待吃完饭要洗腿脚时，两手一抹，塘泥全掉，又细腻又干爽银白色的塘泥全都落下，连腿也不用洗了。不知何年何月何位乡贤前辈，就从这里得到天启，从而有这项未曾注册的发明：从塘里挖来一担塘泥，晾晒干后，拣草根碎石杂物，置入水盆，边搅拌边用扫帚上墙粉刷，不用天，正堂偏屋，灶房卧房，灶台土坑，全刷一遍；再过半天，刷之处，全部干透，浅灰的色调，洋溢着无限的安谧简净和祥

春节前夕，到各家看去，穷家小户，无甚可看的家具和饰唯有这满目的浅灰四壁最是可人，有谁家早早贴上门红单类如“四季平安”“抬头见喜”“招财进宝”等等，那里面蕴涵希冀和渴望，在灰墙的映衬下，更有多少难以言表的安妥！

选自《散文》2007年第6期

农历与故乡（节选）

小　米

三月三

三月三，脱下棉衣换单衫。

这是一句民谚，它的意思是说，冬天已经过去，天气也已经热起来了，春天真正地开始了。

我们这儿，的确是这样。

脱下厚重的衣服，换上单衣服，人也像春天一样，清清爽爽的，精精神神的。春大仿佛来自于人的本身，而不是来自于自然界。

春天的感觉，真好。

端　午

端午，也就是端阳节。农历五月初五。

端阳节要喝雄黄酒，喝了，就不会遇见蛇。蛇可能咬人，见了蛇，据老年人说，也是不吉利的事情。

每年这时候，早就有了蛇了。故乡有句俗话：见蛇不打三分罪。所以，人们遇见蛇，多半要打死它，除非不敢打的人，避开了，不撞到眼前，也就行了。

五月端阳不别艾，蛆埽蚂子咬黄太。“蛆埽蚂子”即蚂蚁，“黄太”泛指小鸡鸡。说的是端阳节这一天，如果不在身上插一枝艾蒿的话，蚂蚁会咬孩子们的小鸡鸡。乡下的孩子，多跟土打交道，小鸡鸡给蚂蚁咬，是经常发生的事情。所以我们年年端阳节，都要努力找一根艾蒿，别在上衣口袋里，或者插在头和帽子之间。

家里，每扇门的门楣上，也要插上一枝。

艾蒿在我们乡下，到处都有，自己去折几枝回来就行了。有一年，我到村外去折了好几趟，拿回来，母亲一看，说不是；再去折回来给母亲看，还说不是。母亲说我折的是水蒿，不是艾蒿。折腾了几次，我就不去了，最后还是母亲去折了回来给我们。我看了看母亲折回来的，跟我折的一样。为什么她折的，是艾蒿，而我折回来的就是水蒿呢？

到现在我也搞不清艾蒿和水蒿的区别。

由于家里日子并不好过，我小的时候，就没有吃过粽子。端阳节这天，母亲顶多做一顿细粮给我们吃，算是过了节了。

七月七

七月七这天，很少见到喜鹊。怪！

…………

据说，农历七月七日这天，喜鹊都到天上，给牛郎织女搭鹊桥去了。在这一天，在凡间，是见不到喜鹊的。我当然不相信。我也没有必要相信。

农历七月七日，正是暑假，是我放羊的时间。

我把羊赶到坡上，让它们吃草。我就干我计划要干的事情：找喜鹊。

那时候，无论山坡上还是川坝里，都有喜鹊，我家门前的白杨树上，就有一个喜鹊窝。一点不像现在，再也看不到喜鹊了。可也怪，因为早晨出发的的时候，我在我家门前的树上，没有看到喜鹊，我才到坡上来找，但在坡上，我找了整整一个上午，却连一片喜鹊的羽毛都没有找到。我感到非常奇怪，也非常的失望：怎么就没有喜鹊呢？怎么就找不到它们呢？莫非它们真的天一亮就到天上搭鹊桥去了吗？中午回家，再在树上找，还是没有。下午又找，仍然没有。天黑了，我也没有找到一只喜鹊。我第一次对我坚信的事情，发生了怀疑。但我仔细地想了想，我如此坚忍不拔地找喜鹊，其实在心里，是暗暗地期望着，不要让我找到喜鹊。如果我在白天找到了喜鹊，晚上，我看天上的天河的时候，还有什么意思呢？

吃完了晚饭，我破例没有到生产队的打麦场里找伙伴们玩，而是躺在大门外面的麦草垛上，一个人安安静静地，盯着天空发呆。

天上的星星真多啊，多得我怎么数也数不清；天上的星星真亮啊，好像神仙在放焰火；天上的星星真小啊，跟人一样小，比人还要小，不，跟人比起来，它们简直小得太多太多了。可是，它们还要亮着。

它们是多么的不易啊！

今夜，在天河里亮着的那么多星星，不会是喜鹊变的吧？

我看见了天河，看见了牛郎星和织女星，然而，天河太大了，太宽了。天河太浩瀚了，得多少喜鹊给他们搭桥呢？那鹊桥，跟彩虹是一样的吧？

乞巧节的晚上，天空格外地晴朗。在我的记忆中，就没有阴过天，更没有下过雨。

天气也不想捣乱。它也得让牛郎织女好好地见上一次面吧。毕竟一年才有这么一天。

据讲故事的人说，第二天回到凡间的喜鹊，它们的脖子上的羽毛，还是乱蓬蓬的！

我没有考证，我也不想继续研究下去。

选自《散文》2007 年第 8 期

九 鹿 图

张守仁

盛夏，芝加哥西北郊巴林顿自然保护区附近，满眼浓绿：树林阴森，禽飞兔窜，草茂花密，葳蕤繁荣。我寓所右边池塘里，浮着带领幼雏游水的野鸭。鸭们身后水面上，曳荡起呈伞形展开的、斜长的涟漪。阔大的草坪上，时有一对白鹤，展翅跳跃，彼此戏逗，相互依偎，欣悦欢叫。有一次见到一只脸盆大的老乌龟，从长满蒲草的池塘里蹒跚地爬出来，到铺沙的林间小路上晒太阳。

我发现，鹿们常在早晨、黄昏出来活动，以青草、嫩芽、树叶为食。晨练跑步时，我常见它们走到池塘边，趴伏下身子，畅饮甘泉，——早晨的阳光，把它们线条柔美的倩影，倒映在碧水之中。一天傍晚，我到附近橡树林里散步，瞥见灌木丛中有三头鹿：一头正在撕吃着多汁的嫩叶，另一头站在树荫下安闲的端详着我，第三头则跃过小路，窜入对面抽穗的草丛之中，进入保护区林子，头顶交响着叽叽咕咕的鸟鸣，身边摇漾着起伏波涌的草浪，地上奔跑着长尾巴的松鼠。这儿真是动植物们繁衍生息的天堂。

可是一到冬天，展目远望，到处是向天挺伸的、灰褐色的枝丫，遍地蔓生的、枯黄杂乱的荒草，暗蒙蒙的、结冰的水面，还有存留地面的，斑斑驳驳的雪迹。从东方宽阔的密歇根湖上吹来的料峭的寒风，在高原上空呼呼地打着忽哨。冬末春初时节，动物们也就很难觅到食物充饥了。

那天，我看完长篇小说Out of African(《走出非洲》)，从住宅二楼上下来，给玻璃花房里鲜花们浇水，偶然瞥见窗外东南角的枯草坪上，麇集着一群鹿，细数共九头。其中领队的那头，高大强壮，昂首观察远方，像是在警戒。它旁边的两头侧身望着结冰的池塘，头稍偏转，因此我看到了它们无奈、饥渴的目光。有一头鹿，它那遮住臀部的尾巴正对着我，后肢并拢，前肢向两侧岔开，俯身低头啃着枯草。另外平行的两头，和它站成直角，柔软的嘴唇嚅动着，也在艰难地啃啮着什么。靠近我一侧，有两头可爱的小鹿，呆望着太阳房中的我，有点惊讶，有点好奇，似乎在询问："我们没吃没喝，又冷又饿，被迫从隐蔽场所来这儿觅食，你为何躲在玻璃房里偷看我们呀？"离它俩五六步只有一只瘦鹿，站在光秃秃的枫树下，埋头寻找着可共充饥的草根。

这九头鹿或正或侧、或背或向、或俯或仰、或聚或散的姿态，被我的目光攫住，心中大喜，它们构图之妙，浑然天成，仿佛经上帝之手精心摆布好似的。我立即意识到，罕见的奇遇，被我撞上了。这是百年难逢的刹那，稍纵即逝的瞬息。快，机不可失！立即抓起花房沙发边茶几上的相机，对准鹿群，揌了一下快门。咔的一声，把它们的天然姿态捕捉下来，在胶卷上凝结成固定不变的艺术画面。

轻轻的咔嚓之声，惊动了听觉异常灵敏的鹿群。它们全都抬起头，一转身，撒开细长的腿，往橡树林方向逃逸。疾速是它们防卫的本能，赭褐色的身躯以及镶在它们短尾巴边缘和末端的白毛，在晚照辉映里，刹那间消失得无影无踪……

拍下《九鹿图》的瞬间，是2005年2月2日17日34分34.7秒。

我很得意，眼疾手快，抢拍下了这千载难逢的一瞬。美丽晚霞照耀着玻璃花房。我坐进沙发里，不禁回想起往昔曾经欣赏过的古画《五牛图》。那是唐朝名画家韩滉硕果仅存的一幅杰作。画面上的五头牛各具状貌，姿态迥异，或俯身吃草，或翘首远望，或回顾舔舌，或缓步前行。画家通过不同的姿势，表现牛们相异的习性：或活泼，或沉静，或调皮，或胆怯。它们生活在草茂季节，因而眼神安逸，步态闲适，毫无冻馁之虞。而我抓拍下来的这群鹿，适逢天寒地冻之时，故眼睛里明显流露出饥馑、渴盼的神情。

是啊，大地上的一切生灵，谁不渴盼着严冬尽快逝去，暖春早点来临？

人一生巧遇美之瞬间的几率极小，而我邂逅上了，这是我的幸运。如今这幅摄影《九鹿图》已装进相框，挂在我北京寓所书房的墙上。它虽没有像古画《五牛图》那样具有历史的、艺术的巨大价值，却作为我家中的珍宝，时常吸引我仰首观赏，并陶醉于鹿们自然的神态之中。我感悟到：对于摄影艺术，瞬间决定一切，须臾注定成败。

静默中往开想，在人类的许多领域，牢牢把握机遇，均属至关重要！

选自《散文》2007年第8期

鸟语在心

方柏令

浅草告诉我，春天来了，我告诉自己，春天离我依然遥远。

当柔和的春风把阳光和花香吹入窗子时，我才惊觉院墙边的迎春花已经开了。金黄色的花像一群蝴蝶，停落在翠绿的叶子间。水厂后面的白玉兰，也早早的开出了一树洁白的花朵，白得一尘不染，如出浴的仙子。田野上的桃花、梨花、杏花该含苞了吧？过不了多久，便会是她的姹紫嫣红。

在江南，桃花和梨花随处可见，杏花却极少见到，或者是压根就没有。倒是去年在延边，看到一路的杏花，也是白色的，粉雕玉琢，亭亭玉立，非常可人。“一枝红杏出墙来”，以前，我总以为杏花是红色的，也一直迷惘，古人为什么定要把杏花与烟雨、江南牵扯在一起？也许，杏花比桃花、梨花更有凄美感，更楚楚动人吧？好长一段时间，眼前常浮现出“小楼一夜听春雨，深巷明朝卖杏花”的意境。这当是描述江南风情的第一绝品佳句。总是让我联想到“红酥手，黄美酒”，看到一丝淡淡的惆怅，如江南烟雨般漫在文字间，美丽而又凄迷。我以为，写出这样的句子，凭的不只是才情和一时的意兴，定有一种刻骨铭心的东西缠绕着诗人。其实，若是换了我，看到花一样的少女拎着一篮粉嫩的杏花，姗姗行走在雨巷中，也会涌上些许诗意和酒兴。只是，这些都已经离我远去了。杏花也好，诗意也罢，都不属于我。任遍地的花朵开得多么娇艳，也与我无关。我心中的那朵花已经凋零了，凋零在那年早春的一个艳阳天。

若说春天还有与我有关的植物，便是杨柳。岸边的柳枝一夜之间绽出了许多细细嫩嫩的碎叶，像碧玉穿成的珠帘，疏疏密密地在晨风中摇曳生姿。我固执地认为，春天若少了杨柳张扬的绿色，定会变得像白开水一般索然无味，“碧玉妆成一树高，万条垂下绿丝绦”，贺知章的诗一度让我倾倒。现在，让我动容的已不是柳枝的柔美或者拂动的优雅从容，而是总使我想起“家人折断门前柳”、“任它离恨一条条”之类的感叹。

与我有关的还有鸟雀。

春天是属于鸟雀的，所以，它们一大早就张开美妙的歌喉，欢快地敲打着窗棂，试图把我从冬的冰封中唤醒。我在鸟儿急切的呼唤中睁开双眼，看到面前的世界依然一片萧瑟。于是，我闭上眼睛，细细倾听鸟儿的歌声，回忆着已经逝去的春天。

芸芸众生里，鸟儿是最自由自在的。蓝天白云，绿树花丛，想来便来，想去便去，聚聚散散，从无世俗的牵绊。鸟儿也是最有感情的，从去年仲夏前庭的无花果熟了时，就一直陪伴着我，在我的窗前为我歌唱，在枝丫间、草坪上停停落落为我起舞，任秋风萧瑟、冬寒凛冽从不间断。我告诉我的鸟儿，我在看，我在听。我想，这些鸟儿也是寂寞的，除了我，还有谁听得懂它们的心声，看得懂它们的舞姿？鸟儿一定也知道我的寂寞，清风明月，朝露晨雾，唯有它们愿意为我歌唱，愿意为我舞蹈。寂寞的鸟儿陪着寂寞的人。于是，我的季节有了些许生机，而这些鸟儿也就永远停落在我的生命里。

除了这些鸟儿，停落在我心里的还有一对燕子。

十年前的那个冬天，我的旧居飞来了一对燕子。农村里传说好人家才会有燕子做窝，全家顿时喜气洋洋。我时常到阳台上听呢喃燕语，欣赏它们轻盈的身姿。燕子从不顾忌我的存在，双双对对在我的头顶上飞来飞去，唧唧喳喳地说着甜言蜜语。那个冬天，燕子使苍白的世界变得丰盈绮丽。冬去春来，燕子北飞，留下了一只空寂的燕窝，还有孤单的我。于是，我停留在冰雪的季节里，小心地呵护着燕窝。每当秋风起的时候，我总是翘首北望，期盼着燕子归来。但是，直到六年前换新居，燕窝虽在，燕子却一去不回。

十年旧梦，那只燕窝该已掉落为泥了。我的冬天虽已停满了鸟雀，心里却依然飞翔着那对燕子。

又是春天。春天属于鸟雀，春天的鸟雀不再属于我。鸟雀也该离开了，春天的森林、花丛、田野才是它们自由的天地。聚散无常，我虽未悟透季节变幻的真谛，但在如禅的鸟语中，也已能从容地对待孤独和喧哗。谁说燕子一去不复返，我知道它们北飞时的几度回首，如同这些鸟儿，也许将不再回来，但鸟语在心，又何必再叹四季轮回！无花果已经抽出了新叶。再过五个月，果实就会成熟了。

选自《散文》2007年第9期

秋天，另一种旅行（节选）

言　子

声

秋声，是从第一把黄谷搭在拌桶上开始的。

谷子未黄之前，田野上有风声鸟声牛叫声狗吠声。有男人女人儿童老人的声音。每日从乡村滑过，混合在一起，如一支协奏曲。安静的时候，还有阳光的声音，露珠的声音。阳光照在田野上的声音是内敛的，如果不是细心人，很难听到阳光的声音，一缕缕落在秧苗上，落在青色的谷叶上，落在静谧的水田里，只有茁壮的谷物能够听到，还有谷物上的昆虫，比如蜻蜓、蝴蝶、蚱蜢、七星瓢虫、青蛙，它们都能听到阳光的声音。正午，谷子扬花的时候，如果有一个男人在田野看天空下的谷花，他也能听到阳光的声音。那声音就附在谷花上，清风一吹，飘飘扬扬，时而激烈，时而柔和，时而昂扬，时而平静。像一把嚯嚯嚯摩擦在石头上的刀子，又似一曲悠扬的竹笛。男人就这样站在阳光下，遥望青蒙蒙的田野，一缕阳光落在他的布衣上。谷花在风中飞扬，携带着阳光，在男人四周翻飞。一只躲在绿荫下的秧鸡子，忍不住“咕咕咕”叫了几声，打破了正午的寂静。它以为整个天空下只有它存在着。男人寻着叫声，从田埂走向另一条田埂。秧鸡子听到动静，从田野飞起，很快又落进远处的田野。男人只听到“扑哧”一声，秧鸡子就从他眼前消失了。这时，有个女童在屋檐下喊：“爸爸，吃饭啦！”男人回屋，头上身上沾满谷花，沾满阳光细碎的低语。

夜幕，阳光的声音渐渐消失，露珠从水田爬上来。田埂上的野草、菜地里的青菜、田野的谷叶上，都缀满了露珠。它们精灵一样，在夜色的万物上跳动，在草尖上安静地歌唱。有月光的夜晚，夜半，从床上起来，推开木门，站在场坝，就能听到露珠静静滴落。趁着月色，似乎看到田野上万千颗晶莹的露珠，在夜风中滚动。早晨走上田埂，阳光从山坡上照下来，谷叶上的露珠，都落进了水田。仿佛时间的漏斗，不留丝毫痕迹。

这都不是秋声。不是秋声。

当你坐在屋檐下，走在泥路上，蹲在树荫下，弓在井边洗衣裳，听到搭谷子的声音，第一声秋声就从大地上开始响起。紧接着是一声又一声秋声在乡村响起，在田野上此起彼伏。有些空寂、单调，内在里却充满激烈和柔情。从春天至秋天，无数阳光雨露的沐浴，无数双农人粗糙的手抚弄，注满了多少激情多少柔情？多少憧憬多少希望？激情和柔情，憧憬和希望，都在一双双粗糙的手里。小心翼翼。柔情似水。这时才知道什么是心心相印，什么是肝胆相照。农人和谷子，多年来就是这样肝胆相照，他们，从来不马虎对方糊弄对方。从来，没有半丝的虚伪！那双割谷搭谷的手，细致又粗狂，柔软又有力。砂镰飕飕飕割在谷秸上的声音，像风声吹过田野，婉转动听。拌桶在水田里拖动的声音，稀里哗啦，如风生水起。这只阔大、斗形的农具，是谷田里的“船”，里面装着刚刚搭下的湿淋淋的谷子。可以想象男人们一边搭谷一边拖动时，纤夫负船逆行的情景。只有在秋收时，这只“船”才派上用场，其余的日子，它都闲置在农家的角落，安静地等待着又一个秋天。

砂镰飕飕飕割倒一遍稻谷时，阳光也在嚯嚯嚯地笑。有声音滴落浑浊的水田，“啪嗒”一声，那样的微弱。是汗水的声音。割谷的人听见了，搭谷的人也听见了。晶莹的汗水，就在整个秋天，在炎热的阳光里，一声声滴落。

田野一片寂静时，收割的人已经忘了汗水的声音，只记住了秋风阳光的声音。他们说：“是秋风把谷子吹熟，是阳光把谷子晒黄。”

谷子装进了围包。夜晚，洒着月光的青草丛里，有蟋蟀细细密密的叫声。

这时，一串清脆的歌声，从铺着月光的瓦房上冒出来。可能是一个姑娘，也可能是一个妇人。

色

要看丰富的色彩——饱含生命的色彩，最好在秋天，去乡村走走。

看看绿色的田野，在金风中是怎么慢慢变黄的。过程有些缓慢。就像女人十月怀胎一样。大地是母亲的子宫，一年四季都在孕育，生生不息。她在阵痛中收获，包容所有勤劳的人们。养育他们。一棵棵嫩绿的秧苗插进泥土，在播种者的精心护理下，慢慢茁壮。由嫩绿变深绿变苍绿。最后是金黄。先前裸露着黄泥的田野，渐渐的密不透风，屏障一样层层铺满乡村。如此的生机勃勃，如此的生命力，似乎没有什么可以比拟。除了心生敬畏，由不得你有别的杂念。但我们现在已经没有了敬畏之心，尤其是城市人，从来不懂得“粒粒皆辛苦”，即使有敬畏之心，恐怕也不会去敬畏一片田野，一垄庄稼。

大地上播种的劳作者，对土地对庄稼对粮食，是心存敬畏的。没有他们的敬畏和劳作，没有他们像对待自己的孩子一样对待土地和庄稼，在乡村，我们就看不到如此丰富的色彩。否则，呈现在我们眼前的是荒芜。由此，我们也应该心生敬畏和感激。农人守在庄稼地里的心情，就像我们守护孩子和老人的心情。在一个又一个节气里，秧苗长成了秧子。然后扬花、抽穗。青色的谷粒在太阳下一天天饱满，一天天发黄。绿色的田野这时转成了金黄，沉甸甸的稻谷低着头，默默无语，无声地等待着一次远行。戴草帽穿布衫的农人站在田埂上，一脸的喜悦，那张被太阳晒得黑沉沉的面庞，接近谷子的色彩。风来了。风无形无色，但它走过就留下了形状和色彩。谷的姿态树的姿态草的姿态，都是风走过后留下的形状；春天的绿芽夏天的葱茏秋天的金黄，都是风走过后留下的色彩。风带来几只鸟，它们落在金色的田野上，唧唧喳喳，鸟立在谷穗上的颜色醒目，黑色、褐色、灰色、绿色、蓝色、白色……正是享受盛宴的季节，它们不会放过，随便落在一株谷穗上，都能饱餐一顿。站在竹林下的人听见了鸟叫声，也看见了鸟的色彩，扯开嗓子吆喝。鸟只顾享受美餐，不管他的吆喝。他从竹荫里下来，走到田边，又扯开嗓子大声吆喝，双手不断地挥舞。沉醉的鸟这时注意到了人的存在，出于防范，出于自我保护，飞走了，落进另一片田野。有时这些鸟飞进谷田，并不是为了寻食，伫立被风吹动的田野上，只是瞭望风景，就像他们喜欢伫立树梢瞭望风景一样。

走过一家农舍，宽大的场坝里，摊满黄谷。

太阳晒着谷。谷的水汽在阳光下慢慢蒸发，变干变韧。强烈的阳光下，分不清谷的色彩似阳光，还是阳光的色彩似谷。这时的场坝最丰富，晒满了农家人的辛苦和勤劳、希望和满足。晒谷的是个女人，中年，身体饱满，四肢强健，这是劳动的结果。好身板都是和劳动有关联的。隔上一段时间，她要走进场坝，翻那些谷。手上是一把长长的木制农具，将那些谷推拢，然后又把谷推开、摊平。女人翻谷时很从容，并不怕烈日烤，做得很仔细。她流着汗走进屋，场坝里已是一片平平整整的谷。

场坝周围，是绿荫。橘子橙子柚子的色彩开始由青变黄。深秋，农家的房前屋后，满树的红橘，满树的橙子，满树的柚子。看着你就禁不住想爬上树去摘几个尝尝，再买一篼带回城。

橘子橙子柚子绚烂的时候，场坝里的谷早已被女人收进了仓。女人，还有女人的家人，又要把熟透了的水果收进屋。女人的房子里，装满谷的金黄橙的绚丽。而女人和她家人的面容，在这些色彩中开始暗淡。他们的生命里有谷的金黄橙的灿烂。而谷的金黄橙的灿烂里，也有女人和她家人生命的色彩。

味

立秋之后，如果你正走在我老家丘陵的田埂上，会闻到一种特殊的味道——谷的香味。这时随便步入哪一个山弯，都是黄金一样的稻谷，金风将谷的香甜吹得四处飘散。一个老农，蹲在田边，从沉甸甸的稻穗上摘下几颗谷子，然后小心、仔细地放进手心，双手不停地揉搓，再慢慢摊开手心，将谷壳吹掉。老农宽大、粗糙的手心里，躺着几粒白白净净的大米。老农的眼睛有些浑浊了，但他看着手心上的新米，瞳仁里露出喜悦的光亮。就像刚才吹谷壳时，他眯缝着双眼，阳光还是把他那双不再年轻的眼睛照亮了。老农长成一个汉子后，他就在这块丘陵上耕耘。每一年的劳作从春耕开始，秋天结束。而每年的这个时候，老农都会蹲在田埂边，做上面的事情。他要看看谷子今年饱满不？要独自先尝尝新。这是他从父亲那里学来的。如今，老农的父亲母亲都埋进了黄土，他的脖子也被“黄土埋了一半”。我老家的人说自己老了，就说：“黄土都埋到脖子上了”，就是说自己在人间的日子不多了。老农虽然老了，觉得自己还年轻，常常忆起儿时的事情，忆起他从小跟着父亲在秋天的一个下午，来到田埂边闻稻谷的香味，搓几粒谷子在蓝莹莹的天空下尝新。他父亲是生产队队长，而他，还是个穿开裆裤的娃儿。一晃眼，就老了。他记得自己是闻着稻谷的香味长大的，当然，也是吃着自家种的粮食长大的。后来父亲走了，他一个人在立秋后的某一天来到田埂边，孤独地尝新。他的儿女们，都进城挣钱去了，留下他和老婆子在家种地。儿女们的孩子也在城里，他们一年难得回来两次。“一晃眼，老了，谁来种我家的这些田地啊！”老农想。他久久地看着手心的米粒，然后将它们放进嘴，细细咀嚼，仿佛在品尝美味佳肴。老农的思绪有些遥远，再过几天，就可以打谷子了，他叫老婆子给城里的儿女们打电话，要他们带着娃儿回来尝新，儿女们都说忙，回不来。老农记得那些年，每年尝新都是一件欢天喜地的事，太阳挂在半空中，满满一甑子新米饭，坡上有啥新鲜蔬菜都要找回来炒，一大家人，老老少少围着桌子，吃第一顿新米，过节一样。那个尝新的中午，屋子里全是新米饭的浓香，甑子里、饭桌上飘着新米饭的浓香。这情景有些遥远了。现在每年尝新，只有老农和老婆子，还有家里的一条老黄狗。

你在一边看着，禁不住也学老农的样，蹲下来，摘下几颗谷子，像老农那样在手心里反复揉搓，吹去谷壳，将米粒放进嘴，慢慢咀嚼。这时，满口清香。你尝到了新米的香甜。你的脾胃里蠕动着新米的香味，虽然有些生涩，味道却让你难以忘怀。这个秋天，你是第一个尝到新米的城市人，是在我老家的山弯里，在一块丰茂的谷田边。你的不远处，有一个老农，他正在咀嚼他种的粮食。你走近老农，说："丰收了？""丰收了，"老农望着你应答。你掏出一盒香烟，递一支给老农。老农没接，从一个布烟袋里抽出了叶子烟。"这个，上劲，"老农说。你嘿嘿笑着，为老农点上了烟。你和老农，坐在了田埂上，身前身后都是飘香的黄谷。一弯黄谷，从坡坳上绵延而下，一弯连一弯，一冲接一冲，不知哪里是尽头。两边的山坡把你们罩着，坡上覆盖着红苕叶、花生叶。早些时，还有苍翠的苞谷林，还有大豆、绿豆、红豆，这些都被农人收回家了。你们各自吃着烟，一缕缕烟雾，飘进谷田。吃完烟，你离开了老农。老农起身去了另一块谷田。你不知道老农的名字，老农也不知道你是谁。但你记住了老农那张苍老的脸。

接近深秋，你再来到我老家的乡下，从农舍走过，就会看见门前屋后的橘子、柚子、脐橙都熟了，鲜黄地挂在树枝上。一个农妇，正在树上采摘。你问多少钱一斤？农妇报了个价，随即从树上丢下几个橘子，要你吃。农妇说："随便吃，想吃啥就在树上摘"。你知道，走到农家，树上的果实，他们一点也不吝惜。你不会随便吃，尝尝而已。你决定各买几斤回家。农妇让你自己摘。于是你就站在树下摘那些又大又黄的橘子、脐橙。摘完，农妇从树上下来称秤。你背着装满水果的背包，又在丘陵转悠一阵，才慢慢地回城。一路上，你都闻到橘子、柚子、脐橙的清香。你的家里，也弥漫着水果甜丝丝的味道。

你从农家树上买来的水果，价钱和市场上差不多。但你觉得很快乐。在市场上买水果，享受不到在农家买水果时的乐趣。

选自《散文》2008 年第 9 期